LAS MADRES

HOTEL DE LAS LETRAS

Para mamá, papá, Brianna y Jynna

Uno

AL PRINCIPIO NO LO CREÍMOS, PORQUE YA SABEN lo chismosa que puede ser la gente de la iglesia. Como la vez que todas pensamos que John Primero, el ujier principal, estaba engañando a su esposa porque Betty, la secretaria del pastor, lo sorprendió acaramelado con otra mujer a la hora del almuerzo. Una mujer muy joven y vestida a la moda, además; que meneaba las caderas al caminar y que no tenía reparo alguno de hacerlo frente a un hombre que llevaba cuarenta años casado. Una puede entender que el marido le sea infiel alguna vez, pero encontrarlo en la terraza de un café, engatusando a una jovencita entre *croissants* con mantequilla, eso es una cosa muy distinta. Pero antes de que pudiéramos reprenderlo, John Primero se presentó el domingo en la Iglesia del Cenáculo en compañía de su esposa y de la joven meneadora de caderas, que resultó ser su sobrina nieta, de Fort Worth, y ahí acabó el asunto.

Así que, al principio, cuando recién nos enteramos del secreto, pensamos que seguramente se trataba de otro chisme; aunque hay que admitir que había algo diferente en este. Tenía un sabor distinto. Porque todos los secretos interesantes te dejan un sabor en la boca antes de llegar a contarlos; y tal vez, si nos hubiéramos tomado un minuto para degustar éste, habríamos notado la acidez que desprenden los secretos verdes, los que aún no están maduros pues han sido arrancados, robados y compartidos antes de tiempo. Pero no lo hicimos. Y propagamos este secreto agrio, un secreto que comenzó la primavera aquella en que Nadia Turner quedó preñada del hijo del pastor y fue a la clínica de abortos del centro a encargarse del asunto.

En ese entonces ella tenía diecisiete años. Vivía con su padre, un marine, y sin su madre, que se había suicidado seis meses antes. Se había ganado una mala reputación desde la muerte de su madre: era joven, estaba asustada y trataba de ocultar el miedo que sentía desplegando su belleza. Porque era muy bonita; hermosa incluso, con esa piel ambarina, el cabello largo y sedoso, y los ojos que cambiaban de color: marrones, grises, dorados. Como la mayor parte de las chicas descubren en algún momento, ella ya se había dado cuenta de que la belleza te expone y al mismo tiempo te oculta y, al igual que todas ellas, aún no comprendía la diferencia. Así que nos enterábamos de sus escapadas al otro lado de la frontera, a los clubes nocturnos de Tijuana, y nos enterábamos también de la botella de agua rellena con vodka que llevaba a diario a la preparatoria de Oceanside, y de los sábados que pasaba cerca de la base militar, jugando billar con los marines, veladas en las que a menudo terminaba con los talones apoyados en la ventanilla empañada del auto de algún fulano. Puros cuentos tal vez, aunque había algo que sí nos constaba: que se pasó el último año de la preparatoria revolcándose en la cama de Luke Sheppard, y que para cuando llegó la primavera, ya tenía al bebé de Luke creciendo dentro de ella.

Luke Sheppard era mesero en La Cabaña de Mariscos del Gordo Charlie, un restaurante ubicado en el muelle, de gran ambiente familiar y en donde se ofrecían platillos frescos y música en vivo. O al menos eso era lo que el anuncio publicado en el *San Diego Union-Tribune* presumía, si eras lo bastante idiota para creértelo. Porque si llevabas algún tiempo viviendo en Oceanside ya sabías que los mentados «platillos frescos» más bien consistían en pescado y papas fritas del día anterior, recocidos bajo lámparas calefactoras, y que la música en vivo –cuando de hecho había alguna música en el local– generalmente era producida por una caterva de adolescentes vestidos con jeans rotos y labios perforados con alfileres de gancho. Nadia Turner también sabía otras cosas del restaurante del Gordo Charlie; cosas que no tenían cabida en un anuncio de periódico, como el hecho de que los nachos con queso de Charlie fueran un excelente bocadillo para bajarte la borrachera, o que el jefe de cocineros vendía la mejor marihuana de este lado de la frontera. Sabía también que, en el interior del local, justo encima de la barra, colgaban varios salvavidas amarillos, de modo que los tres meseros negros, hacia el final de sus larguísimas jornadas, bromeaban con que el antro no era otra cosa que un barco negrero. Sabía un montón de cosas sobre aquel restaurante porque Luke se las había contado.

—¿Qué tal están las barritas de pescado?

—Aguadas como la mierda.

—¿Y la pasta de mariscos?

—Ni se te ocurra pedirla.

—¿Qué tiene de malo la pasta?

—¿Sabes cómo hacen esa porquería? Agarran un poco de pescado, que lleva ahí quien sabe cuánto tiempo, y lo usan para rellenar ravioles.

—Bien, entonces sólo quiero pan.

—Si no te lo acabas, se lo serviremos a otro cliente. Así que estás a punto de comer el pan de un cabrón que se pasó todo el día rascándose las pelotas.

Aquel invierno, el mismo durante el cual la madre de Nadia se suicidó, Luke la salvó de ordenar los bocados de cangrejo (imitación de cangrejo sofrito en manteca de cerdo). En esa época, Nadia había tomado la costumbre de irse a vagar al terminar la escuela: se subía a cualquier autobús y se bajaba en donde fuera que la dejaran. A veces se dirigía hacia el Este, hacia la base de Camp Pendleton, donde se metía al cine a ver una película, jugaba a los bolos en el Stars and Strikes o echaba una partida de billar con los marines. Los más jóvenes eran a menudo los que más solos se sentían, de modo que Nadia siempre se las arreglaba para toparse con alguna manada de marineros rasos, todos ellos incómodos con sus cabezas rapadas y sus enormes botas, y normalmente terminaba besuqueándose con alguno de ellos hasta que le daban ganas de llorar. Otras veces se dirigía hacia el Norte, más allá de la Iglesia del Cenáculo, en donde la costa se convertía en una frontera. Al Sur se encontraban otras playas, mejores playas, playas con arena tan blanca como la gente que se asoleaba en ellas; playas con malecones, alamedas y montañas rusas; playas con portales y rejas. Al Oeste no podía dirigirse. Al Oeste estaba el océano.

Y así, a bordo de aquellos autobuses, Nadia se alejaba de su antigua vida, en la cual solía entretenerse con sus amigas en el estacionamiento de la escuela, al terminar las clases, para matar el tiempo hasta que comenzaban las lecciones de manejo; a veces también trepaban a las gradas del campo para mirar los entrenamientos del equipo de futbol o conducían en caravana hasta el In-N-Out. En ese entonces, Nadia también se entretenía trabajando en la juguería Jojo's y tonteando con sus compañeros; bailaba en torno a las fogatas y no dudaba en encaramarse a la escollera si alguien la retaba a hacerlo, pues siempre fingía ser temeraria. Le sorprendía mucho darse cuenta de lo sola que había estado realmente en ese entonces. Sus días transcurrían como si ella fuera una especie de bastón de porrista que pasaba de mano en mano: su profesor de cálculo se la entregaba a la maestra de español, y ésta a la de química; de ahí pasaba a manos de sus amigos para luego volver a casa con sus padres. Y entonces, un buen día, la mano de su madre había dejado de estar ahí y Nadia había caído al piso en medio de un gran estrépito.

Ahora no soportaba a nadie: ni a sus maestros, que le disculpaban las tareas atrasadas con pacientes sonrisas; ni a sus amigas, que dejaban de reír cuando ella se sentaba en la mesa durante el almuerzo, como si pudiera sentirse ofendida por la felicidad que las demás demostraban. En la clase avanzada de ciencias políticas, cuando el señor Thomas pedía que trabajaran en parejas, sus amigas se apresuraban a elegirse unas a otras, y a Nadia no le quedaba más remedio que trabajar con la otra alumna solitaria y sin amigos que había en aquella clase: Aubrey Evans, la chica que se escapaba de la escuela para asistir a las reuniones del Club Cristiano a la hora del almuerzo, no tanto para inflar su currículum de ingreso a la universidad (ni siquiera alzó la mano cuando el señor Thomas preguntó quiénes habían enviado solicitudes) sino porque verdaderamente pensaba que Dios vería con buenos ojos que ella pasara su única hora libre encerrada en un salón de clases, planificando la entrega de víveres enlatados a los pobres. Aubrey Evans, que usaba un discreto «anillo de pureza» al que daba vueltas en su dedo cuando tomaba la palabra en clase; que siempre llegaba sola a la Iglesia del Cenáculo, seguramente porque era la pobre hija piadosa de una pareja de fervientes ateos a quienes la chica trataba con todas sus fuerzas de encaminar hacia la luz. Después de aquella primera vez que trabajaron juntas, Aubrey se había acercado a Nadia y, en voz baja, le había dicho:

—Sólo quiero decirte que lo siento mucho. Todos hemos estado rezando por ti.

Parecía sincera, pero, ¿qué importaba? Nadia no había regresado a la iglesia desde el funeral de su madre. Ahora prefería los autobuses. Una tarde, tomó uno que se dirigía hacia el centro, y descendió justo enfrente del Hanky Panky. Estaba segura de que alguien le impediría el ingreso al antro –se veía aún más aniñada con su mochila al hombro– pero el portero, que se hallaba sentado en un banquillo junto a la entrada, apenas alzó la mirada de su teléfono cuando ella se escabulló hacia dentro. Eran las tres de la tarde de un jueves y el club de *striptease* estaba muerto; las mesas vacías languidecían bajo las luces del escenario. Las ventanas estaban cubiertas con persianas negras que bloqueaban la luz del sol y, en aquella oscuridad artificial, un puñado de hombres blancos y gordos, arrellanados sobre sus asientos, con las viseras de sus gorras de beisbol encasquetadas hasta las cejas, contemplaban el escenario. Una chica de carnes fofas y blancas bailaba bajo los reflectores; sus pechos se bamboleaban como péndulos.

Una podía estar sola con su dolor, en la oscuridad de aquel antro. Su padre se había entregado por completo a la Iglesia del Cenáculo. Asistía a los dos oficios dominicales, al estudio bíblico de los miércoles por la noche y a los ensayos vespertinos del coro de la iglesia, los jueves; a pesar de que ni siquiera sabía cantar y de que los ensayos eran sólo para los miembros del coro, pero nadie tenía corazón para echarlo de ahí. Su padre exhibía su tristeza sobre las bancas de la iglesia, pero ella lo hacía en sitios en donde nadie podía verla. El cantinero se encogía de hombros cuando ella sacaba su identificación falsa y le preparaba rones con Coca-Cola que ella bebía sentada en los rincones más oscuros, mientras contemplaba los cuerpos maltrechos de las mujeres girando en el escenario. Aquellas bailarinas no eran jóvenes ni delgadas –el club se reservaba a las más atractivas para los espectáculos nocturnos y los fines de semana– sino mujeres maduras que bailaban pensando en la lista del supermercado y la crianza de los hijos, con cuerpos estriados y marcados por la edad. A su madre le habría horrorizado aquello –¡su hija, en un club de *striptease*, y a plena luz del día!–, pero a pesar de ello Nadia seguía yendo al antro y bebía con morosidad los tragos rebajados con agua que le servían. Durante su tercera visita, un viejo negro tomó asiento junto a ella. Llevaba puesta una camisa de cuadros rojos y un par de tirantes; mechones de cabello gris escapaban del borde de su gorra, decorada con el logotipo de la tienda Pacific Coast Bait & Tackle.

—¿Qué te tomas? –preguntó el hombre.

—¿Lo mismo que tú? –respondió ella.

El hombre soltó una carcajada.

—Nah. Esto es para hombres de verdad, no para cositas lindas como tú. Te pediré algo dulce, ¿quieres, cariño? Tienes cara de ser una golosa...

El hombre sonrió y deslizó su mano sobre el muslo de Nadia. Sus uñas, demasiado largas y ennegrecidas, se enroscaron en torno a la tela de sus jeans. Pero antes de que Nadia pudiera apartarse, una mujer negra de unos cuarenta años de edad, vestida con una combinación de sostén y tanga magentas, salpicados de brillantina, se acercó a la mesa. Su vientre estaba surcado de estrías marrones que parecían las rayas de un tigre.

—¡Deja a la chica en paz, Lester! –le ordenó al hombre. Luego se volvió hacia Nadia y añadió–: Ven, vamos a que te refresques.

—Oye, Cici, sólo estaba platicando con ella –rezongó el viejo.

—Ay, *por favor* –respondió la mujer–. Esa niña tiene menos años que el reloj que llevas en la muñeca.

La mujer condujo a Nadia hacia la barra del bar y tiró lo que quedaba de su bebida al lavabo. Se puso entonces un abrigo blanco y le hizo un gesto a Nadia para que la siguiera al exterior. Bajo el cielo gris pizarra, la ordinaria fachada del Hanky Panky lucía aún más deprimente. Dos chicas blancas fumaban a unos cuantos metros de la entrada, y ambas alzaron una mano cuando Cici y Nadia salieron a la calle. Cici les devolvió el lánguido saludo y encendió un cigarrillo.

—Tienes una cara muy bonita –dijo Cici–. Esos ojos, ¿son de verdad? ¿Eres mestiza?

16

—No —respondió Nadia—. Digo, sí son mis ojos de verdad, pero no soy mestiza.

—A mí me lo pareces —Cici volvió la cabeza para expulsar una bocanada de humo—. ¿Te escapaste de tu casa? Ay, no me veas así. No voy a acusarte. Todo el tiempo llegan aquí muchachas como tú, buscando ganarse algún dinerillo. No es legal, pero a Bernie no le importa. Bernie te dará oportunidad de subir al escenario, para ver qué puedes hacer. Pero no esperes que nadie aquí te dé la bienvenida, ¿eh? Si de por sí ya es una joda andarse peleando por las propinas con esas golfas rubias... ¡Ja! ¡Vas a ver la que se arma cuando las chicas vean ese culito estelar que te cargas!

—No quiero bailar —dijo Nadia.

—Bueno, pues entonces no sé qué es lo que estás buscando, pero aquí no lo vas a encontrar —Cici se inclinó hacia ella—. ¿No sabes que tienes ojos transparentes? Puedo ver a través de ellos, y es pura tristeza lo que hay del otro lado —metió la mano en su bolso y sacó un puñado de arrugados billetes de un dólar—. Éste no es lugar para ti. Vete a donde el Gordo Charlie y cómprate algo de comer. Anda.

Nadia vaciló, pero Cici colocó los billetes sobre la palma de su mano y dobló sus dedos para formar un puño. Tal vez podría dedicarse a hacer eso: fingir que era una huérfana fugitiva; tal vez en el fondo sí lo era, de cierta manera. Su padre nunca le preguntaba en dónde había estado. Nadia llegaba a casa de noche y encontraba a su padre tumbado en su sillón reclinable, viendo la televisión con las luces apagadas. Siempre la miraba con sorpresa cuando ella abría la puerta de la casa, como si no se hubiera dado cuenta hasta entonces de que Nadia seguía en la calle.

En el interior del restaurante del Gordo Charlie, Nadia se encontraba sentada en un reservado al fondo del local, hojeando el menú, cuando Luke Sheppard salió de la cocina, vistiendo un delantal blanco amarrado a las caderas y una playera negra con el logo del Gordo Charlie cubriendo su musculoso pecho. Se veía tan guapo como ella lo recordaba, cuando ambos asistían a la escuela dominical, sólo que ahora Luke era un hombre: tenía la piel bronceada, los hombros muy anchos y la quijada bien definida y cubierta por una barba incipiente. Y ahora también cojeaba, apoyándose un poco más en la pierna izquierda, pero aquella renquera, aquel paso disparejo y la ternura que le provocaban sólo incrementaron su deseo. Su madre había muerto un mes antes y Nadia se sentía atraída hacia cualquier persona que exhibía su dolor por fuera, justamente porque ella era incapaz de hacerlo. Ni siquiera había llorado en el funeral de su madre. Durante el ágape, una procesión de gente le había comentado lo bien que se lo estaba tomando, y su padre le había pasado un brazo por los hombros. Él se había pasado todo el oficio encorvado sobre el banco de la iglesia, sacudiendo los hombros a causa del llanto, un llanto muy silencioso y muy masculino, pero llanto a fin de cuentas, y por primera vez en su vida, Nadia se preguntó si acaso no sería ella más fuerte que él.

Una herida interior supuestamente debe permanecer escondida en el interior. Qué raro sería lastimarse por fuera, producirse una herida que no pudiera ocultarse. Se puso a juguetear con la solapa del menú, en lo que Luke llegaba cojeando hasta su mesa. Ella y toda la feligresía del Cenáculo habían presenciado cómo la prometedora carrera de Luke Sheppard llegaba a su fin, durante su segunda temporada como jugador de futbol colegial. Una rutinaria patada de salida, una mala tacleada y su pierna terminó rota, con el hueso salido cortando limpiamente la piel. Los comentaristas del partido dijeron que Luke sería muy afortunado si acaso volvía a caminar bien de nuevo, por no decir que jamás volvería a recibir ni un solo pase, y nadie se sorprendió cuando la universidad de San Diego le retiró la beca. Pero Nadia no había visto a Luke desde su salida del hospital, y en su cabeza él aún seguía tumbado en una camilla, rodeado de enfermeras cariñosas y con la pierna levantada y enyesada, apuntando hacia el techo.

—¿Qué estás haciendo aquí? –le preguntó Nadia.

—Aquí trabajo –respondió él, con una carcajada, aunque su risa sonó algo áspera, como una silla súbitamente arrastrada por el suelo–. ¿Cómo has estado?

Evitó mirarla y empezó a pasar las hojas de su bloc de notas, por lo que Nadia concluyó que estaba al tanto del suicidio de su madre.

—Tengo hambre –respondió.

—¿Así es como has estado? ¿Con hambre?

—¿Puedo ordenar los bocados de cangrejo?

—Será mejor que no lo hagas –guio su dedo a través del menú plastificado hasta llegar a los nachos–. Mira, mejor prueba esto.

La mano de Luke envolvía suavemente la suya, como si estuviera enseñándole a leer, guiando su dedo hasta posarse debajo de una serie de palabras desconocidas. Siempre la hacía sentir insoportablemente infantil, como dos días más tarde, cuando ella volvió a sentarse en una de las mesas de Luke y trató de pedirle un coctel margarita. Él soltó una carcajada y se puso a examinar la identificación falsa de Nadia.

—¡Venga! –exclamó–. ¿Qué no tienes como doce años?

Ella entornó los ojos.

—Vete al carajo –le dijo–. Tengo diecisiete.

Y lo dijo de una manera tan altiva que él volvió a reírse. Pero incluso aunque hubiera tenido dieciocho años cumplidos –lo que no sucedería sino hasta finales de agosto–, él la habría encontrado demasiado joven para él. Aún estudiaba la preparatoria. Y él tenía veintidós años y ya había estado en la universidad; en una universidad de verdad, no en el instituto tecnológico local, en donde todo el mundo haraganeaba un par de meses después de graduarse y antes de ponerse a buscar trabajo. Ella había solicitado su ingreso a cinco universidades y aguardaba las respuestas, por lo que procedió a interrogar a Luke sobre la vida universitaria; quería saber, por ejemplo, si las duchas de los dormitorios estaban siempre tan asquerosas como ella se lo imaginaba, o si realmente la gente colocaba calcetines en las perillas de las puertas cuando quería algo de privacidad. Él le contó sobre las carreras en calzoncillos y las fiestas de espuma, y le explicó cómo sacarle mayor provecho a su plan de alimentación y cómo fingir que tenías problemas de aprendizaje para obtener una prórroga durante los exámenes. Conocía muchas cosas, y por supuesto, a muchas chicas. Chicas universitarias, que asistían a clase en zapatillas de tacón alto, no en zapatos deportivos, y que llevaban bolsos en vez de mochilas, y que pasaban las vacaciones de verano haciendo prácticas en empresas como Qualcomm o el Banco de California, y no en una vil juguería sobre el muelle. Nadia quería ser una de esas chicas universitarias sofisticadas. Se imaginaba a Luke conduciendo para ir a visitarla o, en caso de que la aceptaran en una universidad en otro estado, tomando un avión para pasar las vacaciones de primavera con ella. Seguramente se reiría de ella, si acaso llegaba a enterarse del papel que ella le asignaba en su vida. A menudo se burlaba de ella, como cuando Nadia comenzó a hacer su tarea en el restaurante del Gordo Charlie.

—¡Mierda! –exclamó, tras hojear el libro de cálculo de Nadia–. Eres una *nerd*.

En realidad no lo era, simplemente se le facilitaba aprender. (Su madre también la fastidiaba un poco con ello: «Qué lindo ser así», decía, cuando Nadia le mostraba un examen aprobado con excelencia, para el que sólo había estudiado una noche antes.) Pensó que los cursos avanzados que tomaba en la preparatoria ahuyentarían a Luke, pero a él le gustaba que ella fuera lista. «Mira a esta chica», les decía a los meseros que pasaban, «será la primera presidente negra, ya verás». A todas las chicas negras ligeramente sobresalientes les decían lo mismo. Pero a ella le gustaba que Luke la presumiera ante sus compañeros, y le gustaba aún más cuando él la molestaba por ser tan estudiosa. No la trataba como todo el mundo en la escuela: bien rehuyéndola, o bien hablándole como si fuera una cosita frágil que cualquier palabra brusca pudiera quebrar.

Una noche de febrero, Luke la llevó a su casa en su camioneta y ella lo invitó a pasar. Su padre estaría fuera todo el fin de semana, en un retiro de la iglesia, y la casa se hallaba a oscuras y en silencio cuando llegaron. Ella quiso prepararle un trago a Luke –es lo que hacían las mujeres de las películas, ofrecerle al hombre un vaso achaparrado, lleno de algún líquido oscuro y masculino– pero la vitrina de cristal de la sala brillaba a la luz de la luna completamente vacía de botellas de licor; y Luke la acorraló contra la pared y la besó. Nadia no le dijo que aquella era su primera vez, aunque él se dio cuenta. Tres veces le preguntó en la cama si quería que se detuviera, y las tres veces ella dijo que no. El sexo dolía, pero ella quería sentirlo. Quería que Luke fuera su herida exterior.

Para cuando llegó la primavera, Nadia ya sabía a qué hora salía Luke del trabajo y cuando podía quedarse de ver con él, en el rincón más alejado del estacionamiento, donde dos personas podían estar solas un rato. Sabía cuándo eran sus noches libres, noches en las que ella aguardaba el ruido que hacía su camioneta al avanzar lentamente por la calle; noches en las que se escabullía de puntillas frente a la puerta cerrada de la habitación de su padre. Sabía cuáles eran los días en los que Luke entraba a trabajar más tarde, días en que metía a Luke a hurtadillas, antes de que su padre llegara a casa del trabajo. Sabía también que la playera con el logo del Gordo Charlie que Luke usaba era una talla más chica, porque eso le ayudaba con las propinas. Y que cuando él se sentaba en el borde de la cama sin decir nada era porque le angustiaba la extenuante jornada que le esperaba, así que ella tampoco le decía nada; se limitaba a quitarle aquella playera demasiado ajustada y acariciaba con sus manos la vastedad de aquellos hombros anchos. Sabía que estar de pie durante tantas horas hacía que la pierna le doliera, muchísimo más de lo que él estaba dispuesto a admitir, y a veces, mientras dormía a su lado, ella contemplaba la delgada cicatriz que ascendía hasta su rodilla. Los huesos, como todo en este mundo, eran fuertes hasta que ya no.

También sabía que el restaurante del Gordo Charlie estaba siempre vacío entre el almuerzo y la hora feliz; y cuando el resultado de la prueba de embarazo resultó positivo, tomó un autobús para ir a contárselo a Luke.

Lo primero que él dijo fue:
—Mierda.
Y luego:
—¿Estás segura?
Y luego:
—¿Segura, completamente segura?
Y finalmente:
—Mierda.

En el interior del restaurante vacío, Nadia ahogó sus papas fritas en una alberca de cátsup, hasta que quedaron todas blandas y aguadas. Por supuesto que estaba segura. No habría ido hasta allá a preocuparlo en balde, si no estuviera completamente segura. Durante varios días le ordenó a su cuerpo que sangrara, rogando que apareciera un hilillo de sangre, aunque fuera una sola gota, pero lo único que obtuvo fue la blancura impecable de sus pantaletas. Así que, esa misma mañana, había tomado un autobús que la condujo al centro de ayuda para embarazadas, ubicado a las afueras de la ciudad: un edificio gris de una sola planta que se levantaba en el centro de una plaza comercial. En el vestíbulo, una hilera de plantas artificiales ocultaba casi por completo a la recepcionista, quien dirigió a Nadia hacia la sala de espera. Allí se unió a un grupo de chicas negras que ni siquiera alzaron la mirada cuando ella tomó asiento, entre una muchacha rellenita que mascaba chicle y hacía bombas de color morado, y una chica vestida con un overol recortado que jugaba Tetris en su teléfono. Una rolliza consejera blanca, llamada Dolores, condujo a Nadia hacia la parte posterior, donde ambas se apretujaron en el interior de un cubículo tan estrecho que las rodillas de ambas chocaban.

—Y, bueno, ¿tienes alguna razón para creer que puedas estar embarazada? –le preguntó Dolores.

Llevaba puesto un abultado suéter gris, cuyo frente estaba cubierto de borreguitos de algodón. Hablaba como una maestra de kínder: sonreía mucho y remataba sus frases con un ligero tono cantarín. Seguramente pensaba que Nadia era una idiota: otra chica negra demasiado tonta como para exigirle al novio que usara condón. Pero habían usado condones, casi todas las veces, y Nadia estaba furiosa consigo misma por la confianza que había sentido respecto a la manera generalmente segura en que tenían relaciones. Se suponía que ella era la lista. Se suponía que ella entendía que bastaba un solo error para que su futuro le fuera arrebatado. Había conocido chicas que quedaron embarazadas. Las había visto bambolearse por los pasillos de la escuela, con camisetas demasiado apretadas y sudaderas contra las que se marcaban sus vientres. Nunca vio a los chicos que las habían puesto en esa situación –sus nombres estaban envueltos en un halo de misterio, tan tenue como el rumor mismo– pero no podía dejar de ver a las chicas, que cada vez se iban poniendo más gordas y más radiantes ante sus ojos. Ella, más que nadie, tendría que haberlo prevenido. Ella misma había sido el error de su madre.

Luke estaba sentado del otro lado de la mesa y flexionaba sus dedos como solía hacerlo cuando se encontraba en la banca durante los partidos. Durante su primer año en la preparatoria, Nadia pasó más tiempo mirándolo a él que al resto del equipo. Siempre se preguntó cómo se sentirían las caricias de aquellas manos.

—Pensé que tenías hambre –dijo él.

Ella arrojó la papa frita que sostenía de vuelta a la pila. No había comido nada en todo el día: tenía un gusto salado en la boca, el mismo que siempre sentía antes de vomitar. Se quitó las sandalias y alzó sus pies desnudos y los recostó contra el muslo de Luke.

—Me siento fatal –le dijo.

—¿Quieres otra cosa?

—No sé.

Él comenzó a levantarse del asiento.

—Deja que te traiga algo más...

—No puedo tenerlo –dijo Nadia.

Luke se detuvo, sin incorporarse del todo.

—¿Qué?

—No puedo tener un bebé –respondió ella–. No puedo ser la maldita madre de nadie, tengo que ir a la universidad y mi papá me va a...

No se atrevió a decir en voz alta lo que quería hacer –la palabra «aborto» se escuchaba horrorosa, mecánica–, pero Luke había entendido, ¿no? Él había sido la primera persona a quien le contó del correo electrónico de aceptación que recibió de la Universidad de Michigan: Luke la había tomado entre sus brazos, antes de que ella pudiera terminar la frase siquiera, y la había apretado tan fuerte que por poco la aplasta. Él tenía que entender que no podía dejar pasar esa oportunidad, la única que tenía de marcharse de casa, de alejarse de ese padre mudo, cuya sonrisa no alcanzó a llegar a sus ojos cuando ella le mostró el correo electrónico, pero que seguramente sería mucho más feliz cuando ella se marchara y ya no estuviera ahí para recordarle todo lo que había perdido. No podía permitir que este bebé la anclara, justo cuando había logrado encontrar una oportunidad para escapar de allí.

Pero si Luke entendió, no dijo nada. No dijo ni una sola palabra al principio; se limitó a hundirse en el sillón del gabinete, como si súbitamente su cuerpo se hubiera tornado débil pero pesado. En aquel momento le pareció que era mucho más viejo que ella, y su rostro, cubierto por una barba incipiente, pareció cansado y demacrado. Tomó los pies de Nadia entre sus manos y los acunó sobre su regazo.

—Muy bien –dijo, y bajó un poco más la voz–: muy bien. Dime qué tengo que hacer.

No estaba tratando de hacerla cambiar de opinión. Y Nadia se lo agradeció, aunque una parte de ella realmente esperaba que él hiciera algo romántico y anticuado, como pedirle matrimonio. Jamás habría aceptado casarse con él, pero hubiera sido un bonito detalle que lo intentara. En vez de eso, le estaba preguntando cuánto dinero necesitaba. Se sintió como una estúpida –había pasado totalmente por alto el detalle práctico de que había que pagar por el procedimiento–, pero él le prometió que reuniría el dinero. Al día siguiente, cuando se lo entregó dentro de un sobre, ella le pidió que no la acompañara a la clínica. Él le acarició la nuca.

—¿Estás segura? –le preguntó.

—Sí –respondió Nadia–. Sólo pasa por mí cuando todo termine.

Se sentiría peor acompañada. Más vulnerable. Luke la había visto desnuda, se había deslizado dentro de ella, pero la posibilidad de que la viera asustada era una clase de intimidad que ella no estaba dispuesta a permitirle.

La mañana de su cita, Nadia tomó el autobús hasta la clínica de abortos, ubicada en el centro de la ciudad. Había pasado frente a ella en una docena de ocasiones –un ordinario edificio marrón, acurrucado a la sombra de una sucursal del Banco de América– pero nunca se había imaginado cómo sería por dentro. Así que, mientras el autobús emprendía su ruta rumbo a la playa, Nadia miró por la ventanilla e imaginó asépticas paredes blancas, bandejas llenas de instrumentos afilados y obesas recepcionistas enfundadas en enormes sudaderas arreando muchachas llorosas hacia la sala de espera. Pero en lugar de eso, se topó con un vestíbulo amplio y bien iluminado, paredes pintadas de un color cremoso que seguramente tenía algún nombre refinado como «ocre» o «marrón topo», y mesitas de roble sobre las que descansaban pilas de revistas y, junto a ellas, jarrones azules llenos de conchas marinas. Nadia tomó asiento en una de las sillas más alejadas de la puerta y fingió leer un ejemplar del *National Geographic*. A su lado, una chica pelirroja mascullaba algo mientras se esforzaba en resolver un crucigrama; su novio, arrellanado en la silla contigua, no despegaba la mirada de su teléfono. Era el único hombre presente en aquella sala, así que era posible que la pelirroja se sintiera superior a las demás –más amada– porque su novio la había acompañado, aunque realmente no parecía ser un buen novio: ni le dirigía la palabra ni la tomaba de la mano, como Luke seguramente sí lo habría hecho. En el otro extremo de la habitación, una chica negra que llevaba un vestido amarillo gemía con el rostro oculto en la manga de su chamarra de mezclilla. A su lado se encontraba su madre, una mujer robusta con una rosa púrpura tatuada en uno de sus brazos cruzados. La madre parecía muy enojada, o tal vez sólo estaba preocupada. La chica debía tener unos catorce años, y entre más ruidosamente gimoteaba, más se esforzaban los presentes en no voltear a mirarla.

Nadia pensó en enviarle un mensaje de texto a Luke: *Ya estoy aquí. Todo bien.* Pero sabía que su turno en el restaurante recién comenzaba, y que seguramente ya estaría, de por sí, demasiado angustiado. Hojeó lentamente la revista; sus ojos iban de las páginas de la publicación a la sonrisa de la recepcionista rubia que respondía el teléfono a través de sus auriculares, al tráfico del otro lado de las ventanas, al jarrón azul lleno de conchas marinas que se encontraba junto a ella. A su madre no le gustaba la playa –le parecía un lugar sucio, con colillas de cigarrillos por todas partes– pero sí le gustaban las conchas marinas, de modo que, cada vez que iba con Nadia, se pasaba la tarde entera recorriendo la orilla y agachándose de vez en cuando para recoger una caracola de la arena húmeda.

—Me tranquilizan –le había dicho en una ocasión. Había abrazado a Nadia contra su regazo y girado la concha sobre su palma, con mucho cuidado, para mostrarle el reluciente interior que emitía tenues destellos verdes y azulados.

—¿Turner?

Fue una enfermera negra con rastas entrecanas, de pie en el umbral del vestíbulo, quien leyó su nombre en un portapapeles metálico. Mientras acomodaba su bolso,

Nadia se dio cuenta de que la enfermera la miraba de arriba abajo, deslizando sus ojos por su atuendo: blusa roja, jeans ajustados, tacones negros.

—Debió haberse puesto algo más cómodo –dijo la enfermera.

—Estoy cómoda –respondió Nadia. Sintió que volvía a tener trece años de nuevo y que se encontraba de pie ante el escritorio del subdirector, mientras éste le soltaba un sermón sobre la forma de vestir apropiada para la escuela.

—Me refiero a que debió venir con ropa deportiva –dijo la enfermera–. Alguien debió haberle avisado cuando hizo la cita.

—Me lo dijeron.

La enfermera sacudió la cabeza y comenzó a caminar por el pasillo. A diferencia de sus alegres compañeras blancas que paseaban por los corredores vestidas con batas rosas y zapatos de suela de goma, aquella enfermera negra parecía estar harta. Como si hubiera visto demasiado ya, como si ya nada le sorprendiera, ni siquiera una muchacha insolente vestida de forma inapropiada, una chica tan solitaria que ni siquiera había sido capaz de hallar a nadie que le hiciera compañía mientras aguardaba en la sala de espera. No, no había nada excepcional en una muchacha como ella: ni sus excelentes calificaciones ni su belleza. No era más que otra chica negra que se había metido en apuros y que trataba de deshacerse del problema.

En la sala de ecografías, el técnico le preguntó a Nadia si quería mirar el monitor. Era opcional, le explicó, aunque a muchas mujeres les ayudaba a superar la pérdida.

Ella dijo que no quería. Una vez había escuchado la historia de una chica de dieciséis años que asistía a la misma preparatoria que ella y que había dado a luz en la playa y abandonado a su bebé ahí, sobre la arena. La habían arrestado porque la chica había vuelto sobre sus pasos para decirle a un policía que había visto a un bebé, y éste adivinó que ella era la madre. Nadia siempre se había preguntado cómo era que el policía se había dado cuenta. Tal vez las luces de la patrulla descubrieron la sangre que manchaba el interior de los muslos de la chica, o tal vez alcanzó a oler la leche fresca que manaba de sus pezones. O tal vez fue otra cosa completamente distinta: la manera tan vehemente en que la chica le entregó al bebé, o la mirada aprehensiva que descubrió en sus ojos cuando él pasó su mano por el suave cabello del niño para retirar la arena que se le había pegado. A lo mejor había logrado percibir el amor materno que se extendía, como un cordón dorado, entre el bebé abandonado y la chica que se alejaba. Algo la había delatado, y Nadia no pensaba cometer ese mismo error. No volvería sobre sus pasos. No vacilaría, ni se permitiría amar al bebé, o siquiera conocerlo.

—Sólo hágalo –le dijo al técnico.

—¿Y qué tal si es un embarazo múltiple? –le preguntó el hombre, girando hacia ella en su banquillo–. Ya sabes, gemelos, trillizos…

—¿Para qué querría saber eso?

El técnico se encogió de hombros.

—Algunas mujeres quieren saberlo.

Nadia ya sabía demasiado de aquel bebé, como el hecho de que era un niño. Era demasiado pronto para poder corroborarlo, pero ella podía sentir la otredad del bebé en su cuerpo, ese algo que era ella y que al mismo tiempo no lo era. Una presencia masculina. Un niño que tendría los mismos rizos rebeldes de Luke y su idéntica forma de sonreír con los ojos entrecerrados. No, no podía pensar en eso tampoco. No podía darse el lujo de amar a ese bebé por Luke. Así que, cuando el técnico deslizó el sensor por su estómago cubierto de aquella viscosidad azul, ella apartó la mirada del monitor.

Después de unos minutos, el técnico hizo una pausa y detuvo el sensor sobre su ombligo.

—Hum… –carraspeó.

—¿Qué? –preguntó ella–. ¿Qué pasa?

Tal vez ni siquiera estaba embarazada. Podía suceder, ¿no? Tal vez la prueba había salido defectuosa, o tal vez el bebé se había dado cuenta de que no era deseado. En la pantalla aparecía una franja de luz granulosa y, justo en el centro, un óvalo negro con una diminuta mancha blanca en su interior.

—Tu útero parece una esfera perfecta –dijo el técnico.

—¿Y qué? ¿Eso qué significa?

—No lo sé –respondió el hombre–. ¿Quizás eres una superheroína?

Soltó una risita y siguió deslizando el sensor sobre el gel. Nadia no tenía idea de qué era lo que esperaba ver en la ecografía: ¿la silueta de una frente, tal vez, o el contorno de una barriga? Cualquier cosa menos aquella mancha blanca con forma de frijol, tan pequeña que fácilmente podría taparla con su pulgar. ¿Cómo era posible que ese puntito de luz fuera una vida? ¿Cómo algo tan pequeño podía arruinar la de ella?

Cuando volvió a la sala de espera, la chica de la chamarra de mezclilla sollozaba ruidosamente. Nadie la miraba, ni siquiera la mujer robusta, que ahora se encontraba sentada a una silla de distancia de la chica. Nadia se había equivocado: aquella mujer no podía ser su madre. Una madre se habría acercado a una hija que llora, no se habría alejado. Su madre la habría abrazado y habría absorbido sus lágrimas con su propio cuerpo. La habría mecido entre sus brazos y no la habría soltado hasta que la enfermera volviera a decir su nombre. Pero aquella mujer se inclinó hacia la chica que lloraba y le pellizcó el muslo.

—¡Detente ya! –le gritó–. ¿Querías ser grande? Pues ya lo eres.

El procedimiento sólo dura diez minutos, le dijo la enfermera de las rastras canosas. Menos que un episodio de una serie de televisión.

En el gélido quirófano, Nadia contempla el monitor que cuelga ante sus ojos y que proyecta una serie de imágenes de playas de todo el mundo. Bocinas colocadas en el techo emiten la música de un CD de meditación: acordes de guitarra clásica y el sonido de olas rompiendo. Nadia sabe que tiene que fingir que se encuentra acostada sobre la playa de una isla tropical, su cuerpo descansando sobre granos de arena blanquísimos. Pero cuando la enfermera coloca sobre su rostro la máscara de la anestesia y le pide que cuente hasta cien, Nadia no podrá evitar pensar en la chica que abandonó a su bebé sobre la arena. Tal vez la playa es el lugar más natural para abandonar a un bebé que no puedes criar. Podrías recostarlo sobre la arena y esperar a que alguien lo hallara: una pareja de ancianos que da un paseo nocturno, o una patrulla de policía barriendo con sus reflectores la arena llena de envases de cerveza. Pero si no sucedía, si no lo hallaban, entonces el bebé regresaría a su antigua morada, al mar que era como el mar que había dentro de ella. Las olas invadirían la playa y lo envolverían en sus brazos y lo mecerían hasta que se durmiera.

Luke nunca llegó a recogerla cuando todo terminó.

Una hora después de haberlo llamado, Nadia era la única chica que aún aguardaba a que fueran por ella en la sala de recuperación, ovillada sobre un sillón reclinable excesivamente mullido, mientras sujetaba una almohadilla térmica contra su acalambrado vientre. Se pasó una hora escudriñando la penumbra de la habitación sin ser capaz de distinguir las caras de las otras chicas, aunque imaginaba que lucirían tan inexpresivas como la suya. Tal vez la niña del vestido amarillo había llorado con la cara oculta en los brazos de su sillón reclinable. O tal vez la pelirroja había vuelto a su crucigrama. Tal vez ya había pasado por esto antes; tal vez tenía hijos y no podía criar otro más. ¿Era más fácil hacerlo cuando ya tenías un hijo, como cuando educadamente rechazas una segunda porción de comida porque ya estás demasiado llena?

Ahora todas las demás se habían marchado y Nadia había sacado su teléfono para llamar a Luke por tercera vez, cuando la enfermera de las rastas se acercó arrastrando una silla metálica. Llevaba también un plato desechable con galletas saladas y una cajita de jugo de manzana.

—Los cólicos te van a durar un buen rato –dijo la enfermera–. Con un poco de calor podrás aliviarlos. ¿Tienes una almohadilla térmica en casa?

33

—No.

—Entonces calienta una toalla. Te servirá igual.

Nadia hubiera querido que le tocara una enfermera distinta. Las había visto revolotear por la sala, mimando a sus chicas, ofreciéndoles sonrisas y apretones de manos. Pero la enfermera de las rastas se limitó a zarandear el plato desechable ante sus ojos.

—No tengo hambre –le dijo Nadia.

—Necesitas comer algo. No puedo dejarte ir hasta que comas.

Nadia suspiró y tomó una galleta. ¿Dónde estaba Luke? Estaba harta de aquella enfermera, de su cutis arrugado y sus ojos penetrantes. Quería estar acostada en su propia cama, envuelta en su edredón y con la cabeza apoyada en el pecho de Luke. Él le prepararía sopa y le pondría películas en su computadora hasta que se quedara dormida. La besaría y le diría que había sido muy valiente. La enfermera descruzó sus piernas y enseguida volvió a cruzarlas de nuevo.

—¿Ya te respondió tu amigo? –preguntó.

—No. Pero ya viene en camino –respondió Nadia.

—¿Puedes llamar a alguien más?

—No necesito a nadie más, él vendrá por mí.

—No, nena, no vendrá –dijo la enfermera–. ¿Puedes llamar a alguien más?

Nadia alzó la mirada, sorprendida por la seguridad con que la enfermera aseguraba que Luke no iría por ella, pero más alarmada aún por haber empleado la palabra «nena». Un suave y delicado «nena» que sorprendió incluso a la propia enfermera, como si la palabra aquella se le hubiera escapado sin querer. Igual que a Nadia le sucedió tras el procedimiento, cuando en medio del sopor de la anestesia, había mirado el rostro borroso de la enfermera y le había dicho: «¿Mami?», con tanta dulzura que la mujer estuvo tentada a responder que sí.

Dos

S I Nadia Turner nos hubiera pedido consejo, le habríamos dicho que se mantuviera alejada de ese muchacho.

Ya saben lo que dicen de los hijos de los ministros. Cuando son aún lo bastante pequeños para asistir a la doctrina, se la pasan correteando por el presbiterio, haciendo bulla y rayando las bancas con crayones. Cuando pasan a secundaria, el hijo del pastor persigue a las chicas para meterles la mano por debajo de las faldas, mientras la hermana se pintarrajea la boca con labiales de colores brillantes hasta parecer una fulana. Para cuando llegan a la preparatoria, el hijo del pastor se la vive fumando yerba en el estacionamiento de la iglesia, mientras la hija se deja manosear en el baño por el hijo del diácono, que silenciosamente le baja las medias que la madre de la chica le exigió que usara porque las mujeres decentes no van a la iglesia con las piernas descubiertas.

Luke Sheppard, tan insolente y atrevido, con sus rizos rebeldes y sus hombros anchos de jugador de futbol americano, y aquella sonrisa de ojos entrecerrados. Oh, cualquiera de nosotras pudo haberle advertido que se mantuviera alejada de ese muchacho. Aunque, por supuesto, no nos habría hecho caso. Porque ¿qué sabían las madres de la iglesia de su relación con el hijo del pastor? No sabían que Luke la tomaba de la mano cuando dormían juntos ni que le acariciaba el cabello cuando se acurrucaban en la cama, ni tampoco que, justo después de contarle de la prueba de embarazo, Luke había tomado sus pies desnudos y los había acunado en su regazo. Un hombre que entrelaza sus dedos con los tuyos toda la noche y que acaricia tus pies cuando estás triste seguramente te ama; por lo menos te ama un poquito. Y, además, ¿qué podrían saber del amor esa bola de ancianas?

Le habríamos respondido que todas juntas le llevábamos siglos enteros de ventaja. De haber podido desplegar nuestras vidas ante ella, una tras otra en hilera, se habría dado cuenta de que éramos más viejas que la Gran Depresión, más viejas que la Guerra Civil o que los mismísimos Estados Unidos. Y todo ese tiempo que llevábamos vivas habíamos podido conocer al hombre. Ay, muchacha, hasta conocimos un poquitín del amor. Esa gotita de miel, ese chorrito de dulzura que queda en el fondo del frasco vacío y que retienes en la boca para engañar al apetito. A lo largo de nuestra vida nos hemos relamido los bigotes para saborear lo último que nos quedaba de este chorrito, pero nada nos ha hecho pasar tanta hambre como ese resabio de amor.

Diez años antes de que Nadia Turner acudiera a la clínica del centro, nosotras ya habíamos estado ahí. Ah, pero no sean malpensados: cuando aquella clínica acabó de construirse, la perspectiva de tener más bebés, deseados o no deseados, nos hubiera hecho carcajearnos como la mismísima

Sara de la Biblia. Para ese entonces ya todas éramos madres; algunas madres con la matriz y otras madres con el corazón. Arrullábamos a los nietecitos que nos dejaban encargados, les enseñábamos a tocar el piano a los niños del vecindario, y horneábamos pasteles para los enfermos y los confinados. Todas habíamos sido ya la madre de alguien, pero sobre todo éramos las madres de la Iglesia del Cenáculo, así que cuando la congregación organizó una manifestación frente a la clínica de abortos, nosotras nos unimos a ella. Pero no crean que la Iglesia del Cenáculo es de esas parroquias que se la viven haciendo escándalo por cualquier cosita con la que no estén de acuerdo. No somos de esa gente que blande su puño ante las películas para adultos ni de los que compran montones de discos de rap sólo para destruirlos ni de los que escriben cartas a Sacramento para asegurar la vigencia y extensión de la lista de libros prohibidos en las escuelas. De hecho, la Iglesia del Cenáculo sólo había organizado una protesta antes, allá por los años setenta, cuando se construyó el primer club de *striptease* de Oceanside. ¡Un club nudista, a pocos metros de la playa donde nuestros hijos nadaban y jugaban! ¿Qué vendría después? ¿Un burdel en el muelle? ¿Por qué no convertían de una vez todo el puerto en una zona de prostíbulos? Y, bueno, el Hanky Panky abrió sus puertas y aunque fue una verdadera desgracia para la comunidad, todo el mundo estuvo de acuerdo en que la nueva clínica de abortos era algo mucho peor todavía. Un indicio de los tiempos que vivíamos en realidad. Una clínica de abortos ahí, justo en el centro, como si fuera una tienda de donas.

Así que la mañana de la protesta, toda la congregación se reunió frente al solar donde construían la clínica. John

Segundo, que había llevado en su coche a los que no tenían, y la hermana Willis, que había puesto a los niños de la doctrina a colorear las mantas y letreros de la protesta, incluso Magdalena Price, que normalmente no movía un solo dedo en la iglesia para hacer algo que no fuera tocar el piano, acudieron a la manifestación «para ver de qué iba todo ese alboroto», como bien dijo Magdalena. Todos formamos un círculo en torno al pastor, a su esposa y su hijo –que, en ese entonces, era un chiquillo que no dejaba de patear terrones hacia la acera–, mientras el pastor oraba por las almas de los inocentes.

Nuestra protesta duró sólo tres días (y no porque nuestras convicciones hubieran flaqueado, no, sino por culpa de los activistas que se nos unieron: esa clase de personas blancas, totalmente chifladas, que uno de esos días terminarían saliendo en el noticiero por haber puesto una bomba o por haber apuñalado a los doctores de alguna clínica. Lo último que nosotros queríamos era estar junto a ellos cuando se deschavetaran). Y cada uno de esos tres días, a las seis de la mañana en punto, Robert Turner conducía su camioneta desde la iglesia hasta el centro de la ciudad para entregar un nuevo cargamento de letreros y mantas a los manifestantes. Él y su esposa no eran de los que protestaban, le dijo al pastor, pero lo menos que podía hacer era llevar los letreros en su camioneta.

Aquello había ocurrido diez años antes de que la congregación del Cenáculo comenzara a referirse a Robert Turner como el hombre de la camioneta, una pickup negra que había terminado por convertirse en la camioneta de la iglesia, debido a la frecuencia con la que Robert salía de la iglesia a bordo de ella, con un brazo apoyado contra la portezuela y la caja llena de cestos con alimentos o cajas con ropa donada o sillas metálicas. No era el único miembro de la comunidad que poseía una camioneta, por supuesto, pero era el único dispuesto a prestarla en cualquier ocasión. Tenía una agenda junto al teléfono, y cada vez que alguien de la iglesia llamaba, anotaba diligentemente el encargo con un lápiz diminuto. A veces bromeaba con que debería añadir a la camioneta en el mensaje automático de su contestadora, pues de cualquier forma el vehículo recibía más mensajes que él. Era una simple broma, aunque él a veces se preguntaba si no sería la mera verdad. Tal vez la camioneta era el verdadero motivo por el cual lo convidaban a los almuerzos y días de campo; tal vez la verdadera invitada era la camioneta, la cual necesitaban para transportar los altavoces y las mesas y las sillas plegables, aunque no les importaba que él también acudiera. ¿Por qué otro motivo lo saludarían tan afectuosamente cada vez que llegaba a la iglesia los domingos? Los ujieres le palmeaban la espalda y las señoras de la mesa de recepción le sonreían, e incluso el pastor llegaría a mencionar en alguna ocasión, así como de pasada, que no le sorprendería en lo absoluto que la excelente gestión de Robert lo conduciría a formar parte del Consejo de Notables de la iglesia.

La camioneta, creía Robert, había mejorado su situación en la comunidad. Pero también su hija tenía algo que ver al respecto. La gente siempre se mostraba benevolente con los padres solteros, especialmente con aquellos que tienen hijas, de modo que la congregación se habría volcado igualmente hacia Robert Turner incluso si su esposa no hubiera hecho esa locura espantosa y se hubiera limitado a meter sus cosas en una maleta y a largarse de la casa, lo que para algunos era exactamente lo que la mujer había hecho de cualquier manera.

Aquella tarde, cuando su padre llegó a casa a bordo de su camioneta, Nadia estaba acostada en la cama, hecha un ovillo y sujetándose el vientre convulso.

—Los cólicos pueden llegar a ser muy fuertes –le había dicho la enfermera de las rastas–. Te durarán un par de horas, más o menos, pero llama al número de emergencias si se vuelven demasiado intensos.

La enfermera no le había explicado cuál era la diferencia entre los cólicos fuertes y los intensos, pero le entregó una bolsa blanca de papel con la parte superior enrollada como las bolsas en las que llevas el almuerzo a la escuela.

—Es para el dolor –le explicó–. Toma dos píldoras cada cuatro horas.

Una voluntaria de la clínica se ofreció a llevarla de regreso a casa, y cuando Nadia se acomodó en el asiento del polvoriento Sentra de la voluntaria, miró con disimulo por la ventanilla hacia donde se encontraba la enfermera, que las miraba alejarse. La voluntaria –rubia, de veintitantos años, muy sincera– se la pasó parloteando nerviosamente y jugueteando con los botones de la radio durante todo el trayecto. Era estudiante de tercer año de la Universidad Estatal de California en San Marcos, le contó, y trabajaba de voluntaria en la clínica, como parte de su especialización en estudios feministas. Tenía toda la pinta de ser una de esas chicas que podían asistir a la universidad, titularse en algo llamado «estudios feministas» y exigir que se le tomara en serio. Le preguntó a Nadia si pensaba ir a la universidad, y pareció sorprendida con su respuesta.

—Oh, Michigan es una excelente universidad –le dijo, como si Nadia no lo supiera.

Habían pasado dos horas ya de aquello. Nadia apretó los ojos con fuerza para escapar del núcleo helado del dolor hacia los bordes más cálidos de éste. Quiso tomar otra píldora, a pesar de que sabía que debía esperar más tiempo antes de hacerlo, pero entonces escuchó el estruendo de la puerta de la cochera al abrirse, y metió el frasco de píldoras dentro de la bolsa blanca y la guardó en el cajón de su mesita de noche. Cualquier cosa inusual podría delatarla ante su padre, incluso aquella bolsa común y corriente. Desde que descubrió que estaba embarazada, estaba segura de que su padre terminaría dándose cuenta de que algo le pasaba. Su madre siempre lo hacía; podía notar si había tenido un mal día en la escuela instantes después de que Nadia se subía al auto. «¿Qué sucedió?», le preguntaba, antes siquiera de que Nadia pudiera abrir la boca para saludarla. Su padre nunca fue tan perspicaz como ella, pero un embarazo no era como un mal día en la escuela, para nada: seguramente su padre se daría cuenta que Nadia estaba aterrorizada, tenía que hacerlo. Y en el fondo se sentía aliviada de que él no se hubiera percatado de nada, aunque aquello también la asustaba: ¿cómo era posible que pudieras volver a casa en un cuerpo diferente, con algo tremendo ocurriendo en tu interior, y que nadie lo advirtiera?

Su padre llamó tres veces a la puerta de su habitación y la abrió. Hoy llevaba puesto su uniforme color caqui que era como una segunda piel, con sus pliegues prolijamente planchados y una hilera de insignias prendidas al pecho. A las amigas de Nadia les extrañaba mucho que su padre fuera un marine, pues no tenía nada en común con los muchachos fornidos y altaneros que deambulaban por la ciudad, que se la vivían armando alboroto afuera del Regal o tratando de seducir a las chicas que pasaban por ahí. Tal vez su padre había sido así de joven, aunque Nadia no conseguía imaginárselo. Su padre era un sujeto tranquilo e intenso; un hombre alto y robusto, incapaz de relajarse, como un perro guardián sentado sobre sus patas traseras, con las orejas bien levantadas.

Se asomó a la habitación de Nadia y se inclinó para desatar los cordones de sus brillantes botas negras.

—Te ves un poco mal –le dijo–. ¿Estás enferma?

—Tengo cólicos –respondió Nadia.

—Oh, eso… –señaló su propio estómago–. ¿Necesitas algo?

—No –respondió Nadia, pero enseguida se le ocurrió–: O no, sí, espera… ¿Puedo usar tu camioneta al rato?

—¿Para qué la quieres?

—Para manejarla.

—Quise decir, ¿a dónde irás?

—No puedes hacer eso.

—¿No puedo hacer qué?

—Preguntar a dónde voy a ir. Ya casi tengo dieciocho años.

—¿No puedo preguntarte a dónde vas a llevar mi camioneta?

—¿A dónde crees que voy a ir? –exclamó ella–. ¿Del otro lado de la frontera?

A su padre nunca le interesaba a dónde iba Nadia, excepto cuando le pedía prestada su adorada camioneta. Se pasaba las tardes dando vueltas en torno al vehículo, frotándolo con un paño de terciopelo rojo empapado de cera, hasta que la carrocería resplandecía como si fuera de vidrio. Y entonces, tan pronto como alguien de la Iglesia del Cenáculo le hablaba por teléfono para pedirle algún favor, su padre salía corriendo de la casa en pos de su camioneta, como si ésta fuera su única hija, una que constantemente demandaba y suplicaba su amor.

Su padre suspiró y se pasó la mano por los cabellos canosos que Nadia le cortaba cada dos semanas, como su madre solía hacerlo: él se sentaba en el patio trasero con una toalla sobre los hombros mientras ella le pasaba la maquinilla. Aquél era el único momento en que Nadia se sentía cercana a su padre.

—Iré al centro, ¿de acuerdo? –dijo ella–. ¿Me prestas la camioneta, por favor?

Una nueva oleada de cólicos la embistió, y Nadia se estremeció de dolor y se envolvió aún más en la manta que la cubría. Su padre se demoró un instante en el umbral de la puerta antes de colocar las llaves de la camioneta sobre el tocador de Nadia.

—Puedo hacerte un té –le dijo–. Se supone que... tus tías solían beberlo cuando, ya sabes...

—Sólo déjame las llaves –respondió ella.

Un día después de que Nadia fuera aceptada en la universidad de Michigan, Luke la llevó al parque acuático Wave, donde estuvieron deslizándose por los tubos de los toboganes hasta que terminaron completamente empapados y exhaustos. Al principio, ella creyó que Luke la estaba invitando a un parque acuático porque la consideraba una mocosa, pero al final él se divirtió tanto como ella. Gritaba cuando salían despedidos de los toboganes y caían salpicando agua en las piscinas, y en seguida ya estaba arrastrando a Nadia al siguiente tobogán, con el pecho cubierto de gotas de agua y sus patillas lanzando destellos bajo la luz del sol. Después almorzaron salchichas empanizadas y churros, sentados en las mesas junto al área infantil del parque, donde los niños que eran demasiado pequeños para subirse a los toboganes chapoteaban protegidos con sus flotadores. Nadia lamió los restos de azúcar y canela que quedaron en sus dedos, harta de sol y de felicidad; una alegría que antes le habría parecido algo ordinario pero que ahora se sentía más bien frágil: una cosa que podía resbalársele de los hombros y caer al piso y hacerse añicos si acaso se atrevía a levantarse demasiado rápido.

No esperaba ningún regalo de Luke. Su padre apenas la había felicitado. «Mira nada más» había dicho, pasándole un brazo por los hombros, cuando ella le mostró el correo electrónico de la universidad. Pero más tarde aquella misma noche, cuando pasó junto a ella en la cocina, su padre la vio sin mirarla, con los ojos vidriosos, como si Nadia no fuera otra cosa que un mueble que algún día había sido interesante, pero que ahora resultaba aburrido. Ella trató de no tomárselo personal –de cualquier forma, nada parecía alegrar a su padre en aquellos días– pero aun así no pudo evitar derramar unas cuantas lágrimas en el baño, mientras se lavaba los dientes. Cuando despertó, a la mañana siguiente, encontró una tarjeta de felicitación sobre su mesita de noche, con un billete de veinte dólares doblado dentro. *Lo siento*, había escrito su padre.

Estoy esforzándome. ¿Esforzándose en qué? ¿Esforzándose en amarla?

Nadia colocó sus piernas estiradas sobre el regazo de Luke, y este comenzó a masajear la tersa piel de sus pantorrillas mientras terminaba de comer su salchicha. Nunca antes había dejado que Luke la viera así –con el cabello húmedo y ensortijado, y la cara limpia, sin una sola gota de maquillaje–, pero la manera en que le sonreía y le acariciaba las piernas hacía que se sintiera hermosa. Se preguntó si aquellas caricias no significaban algo más; si tal vez Luke se estaba enamorando un poquito de ella. Antes de marcharse quiso que se tomaran una foto juntos, pero Luke puso su mano sobre el teléfono de Nadia. Quería mantener la relación en secreto.

—No, no en secreto –dijo él–. Sólo quiero que sea privada.

—Es exactamente lo mismo –respondió ella.

—No, no lo es. Sólo quiero que seamos discretos, eso es todo.

—¿Por qué?

—Por el asunto de tu edad, claro.

—Ya casi cumplo dieciocho años.

—Casi, pero todavía no.

—Yo jamás te metería en ningún problema, ¿qué no lo sabes?

—No es por eso –respondió él–. No sabes cómo es. No eres hija de un pastor. Tengo a toda la iglesia encima de mí todo el tiempo. Y la tendrás encima de ti también. Es mejor que seamos precavidos, es todo lo que estoy diciendo.

Tal vez sí había diferencia entre una relación secreta y una privada. Una relación es secreta cuando te avergüenza, pero una relación puede ser privada por diversas razones.

En cierto sentido, todas las relaciones son privadas: mientras tú seas feliz, nadie tiene por qué enterarse. Así que Nadia aprendió a mantener la suya en privado. No tomaba a Luke de la mano en público ni publicaba fotos de ellos dos juntos en las redes sociales. Incluso dejó de acudir diariamente al restaurante del Gordo Charlie después de clases, en caso de que sus compañeros de trabajo comenzaran a sospechar que había algo entre ellos. Pero cuando Luke la dejó plantada en la clínica de abortos, Nadia hizo a un lado la privacidad y condujo la camioneta de su padre hasta el restaurante del Gordo Charlie. Sabía que Luke trabajaba los jueves por la noche, pero cuando entró al local no pudo verlo por ninguna parte. Fue al bar y le hizo gestos a Pepe, el robusto cantinero mexicano que siempre llevaba su largo cabello canoso amarrado en una coleta. Él apenas alzó la mirada del vaso que secaba con un trapo marrón.

—Ni se te ocurra enseñarme esa pinche identificación falsa que tienes —le dijo Pepe—. Sabes que no te voy a servir alcohol.

—¿Dónde está Luke? —le preguntó Nadia.

—Yo qué carajos voy a saber.

—¿No le toca turno hoy?

—Yo no dispongo sus horarios.

—Bueno, pero ¿lo has visto?

—¿Te encuentras bien?

—¿No sabes si vino más temprano?

—¿Por qué no le hablas por teléfono?

—No me contesta —respondió ella—. Estoy preocupada.

No era propio de Luke desaparecer de esa manera, ignorar sus llamadas o prometer que iría a recogerla y después dejarla plantada. Especialmente en un día como éste, cuando ella lo necesitaba tantísimo, y él sabía que ella lo necesitaba. Le preocupaba la posibilidad de que algo malo le hubiera ocurrido; o peor aún, que no le hubiera ocurrido nada. ¿Qué tal que Luke la había dejado abandonada en la clínica porque así lo había decidido? No, él jamás haría eso... Pero entonces recordó aquel día en el parque acuático, cuando Luke puso la mano sobre su teléfono: ese breve instante en el que ella se había sentido amada y protegida, antes de que Luke se lo quitara de las manos.

Pepe suspiró y colocó el vaso sobre la barra. Tenía cuatro hijas, Luke se lo había contado una vez; tal vez por eso Pepe siempre la mandaba al cuerno con su identificación falsa, pensó Nadia, y todo el tiempo se la pasaba ahuyentando a los tipos que trataban de seducirla, y siempre le preguntaba cómo pensaba regresar a casa.

—Mira, linda –dijo Pepe–. Ya conoces a Sheppard. Probablemente sólo quería salir con sus amigos. Estoy seguro de que te hablará mañana. Mejor vete a casa, ¿sí?

Al final encontró a Luke en una fiesta.

Y no en cualquier fiesta, sino en una fiesta de estudiantes de preparatoria, aunque Cody Richardson se hubiera ofendido enormemente si alguien se hubiera atrevido a referirse a sus fiestas de esa manera. Después de todo, Cody se había graduado hacía más de diez años, pero las fiestas que organizaba siempre eran juergas estudiantiles, llenas de adolescentes y en donde Nadia y todos sus compañeros de la Preparatoria Oceanside habían pasado incontables fines de semana. Cody era un *skater* de cabellos rubios, el tipo de chico blanco con el que Nadia no tenía nada en común. Aunque normalmente detestaba las fiestas de los chicos blancos –con aquella música tecno tan aburrida y repetitiva, la peste asfixiante a colonia Abercrombie and Fitch y los pésimos pasos de baile– Nadia había asistido a las fiestas de Cody Richardson porque todo el mundo lo hacía. Así que, semana tras semana, Nadia se había apretujado en el interior de aquel bungaló con vista a la playa, en donde no tenías que preocuparte por la llegada prematura de los padres de nadie ni por la policía queriendo disolver la fiesta; y ahora la superficie de aquella casa era como un mapa que señalaba los hitos de su adolescencia: aquel balcón en donde Nadia fumó mariguana por primera vez, tosiendo como loca en la brisa marítima; el rincón de la cocina en donde había roto con su primer novio; y aquel corredor junto al baño en el que, ahogada en alcohol, se había soltado a llorar, un fin de semana después de haber enterrado a su madre.

No había vuelto a casa de Cody desde esa vez. Y, ahora, aquella vivienda pintada de color amarillo le parecía algo que tenía que dejar atrás, y se prometió a sí misma que nunca más volvería después de graduarse de la preparatoria. Siempre le había molestado la cantidad de gente que sí volvía, cómo todos parecían haberse quedado atrapados en el tiempo, como si los años transcurridos tras la graduación se desvanecieran al cruzar el umbral de aquella casa. Y, sin embargo, aquel era el único lugar en donde se le ocurrió que Luke podría estar, después de haber conducido frente a la casa de sus padres y comprobado que su camioneta no se encontraba estacionada en la entrada. De algún modo Nadia sabía que él estaría en la casa de Cody. Podía sentir su presencia mientras caminaba, furiosa y con el corazón roto, a través de la arena húmeda de la playa, siguiendo la estela de pisadas que conducían hacia el bungaló. Llegó a creerse capaz de distinguir las huellas que pertenecían a Luke y seguirlas, pisándolas con sus propios pies, todo el camino hasta llegar a la casa.

La música tecno surgía en pulsaciones verdes a través de la puerta abierta, que Nadia logró alcanzar, tras subir los torcidos peldaños de madera ajada que conducían al interior. Los latidos del bajo retumbaban sobre los pisos de duela, pringosos a causa de la cerveza derramada, y Nadia se detuvo un instante en el umbral, mientras sus ojos se habituaban a la penumbra. De no haber sido por su cojera, jamás habría podido distinguir a Luke tan rápido. Del otro lado de la habitación, más allá del bullicio que armaban los atolondrados chicos blancos, de las botellas de licor medio vacías que cubrían las superficies de la cocina, y de los vasos de plástico acomodados en forma de triángulo –algún juego de borrachos abandonado–, Nadia descubrió la silueta de Luke, cojeando ligeramente a través de la oscuridad. Su renquera habría pasado desapercibida para la mayoría, pero para Nadia era algo tan familiar como el sonido de su voz. Lucía bastante ebrio; sostenía un vaso casi vacío de Jim Beam en la mano. Se tambaleó ligeramente cuando Nadia se le acercó, como si su sola presencia bastara para desequilibrarlo.

—Nadia –dijo–. ¿Qué estás haciendo aquí?

—¿Qué carajos estás haciendo *tú* aquí? –respondió ella–. Te llamé como mil veces.

—No deberías haber venido. Deberías estar en cama o algo…

—¿Dónde estabas? –dijo Nadia–. Te esperé durante horas.

—Algo se me complicó, ¿de acuerdo? Sabía que encontrarías la manera de regresar a casa.

Pero lo dijo con la mirada clavada en el suelo, y ella supo que estaba mintiendo.

—Me abandonaste –le dijo.

Y cuando finalmente Luke alzó la mirada, a Nadia le sorprendió que su aspecto fuera el mismo de siempre. ¿No se suponía que los mentirosos cambiaban en el momento en que descubrías sus embustes, cuando por primera vez los contemplabas como verdaderamente eran?

—Mira, se supone que hacíamos esto para divertirnos –dijo él–. Y ahora todo es un puto drama. Te conseguí el dinero. ¿Qué más quieres que haga?

Se dirigió entonces hacia la puerta, rozándola al pasar y tambaleándose accidentadamente a través de la muchedumbre. Tendría que haberlo sabido, pensó Nadia. Tendría que haberse dado cuenta de que aquel sobre con seiscientos dólares que le entregó iba a ser su única participación en el asunto; que ella tendría que encargarse del resto. Le había dado el dinero; ella era un problema que él consideraba solucionado. De cierta manera, Nadia siempre contempló –o al menos sospechó– esa posibilidad, pero había preferido confiar en Luke, confiar en el amor, confiar en que no toda la gente te abandonaba. Volvió a la abarrotada cocina, pasó junto a un grupito de adolescentes alocados que se encontraban inmersos en uno de esos juegos para emborracharse, y tomó una botella de José Cuervo que descansaba sobre el mostrador. La enfermera de las rastas le había dicho que no debía tomar alcohol en las siguientes cuarenta y ocho horas –adelgaza la sangre e incrementa el sangrado–, pero ella se sirvió un trago de tequila de cualquier manera. Sintió una mano posarse en su cintura, y cuando se volvió para ver quién era, se topó con Davon Jackson detrás de ella, sosteniendo un cigarrillo de mariguana entre sus dedos. Nadia no había vuelto a hablar con él desde aquella vez en que se besuquearon durante el primer año de la preparatoria. Lucía idéntico: alto y esbelto, con un rostro suave, casi delicado, de largas pestañas. La única diferencia era que su piel estaba ahora cubierta de tatuajes. Incluso tenía el cuello revestido de tinta oscura: una flor de lis que se extendía hasta su garganta.

—Dios mío –exclamó ella–, estás todo marcado ahora.

Él lanzó una carcajada.

—¿Qué ha sido de tu vida?

Todo. Nada. Devon le pasó el cigarrillo y Nadia sintió que volvía a tener quince años de nuevo. Se vio fumando en compañía de un chico que una vez la había toqueteado mientras se encontraban en lo alto de una noria, con la cabina meciéndose dulcemente como si los estuviera arrullando. Lo último que había escuchado de Devon era que ahora trabajaba como modelo, sobre todo para revistas gays. Dos años atrás, una amiga le había pasado a Nadia el link de una fotografía en la que Devon aparecía recostado entre sábanas blancas, desnudo a excepción de los calzoncillos, y con el rostro de un hombre rubio a pocos centímetros de su entrepierna.

—Escuché que ahora eres famoso –le dijo, y le devolvió el cigarrillo.

No quería emborracharse. Se sirvió otro trago de tequila después de que Devon le preguntó por qué su vaso se encontraba vacío, ¿acaso se había convertido en monja? Así que vertió otra dosis de tequila en un vaso lleno de limonada, y luego se bebió otro trago y luego otro más, y entonces dejó que Devon la condujera a la pista de baile. No porque ella realmente tuviera ganas de bailar sino porque era un pretexto para estar cerca de él, para tocarlo y dejarse tocar, y encontrar algún consuelo en la fuerza y la presión del cuerpo de Devon, sin tener que hablar. El alcohol la hacía sentirse bien, a pesar de que hacía demasiado calor en la casa y que la camisa empapada de sudor de Devon le dio un poco de asco cuando él la abrazó de la cintura. Seguramente la sangre se le adelgazaría cada vez más con todo aquel baile, pero realmente era muy agradable sentirse ebria y relajada y acalorada, tocando mientras ella tocaba.

Devon le besó el cuello y apretó sus nalgas con sus dos manos.

—Estás riquísima —le murmuró en el oído. Su aliento era ardiente.

Se frotó contra ella, mordiéndose el labio inferior con la seriedad de quien realmente se esfuerza para parecer sexy. Nadia soltó una risita. Devon rio con ella y volvió a apretarla.

—¿Qué pasa? —le dijo.

—Pensé que ahora te gustaban los hombres —respondió Nadia.

—¿Quién carajos te dijo eso?

—La gente.

—¿Tú crees que a esto le gustan los hombres?

Tomó la mano de Nadia y la frotó contra el bulto de su entrepierna, y ella luchó para soltarse y apartarlo de un empujón. De pronto se sintió atrapada en aquel lugar, como si se estuviera asfixiando. Con la visión borrosa y apoyándose en las paredes, se abrió paso a través de la muchedumbre, de los cuerpos que chocaban contra ella, a través de los ritmos frenéticos que emergían de las bocinas y el bochorno húmedo, hasta alcanzar la puerta trasera del bungaló. En el otro extremo del porche se encontraba Cody Richardson, recargado contra la barandilla de madera. Ahora parecía más alto y más delgado; llevaba puesta una playera a cuadros que parecía colgar de sus hombros angulosos, y su rubio cabello lucía aún más enmarañado que de costumbre. Le sonrió, exhibiendo el aro plateado que perforaba su labio inferior, mientras ella se acercaba a él, sujetándose del barandal.

—¿No crees que es loco? –dijo Cody.

—¿Qué?

Señaló un punto a su espalda. Más allá de los tejados color lavanda de las casas vecinas, Nadia alcanzó a ver la parte superior de la planta nuclear de San Onofre, el par de domos blancos que los niños de la escuela llamaban «los senos» cada vez que pasaban junto a ellos en el autobús, de camino a alguna excursión escolar.

—En cualquier minuto: ¡*bum*! –Cody abrió mucho los ojos y sus manos se apartaron en el aire, simulando una explosión–. Así tal cual. Sólo se necesita una gran tempestad y todos volaremos en pedazos.

Nadia apoyó la cabeza contra la barandilla y cerró los ojos.

—Así es como me gustaría morirme algún día –le dijo a Cody.

—¿En serio?

—¡*Bum*!

Así es como ella se lo imaginaba:

Su madre conduce por las calles de la ciudad, con la pistola de servicio de su padre en el regazo. Una curva, luego otra curva, bajo aquella luz matinal, tan rosa como el camisón de una niñita. Se sentía aturdida o tal vez estaba completamente lúcida, más lúcida de lo que jamás había estado en su vida. Al principio pensó en dirigirse a la playa, pues la playa es un buen sitio para morir. Suficientemente cálido. El lugar donde una debe morir debe ser cálido, pues ya bastante frialdad tendrá que soportar en el más allá. Pero era demasiado tarde. Cuando ella llegó, la playa estaba llena de surfistas y la muerte debe ser algo privado, como un tarareo que nadie puede escuchar, excepto una misma.

Así que siguió conduciendo, casi un kilómetro más adelante de la colina en donde se alza la Iglesia del Cenáculo, allí donde su auto quedó oculto tras las ramas. Apagó el motor y tomó el arma. Nunca antes había disparado una, pero había visto morir a muchos animales: cerdos que chillaban al desangrarse, pollos que aleteaban mientras su madre les torcía el pescuezo. Podías matar poco a poco, o podías terminar tu vida de golpe. Una muerte lenta podía ser más delicada, pero una muerte súbita era más benigna; más compasiva, incluso.

Esta vez iba a ser compasiva consigo misma.

Cuando su padre le preguntó, Nadia le dijo que no había visto el árbol. En la oscuridad, el árbol que se alzaba frente a la casa era casi imposible de distinguir, y ella había dado una curva demasiado cerrada. Eran casi las cuatro de la mañana y ambos se encontraban frente a la coche- ra, su padre vestido con su bata de cuadros verdes y pantu- flas, y ella recargada contra la puerta de la camioneta, con las zapatillas en la mano. Había planeado entrar a la casa a escondidas, pero su padre corrió a la calle tan pronto es- cuchó el impacto. Ahora estaba en cuclillas frente al guar- dafangos hundido y palpaba el metal deformado.

—¿Por qué no llevabas los faros encendidos? –le pre- guntó a Nadia.

—¡Sí los llevaba! –exclamó–. Es que... bajé la mirada para apagarlos y cuando volví a ver el árbol...

Se tambaleó ligeramente. Su padre frunció el ceño y se incorporó.

—¿Estás borracha? –le preguntó.

—No –respondió ella.

—Puedo olerte desde aquí.

—No...

—¿Y así condujiste de regreso?

Dio un paso al frente y Nadia soltó todo lo que lleva- ba en las manos: su bolso, las zapatillas y las llaves que repiquetearon contra el concreto de la entrada. Alzó las manos antes de que él pudiera acercársele. Su padre se de- tuvo; tenía la quijada apretada y ella no podía distinguir qué era lo que quería hacerle: si abrazarla o abofetearla. Ambas cosas la herían, su furia y su dolor, mientras los dos permanecían en la oscuridad, frente a frente, el corazón de su padre palpitando contra las manos de Nadia.

TRES

Nosotras oramos.

No sin cesar, como lo indica san Pablo, aunque sí con bastante frecuencia. Todos los domingos y los miércoles nos reunimos en la sala de oración; nos quitamos las chamarras y dejamos los zapatos junto a la puerta y caminamos sobre nuestros pies enfundados en medias que patinan un poquito, como niñas que juegan sobre un piso recién encerado. Nos sentamos en círculo sobre sillas blancas colocadas en el centro de la habitación, y una de nosotras mete la mano en la caja de madera que se encuentra junto a la puerta y que está llena de peticiones escritas en tarjetas. Y entonces rezamos: por Earl Vernon, para que la drogadicta de su hija regrese por fin a casa; por el esposo de Cindy Harris, que está a punto de abandonarla porque la sorprendió enviándole fotos sucias a su jefe; por Tracy Robinson, que ha vuelto a beber, y licores fuertes además; por Saul Young, que se desvive cuidando a su mujer, quien se encuentra en la etapa terminal de la demencia. Leemos las tarjetas y oramos para que la gente pueda conseguir nuevos empleos, nuevas casas, nuevos esposos, mejor salud, hijos mejor portados, más fe, más paciencia, menos tentaciones.

No nos consideramos unas «guerreras de la oración». Seguramente fue un hombre el que inventó ese término: los hombres creen que cualquier cosa difícil es una guerra. Pero la oración es una tarea mucho más delicada que una contienda, especialmente cuando debemos interceder por alguien. Es más que un simple concepto, eso de cargar con las penas ajenas, las penas de tanta gente que a menudo ni siquiera conoces. Cierras los ojos y escuchas la petición. Luego tienes que entrar en sus cuerpos. Eres Tracy Robinson muriéndote por un trago de whisky. Eres el esposo de Cindy Harris revisando el teléfono de tu esposa. Eres Earl Vernon desenredando los nudos de mugre del cabello disperso de tu hija.

Si no te conviertes en ellos, aunque sea por un solo segundo, la oración no es más que un montón de palabras.

Fue por eso que no tardamos en comprender lo que le pasó a la camioneta de Robert Turner. Por lo general siempre encerada y resplandeciente, aquel domingo la camioneta llegó renqueando al estacionamiento de la iglesia con un faro roto y un guardabarros abollado. En el vestíbulo, oímos cómo los jóvenes de la congregación se burlaban de lo ebria que Nadia Turner se puso en una fiesta en la playa. Entonces volvimos a ser jóvenes de nuevo, o mejor dicho, nos convertimos en ella. Bailamos toda la noche con una botella de vodka en la mano y salimos por la puerta dando tumbos. Conducimos imprudentemente de vuelta a casa, dando bandazos sobre los carriles de la carretera. Escuchamos el crujido del metal. Y supimos que Robert seguramente le había pegado, o que tal vez sólo la había abrazado al percibir el olor del alcohol en su boca. Porque la chica probablemente se merecía las dos cosas.

La camioneta fue la primera señal de que algo estaba mal aquel verano, pero ninguna de nosotras lo vio de esa manera. Porque en aquel momento, el porrazo sólo significó una cosa.

—Mira lo que hizo la muchacha.

—¿Qué muchacha?

—La de los Turner.

—¿Cuál es ésa?

—Bien que sabes cuál es…

—La paliducha, la de los ojos claros.

—Oh, ¿esa muchacha?

—¿Acaso los Turner tienen otra hija?

—¿Verdad que se parece a…?

—Es igualita.

—Como dos gotas de agua.

—Y miren lo que hizo…

—¡Ja!

—¿Cuánto crees que cueste repararlo?

—¿Por qué lo habrá hecho?

—Está desbocada.

—Pobre Robert.

—Esa muchachita está completamente desbocada.

Lo único que hicimos entonces fue compadecernos de Robert Turner. El pobre ya había sufrido demasiado. Seis meses atrás, su esposa había tomado a escondidas su arma y se había volado la cabeza con ella. Poco después del amanecer, la mujer estacionó su Tercel azul en un camino secundario y dejó el coche meciéndose por la fuerza del disparo. Un hombre que había salido a correr la encontró una hora después. Robert tuvo que ir a buscar el auto a la estación de policía y conducirlo de vuelta a su casa, con el respaldo del asiento aún manchado con la sangre de su esposa. Nadie supo qué hizo con aquel coche. Los rumores decían que después de haber sacado del auto todas las pertenencias de su esposa –su agenda, unos cuantos libros de bolsillo que había olvidado devolver a la biblioteca, una pinza de pelo de color rojo rubí que él le había comprado años atrás en México–, Robert Turner colocó un ladrillo sobre el acelerador y arrojó el vehículo al río San Luis. Aunque un hombre tan sensato como Robert seguramente lo habría vendido por partes, y a veces nos preguntábamos si alguno de los autos que veíamos pasar no llevaba el mofle de Elise Turner, o si acaso no eran esas las direccionales de la muerta, guiñándonos desde el carril contrario.

Todo ese sufrimiento, y encima ahora tenía que lidiar con una hija irresponsable. Con razón el pobre Robert se veía tan angustiado.

Aquella tarde, encontramos una petición de oración escrita por él en la caja de madera junto a la puerta. En el centro de la tarjeta, escrito en letras minúsculas, estaban las palabras: *recen por ella*. No supimos a quién se refería: si a la esposa muerta o a la hija irresponsable, así que oramos por ambas. Es más que un simple concepto, ¿saben? Esto de orar por un muerto. Cuando no existe ya ningún cuerpo en el cual introducirse, lo único que puedes hacer es tratar de encontrar su espíritu. ¿Y quién tenía ganas de andar correteando al espíritu de Elise Turner, donde sea que se hubiera metido?

Más tarde, aquella misma noche, cuando salimos de la sala de oración, sentimos que algo en la Iglesia del Cenáculo había cambiado. No podíamos explicar qué era, simplemente había algo distinto. Algo faltaba. Nosotras conocíamos los muros de aquella iglesia tan bien como las paredes de nuestras propias casas. Solíamos caminar silenciosamente por los pasillos, mientras el coro practicaba, y notábamos que en la esquina frente al armario de los instrumentos la pintura se estaba descarapelado, o que en el baño de damas los mosaicos habían sido colocados un poco chuecos. Nos habíamos pasado décadas enteras examinando aquella mancha que parecía la oreja de un elefante sobre el techo, justo encima del bebedero. Y conocíamos el sitio preciso sobre la alfombra del santuario en donde Elise Turner se había arrodillado la noche antes de su suicidio (las más espirituales de nosotras incluso juraban que aún podían ver las marcas que habían dejado sus rodillas). A veces decíamos en broma que, cuando muriéramos, formaríamos parte de las paredes, que nos aplanaríamos como papel tapiz. Ahí, junto a los vitrales del santuario, en una esquina del aula de los niños, o incluso pegadas al techo de la sala de oración, desde donde seguiríamos intercediendo por la congregación, los domingos y los miércoles, sin falta.

No teníamos la menor idea, en aquel entonces, de que la camioneta abollada ataría nuestro destino al de Nadia Turner, ni que a lo largo de los años la veríamos ir y venir, apretando cada vez más el nudo que nos unía.

La noche del domingo, los Turner recibieron una visita.

Nadia se había pasado la mayor parte del fin de semana en la cama, no porque el vientre aún le doliera, sino porque no tenía a donde ir. Ya no estaba embarazada, pero había chocado la camioneta de su padre. ¿Qué tal que se tardaban semanas en repararla? ¿Cómo iba a soportarlo su padre? ¿Cómo le haría para sobrevivir sin su camioneta, sin mandados qué hacer, sólo yendo del trabajo a la casa? Su padre amaba una sola cosa en este mundo, y ella la había arruinado. Y lo que era peor: ni siquiera le había gritado. A veces deseaba que su padre pudiera expresar su furia cuando estaba enojado –todo sería más fácil así, más rápido–, pero en vez de eso, se ocultaba cada vez más en sí mismo, pasaba junto a ella en la cocina sin dirigirle la palabra, o de plano la evitaba por completo. Y aquella tarde de domingo, Nadia sentía que se estaba deshaciendo en aquel silencio hasta que, de pronto, dos notas agudas surcaron el aire, dos notas tan suaves que pensó que las había soñado. Luego oyó tres golpes en la puerta y sintió que una punzada le atravesara el cuerpo. Era Luke. Saltó de la cama, se alisó apresuradamente los cabellos con los dedos y luego los recogió en una coleta; se acomodó la tira del sostén bajo la camiseta y ajustó sus shorts. Caminó descalza por las baldosas frías y abrió la puerta.

—Oh –exclamó–. ¿Qué tal?

El pastor Sheppard le sonrió desde la entrada. Nunca lo había visto vestido de aquella manera tan casual. No llevaba puesta su túnica clerical ni su traje de tres piezas sino pantalones de mezclilla, una camiseta polo y zapatos deportivos negros, con aquellas suelas especiales que, según Luke, usaba debido a sus problemas de rodilla. Siempre había pensado que los pastores eran unos viejos acobardados que usaban suéteres y gafas de ancianito, pero el pastor Sheppard más bien parecía uno de esos matones que se apostaban a la entrada de los centros nocturnos, y a quienes ella siempre trataba de engatusar para que la dejaran pasar: alto y muy fornido, con una lustrosa calva de color caoba que casi rozaba el marco de la puerta. Los domingos por la mañana se veía aún más gigantesco, ataviado con su túnica negra y paseándose frente al altar, mientras elevaba su potente voz. Pero vestido con aquella camiseta polo y parado ahí en la entrada de su casa, tenía un aspecto mucho más relajado. Amable, incluso. Y cuando le sonrió, Nadia pudo ver por un instante a Luke; un fragmento de Luke, como un haz de luz que se cuela a través de un vidrio hecho añicos.

—Hola, cariño –saludó el pastor–. ¿Está tu papá en casa?

—Está en el patio.

Se apartó para dejar pasar al pastor. El hombre llenó el umbral de la puerta y echó un vistazo a la sala. Nadia se preguntó qué opinaría de la casa. Seguramente visitaba tantos hogares que era capaz de interpretar lo que en ellos sucedía, nada más al poner un pie en su interior. Algunas casas estarían llenas de enfermedad, otras de pecado, otras de dolor. ¿Y la suya? Seguramente se sentiría vacía. Con sus habitaciones silenciosas y ordenadas, la casa de los Turner se abría como una herida que nunca podría cerrarse. Condujo al pastor hacia el patio, donde su padre levantaba pesas, tumbado en un banco sobre el piso de concreto. Su padre dejó las pesas en la barra con un clic audible.

—Pastor –exclamó, secándose la cara con su sudadera gris del Cuerpo de Marines–. No sabía que vendría usted de visita.

Nadia cerró la puerta de tela metálica y comenzó a alejarse por el pasillo. Al volver la cabeza, le pareció ver que el pastor la observaba y, por un segundo, se preguntó si él estaría enterado de todo. Tal vez su vocación lo investía con una suerte de sapiencia divina que le permitía ver los secretos que colgaban de la espalda de Nadia. O tal vez no poseía ningún poder celestial, pero alcanzaba a intuirlo. Tal vez percibía la conexión que alguna vez había existido entre los dos, y tan pronto como ella se había dado la vuelta, el pastor había alzado una mano para tocar el bordo ajado de este hilo.

Atravesó de puntillas la sala hasta llegar al baño, se encaramó sobre la tapa del inodoro y se puso a escuchar a través de la ventanilla cuarteada.

—Andaba por el rumbo –dijo el pastor–. Vi tu camioneta en la mañana. ¿Todo bien?

—Estará bien –respondió su padre–. Sólo hay que reparar la carrocería. Lamento no poder ayudarlo con el almuerzo campestre. Sé que le prometí que lo ayudaría a transportar las sillas…

—Ya nos las arreglaremos –dijo el pastor, y guardó silencio por unos segundos–. La gente dice que fue tu hija quien chocó la camioneta.

Sobre la tapa del inodoro, Nadia se abrazó a sus rodillas con más fuerza.

—¿Nosotros estábamos tan locos a esa edad? –preguntó su padre.

—Tal vez más locos aún. ¿Y ella se encuentra bien?

—Es una chica muy lista –respondió su padre–. Mucho más inteligente que yo, eso es seguro. Pronto se irá a la universidad. Tendría que haber sido más precavida. Eso es lo que me preocupa.

—Ya sabes cómo son los chicos: sólo quieren probar los límites. Creen que son invencibles.

—Nadia nunca fue así –respondió su padre–. O tal vez sí, y yo en realidad no la conocía. Elise era la que siempre se encargaba de todo eso… Eran tan unidas que yo no podía interponerme entre ellas, y realmente tampoco lo deseaba. Las madres son egoístas. Al principio ni siquiera me dejaba cargar a Nadia, ¿sabe? Hasta que el doctor le ordenó reposo. No puede uno interponerse entre la mujer y sus hijos. No lo sé, pastor. Sólo intento educarla bien, pero tal vez no sé cómo hacerlo.

Nadia salió del baño y volvió al corredor. Ya no quería seguir escuchando. Odiaba cómo su padre se culpaba a sí mismo por los errores que ella había cometido, aunque en el fondo ella también lo culpaba. Después de todo, había sido ella la que se mantuvo fuerte, imperturbable. La que había atendido a las madres que llegaban a darles el pésame y a llevarles comida, mientras su padre se refugiaba en la oscuridad de su recámara. La que había ingerido la comida de las madres hasta que se hartó de ella, hasta que sintió que podía distinguir quién exactamente había preparado aquellos macarrones con queso, tan grasosos que la mantequilla formaba charcos en las esquinas del recipiente. La madre Agnes, flaca como una varilla, era quien había preparado aquella tarta de manzana, la que tenía la corteza perfecta, como si hubieran medido las tiras de hojaldre con una regla. Durante semanas, Nadia se alimentó con aquella comida donada, y cada bocado le sabía amargo a causa del dolor que sentía, hasta que se hartó de la presencia de las ancianas, de las amables y sonrientes máscaras que usaban para disimular su curiosidad. Así que un buen día decidió dejar las bandejas afuera de la puerta de la casa, e ignoró el timbre. Tomó luego la camioneta de su padre y condujo hasta la tienda de comestibles y preparó albondigón de carne para la cena. Le salió reseco, con el sabor y la consistencia de un ladrillo suspendido en medio de una suerte de gelatina marrón, pero su padre se lo comió de todas formas.

Cuando el pastor se marchó, Nadia tomó la maquinilla de su madre y la llevó a la sala, donde su padre se había puesto a ver una película de vaqueros en la televisión. Pensó que su padre la ignoraría –aunque ya le tocaba cortarse el pelo–, pero finalmente se levantó en silencio y salió al patio. Así podrían hablar, por encima del zumbido de la maquinilla, sin tener que mirarse a los ojos.

—El pastor preguntó por ti –dijo su padre.

El cielo lucía diáfano y pálido, como un lienzo de seda ondulando por encima de su cabeza. Pasó la maquinilla por la cabeza de su padre y manojos de cabello negro y gris comenzaron a caer sobre los hombros de éste.

—Muy bien –respondió ella.

—La esposa del pastor necesita una asistente –continuó–. Sólo durante el verano. No es nada del otro mundo, pero te pagarán algo y aprenderás cosas útiles.

—No puedo trabajar ahí –dijo Nadia.

—¿Por qué no?

—Simplemente no puedo –replicó–. Encontraré otra cosa.

—Es un buen trabajo…

—No me importa. Encontraré otra cosa…

—Pagarás el costo de la reparación de mi camioneta, y el resto será para tus libros y tus gastos de la universidad –dijo su padre–. Es un buen trabajo y te hará bien pasar tiempo en el Cenáculo. Te ayudará, Dios mediante… Sólo tienes que confiar en Él, ¿sabes? Confía en Él y mantente en su presencia, y Él te consolará como me ha consolado a mí. Sonaba como si estuviera tratando de convencerse a sí mismo de que todo aquello era una buena idea. Como si los huesos de Nadia pudieran absorber automáticamente la santidad, nada más por permanecer en el interior de la iglesia. Suspiró y procedió a sacudir los cabellos que habían quedado sobre los hombros de su padre. ¿Qué sabía él lo que era bueno para ella? ¿Qué sabía de ella en realidad?

De camino a su primer día de trabajo, Nadia se recargó contra la ventanilla mientras su padre ascendía, en el auto que le habían prestado, la colina en donde se alzaba la Iglesia del Cenáculo. El edificio, con paredes color canela y un alto campanario, se elevaba entre lomas cubiertas de maleza agreste, la peor ubicación posible en una zona propensa a los incendios forestales. Los forasteros rara vez se aventuraban tan al norte de Oceanside. Las personas que solían visitar las comunidades costeras deseaban ver mares espumosos y sentir vientos frescos, de modo que se quedaban en el centro de la ciudad y paseaban por el extenso muelle de madera en donde los pescadores dormitaban sobre sillas metálicas y sus cañas de pescar se alzaban apoyadas contra la orilla del embarcadero, y en donde los niños podían corretear hasta el Dairy Queen con sus cubos rojos en las manos. Pero más hacia el norte, la playa se convertía en kilómetros y kilómetros de zarzales que alimentaban los incendios durante la temporada de incendios forestales. Nadie pensaba en el fuego durante la primavera, pero mientras conducían hacia la iglesia, Nadia contempló por la ventanilla los tocones negros que sobresalían del suelo chamuscado. Y a pesar de que la Iglesia del Cenáculo se levantaba en medio de aquella montaña de yesca, y a pesar también de que sólo haría falta un golpe de viento que soplara la más diminuta de las brasas hacia los escalones de la entrada, la iglesia nunca había ardido. Una señal, decían sus feligreses a menudo, de que gozaban de la gracia divina. Tanto amaba Dios a la Iglesia del Cenáculo que la salvó de las llamas.

Ésas eran las historias que la gente se contaba. Nadia había escuchado mil veces la versión de su madre, de cómo Dios la había conducido a la Iglesia del Cenáculo. En aquel entonces su madre acababa de tenerla, estaba casada con un militar y no conocía a nadie en California, por lo que se sentía inmensamente sola. Como no había terminado la preparatoria, trabajaba limpiando habitaciones en el hotel Days Inn, en el centro de Oceanside, un trabajo que había sido muy afortunada de haber obtenido, como solía decirle su supervisora, que también era negra, aunque de más edad.

—Antes una podía ganarse la vida haciendo esto –decía la mujer–. Pero ahora sólo contratan a esas mexicanas. No hablan ni gota de inglés, pero son baratas. Les pagan por debajo de la mesa. ¿Tú hablas español?

—No –había respondido su madre.

—Bueno, no importa. Ya aprenderás.

Y lo hizo, con el tiempo. Frases muy sencillas como: «¿Cómo estás?», o «¿Puedes pasarme eso?», y un montón de groserías. A veces, cuando no tenía quién cuidara a su hija, llevaba a Nadia al trabajo y las otras mucamas le hacían mimos y nanas le cantaban en español, mientras la mecían sobre aquellos balcones que daban a la playa. La madre de Nadia apenas podía entender aquellas canciones, pero había escuchado en el programa de *Oprah* que era bueno exponer a los bebés a muchos idiomas. Después diría que fue así como Nadia se volvió tan inteligente, capaz de leer su primer libro antes de haber terminado el jardín de niños, sorprendiendo tanto a la comunidad de padres que una mujer incluso se atrevió a llevar su propio libro a la escuela para probar a Nadia, convencida de que la niña simplemente había memorizado la historia. Pero la madre de Nadia siempre recordaba aquel círculo de mujeres mexicanas que la abrazaban y arrullaban en español, con palabras que empaparon el cerebro de la niña hasta dejarlo pleno y bien cargado.

Pero hasta ahí llegaba con su escueto español. Su esposo había sido enviado al Golfo Pérsico, y aunque llevaba un año viviendo en Oceanside aún no había logrado hacer una sola amiga. Así que, en su desamparo, había buscado una parroquia a la cual afiliarse, aunque al principio ni siquiera estaba segura de dónde empezar. Con la excepción de las iglesias católicas, diligentemente consagradas a algún santo, la totalidad de las iglesias de San Diego tenían nombres náuticos como la Iglesia Bautista de la Ribera, o la Iglesia Comunitaria de la Costa. Esos nombres le hacían imaginar que los parroquianos que llenaban sus bancas irían vestidos con trajes de baño, o que el ministro subiría al altar con una tabla de surf bajo el brazo. Probó suerte en el Templo del Calvario y en La Fe de Emmanuel, pero ninguna de esas iglesias le pareció adecuada. La de Emmanuel tenía una pastora que había estudiado en Harvard, dato que la mujer mencionó tres veces durante el sermón. Y en la del Templo del Calvario, una señora sentada en la fila de atrás de ella se había llenado tanto del Espíritu Santo que comenzó a sacudir su cuerpo y por poco descalabra a la gente a su alrededor. Durante muchos años, la madre de Nadia estuvo yendo a varias iglesias, pero cada una de ellas era demasiado pequeña o demasiado grande, demasiado moderna o demasiado tradicional. Hasta que una tarde, mientras vaciaba el cesto de basura de una habitación, un boletín de la Iglesia del Cenáculo cayó revoloteando a sus pies.

—Como en el cuento de Ricitos de Oro –solía contarle a Nadia–. Todo en ella era justo y perfecto, lo supe al momento de cruzar la puerta.

Los domingos por la mañana, la Iglesia del Cenáculo se encontraba siempre atestada y efervescente, llena de hombres vestidos de traje que se estrechaban las manos y se atraían los unos a los otros para propinarse toscos abrazos; de damas que saludaban con besos en las mejillas y que después garabateaban la hora en la que habían quedado para almorzar con otras señoras, en pedazos de papel que sobresalían de entre las páginas de sus Biblias; de chiquillos que correteaban entre la gente, esquivando los maceteros en improvisados juegos de corre que te alcanzo, y de madres que desfilaban pavoneándose bajo sus coloridos sombreros, todos coronados con penachos de plumas. La primera vez que había asistido a la Iglesia del Cenáculo, Nadia había contemplado, escondida detrás de las rodillas de su madre, aquellas plumas que saltaban y oscilaban por todas partes. Las mujeres que las llevaban portaban también guantes blancos que les llegaban a los codos, y panderetas que cascabeleaban al caminar, y Nadia se preguntó si aquel cascabeleo llegaba con los años; si acaso algún día, cuando ella fuera tan canosa y arrugada como aquellas mujeres, sus pasos también producirían música. Su madre había soltado una carcajada cuando Nadia le hizo la pregunta.

—Oh, sí, tu cuerpo hará muchos sonidos, ya verás –le respondió, apretando su mano.

Aquel domingo su padre no las había acompañado. Su madre había justificado su ausencia ante el pastor después del oficio, cuando estrechó su mano en la fila de recepción.

—Mi esposo acaba de regresar del extranjero –le había explicado–. Y no está muy acostumbrado a asistir a la iglesia.

El padre de Nadia había regresado a casa una semana antes. Para entonces Nadia tenía cuatro años y apenas lo recordaba, aunque era lo suficientemente mayor como para darse cuenta de que sería una infamia admitirlo. En los meses que precedieron a su regreso, su madre solía sentarse con ella en el regazo y sacaba un álbum de fotografías, cuyas páginas iba pasando lentamente para que Nadia pudiera admirar las imágenes en donde su padre aparecía cargándola de bebé. En una de ellas, Nadia se encontraba ovillada como una gatita sobre el regazo de su padre, y este, joven y robusto en su uniforme azul, sonreía a la cámara. Tenía un lunar junto a la nariz y cabello negro muy corto de apariencia afelpada, como las cerdas de las brochas que su madre empleaba para maquillarse. Nadia escudriñaba el rostro de la fotografía en busca de rasgos similares a los suyos. La gente siempre decía que Nadia era idéntica a su madre.

Al principio, Nadia se había mostrado muy reservada con su padre, tímida incluso. Él se había puesto de rodillas para abrazarla en la entrada de la terminal y Nadia se había echado para atrás, asustada a causa de aquel hombre que iba vestido con uniforme de camuflaje y que cargaba una gigantesca bolsa de lona sobre la espalda y tenía la cara tostada por el sol del desierto. Todo aquel tiempo que había pasado escudriñando fotografías no la habían preparado para enfrentarse a la presencia tangible de su padre, a su tamaño y sus olores. Él frunció el entrecejo.

—¿No me reconoce? –le preguntó a su madre.

—Bueno, apenas era una bebita cuando te fuiste –respondió ella, y le dio un empujoncito a Nadia–. Ve y abraza a tu papi. Anda.

Nadia avanzó un par de pasos y su padre la tomó en sus brazos. Su pecho se sentía muy duro. Ella le dedicó una sonrisa, a pesar de que su abrazo le dolía. Su padre había querido sentarla sobre sus piernas durante el viaje de vuelta a casa, aunque su madre se quejó y dijo que Nadia debía ir sentada en el asiento posterior.

—Apenas se está acostumbrado a mí –dijo su padre.

—Es cuestión de tiempo, Robert –respondió su madre.

—No me importa –dijo él–. No me importa lo que tarde. Yo sé que va a quererme.

Y ahora su padre se detuvo un segundo en la intersección y viró el auto para ingresar al camino que conducía a la iglesia. Nadia no había vuelto a recorrer aquel camino desde la mañana en que celebraron el funeral de su madre. Aquel viaje había sido realmente abrumador; ella se había sentido como una actriz a la que súbitamente se le exigía conocer a la perfección todas las líneas de un papel para el que ni siquiera había audicionado. ¿Tendría que hablar durante el oficio? ¿Qué era lo que todos esperaban que dijera? ¿Que un día había tenido una madre y que al día siguiente ya no la tenía? ¿Qué la única tragedia que le había acontecido a su madre era ella, la propia Nadia? En el asiento trasero de la carroza fúnebre se había dado cuenta de que una de sus medias se había corrido, y discretamente había tirado de la corrida hasta que ésta se convirtió en un enorme agujero; hacer aquello la había calmado un poquito.

—Necesito que tomes este trabajo en serio –le dijo su padre–. Esto que la señora Sheppard está haciendo por ti es un gesto muy amable de su parte.

Tal vez era cierto, pero Nadia no acababa de entender por qué la esposa del pastor se había mostrado dispuesta a ayudarla en primer lugar. La madre de Luke la odiaba, desde aquella vez en que la sorprendió besuqueándose con el sobrino del diácono Lou, detrás de la iglesia. Nadia cursaba entonces el primer año de la escuela secundaria. El sobrino era justo su tipo: alto y espigado, vestido con una camiseta tres tallas más grande. Nadia había acariciado las líneas zigzagueantes de sus trenzas africanas y lo había acorralado contra la pared de la iglesia, mientras los dos jadeaban con las bocas unidas. Nunca antes había besado a un chico, besado de verdad. A principios de aquel año había sido novia de otro muchachito durante tres semanas, pero sólo se besaron una vez, en medio de un círculo de amigos que los retaron a que lo hicieran, así que en realidad no contaba. Pero aquel otro beso sí era de verdad. Había sentido cómo su cuerpo se encendía mientras el chico metía una mano por debajo de su blusa para frotar la tela de su sostén de entrenamiento, y ella pensó que él había percibido aquel mismo ardor cuando sintió que se apartaba de ella súbitamente, como si hubiera tocado algo demasiado caliente. Entonces Nadia quiso saber lo que el chico había visto y miró por encima de su hombro y descubrió a la esposa del pastor mirándolos. La mujer jaló a Nadia del brazo y la arrastró de regreso al interior de la iglesia, zarandeando su muñeca mientras la reprendía.

—¡Nunca había visto semejante cosa en mi vida! ¡Ponerse a hacer porquerías detrás de la iglesia! –la señora Sheppard le dio otra buena sacudida a su muñeca, y acercó su rostro al de Nadia–. ¿Qué no sabes que las niñas buenas no hacen eso? ¿Nadie te lo ha dicho?

Todavía recordaba la manera en que la esposa del pastor acercó su imponente rostro a su cara. La mujer tenía un ojo azul y el otro café y, en aquel momento de confusión, ambos lucían borrosos. Condujo a Nadia de vuelta a la clase de la hermana Willis, y por el resto de aquel domingo, la hermana Willis obligó a Nadia a sentarse sola al fondo del salón y a escribir *Mi cuerpo es el templo de Dios,* cien veces antes de permitirle marcharse. Su madre no dijo nada durante el camino de vuelta a casa, pero al entrar en la cochera, apagó el motor y permaneció sentada en el auto por un momento, con las manos aún sobre el volante.

—Mi mamá trató de mantenerme alejada de los muchachos –dijo–. Obviamente, no le funcionó, así que yo no haré lo mismo contigo. Sólo tienes que ser lista y tener mucho cuidado. Los chicos pueden pasarse toda la vida sin cuidarse. Pero tú tienes de dos: o te cuidas ahora o te cuidas cuando sea demasiado tarde. Es la única opción que tienes, en realidad. Tienes un gran futuro por delante. No lo eches a perder por nadie.

—Sólo fue un beso –protestó Nadia.

—Pues que no pase de eso –respondió su madre–. No termines como yo. Es la única cosa que puedes hacer que le rompería el corazón a tu papá.

Su padre era un marine, estoico y recio, y con un pecho tan musculoso y endurecido que sus abrazos lastimaban. Nadia nunca había creído que ella pudiera romperle el corazón a alguien, mucho menos a su padre. Pero su madre tenía diecisiete años cuando se embarazó de ella. Seguramente sabía por experiencia propia lo mucho que había herido a sus propios padres. Y si embarazarse era la peor cosa que Nadia podía hacer en el mundo, ¿entonces cuánto dolor habría causado su propio e inesperado nacimiento? ¿Había arruinado la vida de su madre, si ella misma había dicho que tener un bebé era la peor cosa que podía pasarte?

Una vez, Nadia le contó a Luke la historia del beso y él se carcajeó con la cara contra la almohada.

—No es gracioso —había dicho ella.

—Ay, por favor —respondió él—. Pasó hace mil años. ¿Y cómo puedes creer que mi madre te odia? Ni siquiera has hablado nunca con ella.

—Lo sé por la forma en que me mira.

—Ella mira así a todo el mundo. Ésa es su forma de mirar.

Luke se había girado en la cama para enterrar su rostro en el cuello de Nadia, pero ella lo apartó y comenzó a buscar su ropa interior entre las sábanas. Nunca se quedaba demasiado tiempo cuando ella lo visitaba a él. Al principio había sido emocionante —coger en la casa de un pastor—, pero después de un rato la emoción se convertía en pánico y ella empezaba a imaginar que oía pasos del otro lado de la puerta, llaves tintineando y autos estacionándose en la cochera. Se imaginaba a la madre de Luke sacándola desnuda de la cama y zarandeándola de la muñeca. A Luke le divertía la paranoia de Nadia, pero ella no quería darle a la esposa del pastor otro motivo para odiarla. Soñaba con que algún día Luke la llevaría a su casa, pero no para meterla a su recámara a escondidas cuando sus padres no estaban, sino para invitarla a cenar. Él la presentaría como su novia y entonces su madre le pasaría un brazo por los hombros y la conduciría hasta el comedor.

Su padre introdujo el Malibu prestado al estacionamiento, y lo cruzó en dirección a la entrada de la iglesia. El estómago de Nadia repiqueteaba.

—Podría encontrar otro trabajo –le dijo–. Si me das un poco de tiempo…

—Ve –respondió su padre, quitándole el seguro a la puerta–. No querrás llegar tarde.

Nadia nunca había visitado la Iglesia del Cenáculo entre semana y, mientras empujaba las pesadas puertas dobles del recinto, sintió que estaba entrando ilegalmente en propiedad ajena. La iglesia, abarrotada y efervescente los domingos por la mañana, estaba ahora envuelta en silencio, con los pasillos en penumbras y el vestíbulo principal, con su alfombra azul que se extendía por todas partes, completamente vacío. Le pareció un poco decepcionante lo soso que lucía aquel sitio, como aquella vez en Disneylandia, cuando el juego del Space Mountain se detuvo a la mitad del paseo y las luces se encendieron por un instante, evidenciando que en realidad se encontraban en el interior de un enorme galerón gris, siguiendo el trayecto de una vía provista de pequeños descensos, los cuales sólo le habían parecido emocionantes debido a la confusión que los efectos especiales producían. Caminó por un pasillo a oscuras hacia la parte posterior del edificio, pasando frente al aula donde ella se había reportado diligentemente todos los domingos, desde el jardín de niños hasta el segundo año de secundaria, y pasó también frente al salón en donde se reunían los miembros del coro y frente a la oficina del pastor, hasta llegar al final del pasillo, donde se encontraba el despacho de la esposa del pastor. La habitación se desplegaba majestuosa ante sus ojos, con su mobiliario de caoba resplandeciendo en la luz matinal y los macetones con pequeñas palmas decorando hasta el último de los rincones. La señora Sheppard estaba apoyada contra su escritorio, con los brazos cruzados. Era una mujer alta –media por lo menos un metro con ochenta centímetros de estatura– y, vestida con un traje sastre color rojo y zapatos de tacón a juego, se elevaba imponente ante Nadia.

—Bueno, pasa –le dijo–. No te quedes ahí parada.

La mujer del pastor siempre conseguía intimidarla, ya fuera por su estatura, o por el título que ostentaba, o por la manera en como solía pasearse lentamente mientras hablaba, como una pantera acechando a su presa, o bien por sus extraños ojos. Uno café y otro azul. La frialdad del ojo azul obligaba a Nadia a clavar la mirada en el suelo cada vez que se topaba con aquella mujer en el vestíbulo de la iglesia.

—¿Qué edad tienes, cariño? –preguntó la señora Sheppard.

—Diecisiete –respondió Nadia en voz baja.

—Diecisiete –repitió la señora Sheppard. Guardó silencio un instante y dirigió su mirada hacia la puerta, como si tuviera la esperanza de que en cualquier momento pudiera entrar a la habitación una chica más digna que Nadia–. ¿Irás a la universidad en otoño?

—Sí, a Michigan –dijo. Su respuesta le pareció demasiada escueta, por lo que añadió–: señora.

—¿Qué estudiarás?

—Aún no lo sé, pero quiero ir a la facultad de Derecho.

—Bueno, una chica universitaria como tú debe ser inteligente. ¿Has trabajado en una oficina antes?

—No, señora.

—Pero sí has tenido algún empleo, ¿no?

—Por supuesto.

—¿Haciendo qué?

—Una vez trabajé como cajera en el centro comercial. Y también en la juguería Jojo's.

—La juguería Jojo's –repitió la señora Sheppard, frunciendo los labios–. Bueno, mira. Nunca he tenido una asistente y nunca he necesitado una. Pero mi esposo piensa que me haría bien un poco de ayuda. Así que vamos a buscarte algo qué hacer, ¿de acuerdo?

Le ordenó a Nadia que le llevara una taza de café de la oficina del pastor. Y mientras caminaba por el pasillo, Nadia miró por la ventana que daba al estacionamiento. Sobre el jardín que se extendía delante de la iglesia, un grupo de niños pequeños jugaban a corretearse sobre el césped. Deben ser los alumnos del curso de verano, se dijo a sí misma, pero aun así permaneció un momento ante la ventana y entornó los ojos porque, en medio del barullo, distinguió a Aubrey Evans. Era obvio que ella pasaría el verano en la iglesia: era obvio que no tenía nada mejor qué hacer. Llevaba puesto un ridículo sombrero safari y vestía un par de holgadas bermudas cargo y se dedicaba a galopar lentamente en pos de los chiquillos que se dispersaban tan pronto la veían acercarse. Aubrey dejó escapar a la mayoría de ellos, pero al final consiguió atrapar al más lento y lo alzó entre sus brazos mientras el niño reía y pataleaba con sus piernecitas. Tal vez, en otra vida, Nadia hubiera podido ser como ella: una chica que jugaba alegremente en una hermosa mañana de verano, cargando a un niño que sonreía, feliz de haber sido capturado por ella.

Durante aquellas primeras semanas en la iglesia, Nadia y su padre desarrollaron una rutina: se levantaban temprano, desayunaban en silencio y abordaban el auto prestado. Su padre la dejaba en la iglesia de camino al trabajo. Durante todo el trayecto se quejaba de lo diferente que se sentía la dirección de aquel vehículo, o de lo mucho que le fastidiaba estar tan cerca del suelo en medio del tráfico, pero Nadia sabía que su padre sólo extrañaba la camioneta porque no podía usarla para prestar sus servicios a la iglesia por encontrarse en el taller mecánico. Más tarde, al salir del trabajo, su padre se paraba en medio de la cocina con las manos en los bolsillos como si acabara de entrar a la casa de otro hombre y no supiera bien qué hacer allí. ¿Debía dejar sus zapatos junto a la puerta? ¿Dónde estaría el baño? Al final terminaba por salir al patio y se ponía a levantar pesas, como un prisionero que estoicamente trata de matar el tiempo.

En el trabajo, Nadia se ocupaba de realizar las tareas que la señora Sheppard le asignaba: llamaba a diversos servicios de alimentos con motivo del almuerzo de las Damas Auxiliadoras, revisaba la ortografía del boletín de la iglesia, organizaba las donaciones de juguetes para el hospital pediátrico, fotocopiaba los formularios de inscripción para el curso de verano. Trataba de realizar sus tareas con absoluta perfección porque la señora Sheppard se le quedaba mirando si cometía algún error: entornaba los ojos y fruncía los labios en un gesto a medio camino entre la desaprobación y la burla, y que parecía querer decir: «Miren nada más lo que debo soportar».

—Cariño, necesito que vuelvas a hacer esto –exclamaba, haciéndole un gesto a Nadia para que se acercara.

O decía:

—Vamos, pon atención, por favor. ¿Para qué te contratamos entonces?

Para ser honesta, Nadia no estaba completamente segura de por qué el pastor y su esposa la habían contratado. Sabía que le tenían lástima, pero ¿quién no? Durante el funeral de su madre, sentada en un banco en la primera fila, había sentido claramente cómo la congregación entera irradiaba compasión hacia ella, compasión que no estaba exenta de una suerte de ira silenciosa que nadie estaba dispuesto a reconocer por educación, pero cuya intensidad le producía escozor en la nuca. «¿Quién condenará a los escogidos? Sólo Jesús puede hacerlo» había dicho el pastor al inicio de su panegírico. Pero el simple hecho de que hubiera decidido iniciarlo con aquel versículo de las escrituras sólo significaba que la congregación ya había condenado a su madre, o peor aún, que el pastor creía que la madre de Nadia había hecho algo que merecía la condenación. Y durante el ágape, la hermana Willis había estrechado a Nadia entre sus brazos y le había dicho: «No puedo creer que te hiciera eso», como si su madre le hubiera disparado a ella y no a sí misma.

Todos los domingos por la mañana. su padre llamaba sin falta a la puerta de su habitación, pero Nadia siempre le daba la espalda y fingía dormir. Su padre no la obligaba a ir con él a la iglesia. No la obligaba a hacer nada. Ya bastante energía le costaba preguntarle si quería acompañarlo. A veces, Nadia pensaba que sería bueno ir, pues aquello realmente habría alegrado a su padre. Pero entonces recordaba a la hermana Willis y lo que la anciana le había susurrado al oído, y el estómago se le volvía de piedra. ¿Cómo se atrevía la gente de esa iglesia a juzgar a su madre? Ninguno de ellos sabía por qué su madre había decidido matarse. Y lo peor de todo era que la condena de la iglesia había ocasionado que Nadia comenzara también a juzgar a su madre. Y en ocasiones, cuando escuchaba la voz de la hermana Willis en su cabeza, una parte de ella pensaba: «Yo tampoco puedo creer que mi madre me hiciera eso».

Nadia trataba de no pensar en el funeral mientras se encontraba en la iglesia. Prefería concentrarse en las pequeñas tareas que le asignaban. Todas eran insignificantes porque la señora Sheppard, siempre adusta y formal, era de ese tipo de personas que preferían hacer ellas mismas las cosas antes que enseñarte cómo hacerlas (el tipo de persona que prefiere regalar pescado a enseñar a otros a pescarlo, no sólo porque era capaz de atrapar mejores peces sino porque ser la salvadora de los hambrientos le hacía sentir importante). Nadia detestaba la cantidad de tiempo y la energía que empleaba en analizar a la señora Sheppard, para así poder anticipar sus deseos. Por las mañanas, se paraba frente al armario y trataba de elegir un atuendo que resultara aceptable ante los ojos de aquella mujer madura. Nada de jeans, ni de pantalones cortos, ni camisetas sin mangas. Sólo pantalones de vestir, blusas y vestidos modestos. Y al ser una típica chica californiana que rara vez usaba ropa que no dejara sus piernas o sus hombros al descubierto, Nadia apenas disponía de unas cuantas prendas que cumplían con los criterios de la señora Sheppard. Pero aún no le habían pagado y no se atrevía a pedirle dinero a su padre, así que varias noches a la semana Nadia se inclinaba sobre el lavabo del baño y frotaba con una toalla mojada las marcas que su desodorante dejaba sobre las prendas que ya se había puesto varias veces. Y si alguna vez la señora Sheppard llegó a notar la frecuencia con la que repetía sus atuendos, nunca hizo ningún comentario al respecto. La mayor parte del tiempo ni siquiera se molestaba en reconocer la presencia de Nadia; y Nadia no sabía qué era peor, si la crítica constante o la indiferencia. Notaba en cambio la gran estima que la esposa del pastor parecía sentir hacia Aubrey Evans, a quien miraba con dulzura, como si creyera que una mirada severa podría romperla. ¿Qué tenía aquella chica de especial?

Nadia se había topado con Aubrey una mañana afuera del baño, y las dos chicas se sorprendieron al verse.

—Hola –exclamó Aubrey–. ¿Qué estás haciendo aquí?

Nuevamente llevaba puesto aquel horrible sombrero, y aquellas bermudas que la hacían parecer un cartero.

—Estoy trabajando –respondió Nadia–. Con la señora Sheppard. Básicamente, soy su perra.

—¡Oh! –exclamó Aubrey, y sonrió, aunque parecía un poco nerviosa, como un pajarillo delicado que se posa de pronto sobre tu pierna: un simple gesto brusco, un movimiento demasiado tempestuoso, y volvería aleteando a los árboles. Sus sandalias tenían girasoles en el centro, dos enormes flores que parecían brotar de entre sus dedos. Cada vez que Nadia la veía caminando por ahí, con aquellos girasoles agitándose, le daban ganas de arrancárselos. ¿Cómo se atrevía a usar algo tan ridículo? Se imaginaba a Aubrey Evans en la zapatería, ignorando filas enteras de sandalias sobrias y discretas, y escogiendo el par con los girasoles. Como si creyera tener derecho a toda clase de florituras.

Una tarde, cuando los niños del curso de verano ya se habían marchado a sus casas, la señora Sheppard pasó un brazo por los hombros de Aubrey y la invitó a tomar té a su oficina. ¿Qué se sentiría estar ahí adentro? No sólo entrar para dejar la correspondencia sobre el escritorio, ni asomar la cabeza por la puerta para consultarle algo, sino realmente tomar asiento allí. ¿Acaso las cortinas rosas lucirían más brillantes? ¿Estarían las fotografías de Luke colocadas de tal manera sobre el escritorio que podría alcanzar a ver su sonrisa desde el sofá? Nadia trató de volver a concentrarse en los documentos que debía introducir dentro de unos sobres, pero era demasiado tarde. Su mente se desbordaba. Luke, de muchachito, sentado en medio de sus padres sobre uno de los bancos de la primera fila, tirando de su corbata; o detrás de su pupitre durante la doctrina, cuando ella pasaba el tiempo estudiándolo a él, memorizando la manera en que sus cabellos formaban espirales en vez de memorizar versículos de la Biblia. Luke pavoneándose frente a ella, en zapatos de futbol, después de la práctica vespertina; o atravesando a toda velocidad el estacionamiento de la iglesia en su camioneta, en medio de una música tan estridente que hacía que los viejos se taparan las orejas. Su estómago se encogió, como si estuviera cayendo al vacío. El duelo no era nunca algo lineal, no te alejaba infinitamente de la pena. Nunca sabías cuándo podrías caer nuevamente entre sus garras, como la goma de un tirachinas que siempre regresa a tus manos.

Aquella noche, antes de conciliar el sueño, Nadia abrió el cajón de su mesita de noche y buscó a tientas los diminutos piececitos. Un regalo, si así podía llamársele, que le hicieron en el centro de control de embarazo cuando se enteró de que la prueba dio positivo. La consejera Dolores le entregó una bolsa de plástico llena de folletos con títulos como «Los cuidados de tu nonato», «Secretos de la industria del aborto» o «¿La píldora anticonceptiva puede matarte?». En el interior de un impreso titulado «El verdadero amor es paciente», la consejera había metido una tarjeta púrpura en donde se explicaban «las preciosas etapas», los hitos del desarrollo del feto semana tras semana. Prendido a la tarjeta había un pin que representaba un par de diminutos pies dorados que, según había dicho Dolores, eran de la misma forma y tamaño que los del bebé de ocho semanas que Nadia llevaba en su vientre.

Antes de abandonar la clínica, Nadia pasó al baño a vomitar discretamente. Había echado al cesto de la basura todos los folletos que le dieron, metiendo uno por uno a través de la estrecha rendija del contenedor, hasta que llegó a la tarjeta en donde estaba sujeto el pin. Nunca había visto nada semejante –un par de pies desvinculados de su cuerpo– y tal vez fue por pura extrañeza que decidió conservar el botón. O tal vez para entonces ya sabía que se haría un aborto. Sentía que había un equilibrio muy estrecho entre las opciones que se extendían ante ella, y cuando no pudo obligarse a tirar el botón a la basura, supo que no tendría al bebé, que aquel prendedor iba a ser lo único que le quedaría de recuerdo. Había escondido el pin en el fondo del cajón de su mesita de noche, detrás de unos viejos cuadernos, de sus lazos para el cabello y de un alhajero vacío que su padre le había regalado tiempo atrás. Y cada noche, antes de acostarse, metía la mano al cajón y buscaba a tientas el botón y lo sostenía en su mano y acariciaba las plantas de aquellos piececillos dorados que lanzaban destellos en la oscuridad.

A finales de la primavera, la bruma cubría la ciudad de Oceanside como un manto, y los locales apodaban «mayo grisáceo» a este mes. Cuando los cielos ensombrecidos duraban hasta junio, la gente lo llamaba «junio turbio», «julio mustio», «agosto lacrimoso». Aquella primavera, la niebla era tan espesa que las playas permanecían desiertas hasta el mediodía, y los sufistas, incapaces de ver algo a tres metros a la redonda, abandonaron aquella parte de la costa. Era esa clase de niebla densa que formaba volutas que se enroscaban lánguidamente, y que obligaba a las damas del Cenáculo a cubrir sus cabezas con sombreros y pañoletas para proteger sus estilizados peinados de camino a la iglesia. La bruma había llegado y traído consigo noticias frescas: la esposa del pastor había contratado una asistente y su nombre era Nadia Turner.

Latrice Sheppard jamás había tenido una asistente, y todo el mundo estaba convencido de que no sería capaz de conservar una. Aquella mujer era enorme y exigente, todo lo contrario a una esposa sumisa que se limita a permanecer sentada en una de las bancas de la primera fila, muda y sonriente. Cuando los notables del Consejo, incluso a veces su propio esposo, insinuaban que la cantidad de tareas que Latrice desempeñaba era excesiva, ella les respondía que Dios no la había llamado para quedarse sentada, sino para servir. Así que se encargaba del ministerio de las personas sin hogar, de la doctrina de los niños, de los programas de recuperación de las adicciones y del albergue para mujeres maltratadas, el cuál dirigía personalmente. Se había acostumbrado a vivir en aquel caos, corriendo por la iglesia de reunión en reunión, metiendo ropas donadas al maletero de su auto para llevárselas a los indigentes, volando a través de la autopista para llevarles juguetes a los niños del hospital pediátrico. Del centro de apoyo de mujeres maltratadas al centro de detención de menores y de ahí a cualquier sitio en donde se requiriera su ayuda; hasta que llegaba la hora de volver a casa a cocinarle la cena a su marido. Pero nunca antes había necesitado una asistente, y tampoco quería una.

—No me gusta la facha que tiene —le dijo una mañana a su esposo.

—No te gusta la facha de nadie —respondió él.

—¡Y con justa razón!

—Pero no es motivo para despedirla.

Sentado detrás de su escritorio, John le dio un sorbo a su café mientras Latrice suspiraba y se servía una segunda taza. Del otro lado de la ventana alcanzaba a ver cómo la niebla avanzaba hacia el estacionamiento de la iglesia. Una niebla lo suficientemente espesa como para ponerla furiosa. Ella era originaria de Macon, Georgia. Sabía lo que era la lluvia y sabía lo que era la humedad, pero detestaba aquel clima ambiguo de California, especialmente porque la primavera en Georgia era la época en que las azaleas, los duraznos y las magnolias florecían y el clima resultaba propicio para organizar parrilladas, para pasar la velada sentada en el porche o conduciendo por ahí con las ventanillas abajo. Pero aquí apenas lograba distinguir la carretera. Y aquello bastaba para frustrarla aún más de lo que se encontraba.

—Cariño, todos apreciamos al hermano Turner —le dijo a su marido—, pero realmente no soporto a esa busconcilla, buena para nada, siguiéndome por todas partes.

—Latrice, la Palabra de Nuestro Señor dice que el buen pastor deja a las noventa y nueve ovejas...

—¡Oh, ya sé lo que la Palabra dice! No te atrevas a sermonearme como si yo fuera una de las mujercitas de tu congregación.

John se quitó las gafas, un gesto que solía hacer cuando quería decir algo importante. Tal vez le resultaba más sencillo comunicarle las cosas a su mujer cuando esta sólo era una mancha borrosa y fuera de foco.

—Se lo debemos —dijo.

Ella desestimó sus palabras con un gruñido y se volvió hacia la ventana. Se rehusaba a deberle nada a nadie, mucho menos a una muchacha a la que sólo había tratado de ayudar. Gracias a ella las cosas habían podido solucionarse rápidamente. Aquella mañana, su hijo se había desplomado sobre una de las sillas de la cocina, con la cabeza entre las manos, mientras su esposo caminaba impaciente por la habitación. Tanto la pasividad de su hijo, como el nervioso ir y venir de su esposo la exasperaban. Apenas acababa de despertarse, ni siquiera se había quitado todavía los rulos del cabello. Y ahora tenía que lidiar con una chica embarazada, antes siquiera de poder tomarse la primera taza de café de la mañana.

—¿Y no pudiste buscarte a una chica que no fuera de nuestra iglesia? —le preguntó finalmente a su hijo.

—Mamá...

—Nada de «mamá». ¿Sabes si al menos es tuyo? ¡Quién sabe con cuántos se habrá metido esa niña!

—Es mío –respondió él–, lo sé.

—Una niña de preparatoria –dijo ella–. ¿Al menos es mayor de edad?

—Casi –murmuró Luke.

—Después de todo lo que te hemos enseñado –dijo John–, después de haberte educado en la palabra del Señor y de haberte explicado lo que era el camino del pecado... ¿Aun así saliste de esta casa a cometer semejante idiotez?

Latrice ya había presenciado escenas como aquella muchas veces, escenas en donde su esposo arremetía a gritos contra Luke. Por andar de vago con sus amigos a bordo de autos robados, por colarse en el cine sin pagar, por beber cerveza disimulada en viejas botellas de Coca-Cola en la playa, por fumar mariguana en el parque Buddy Todd y provocar trifulcas con los marines. No era un mal chico su hijo, sólo demasiado imprudente. Y ella había tratado de explicarle que los chicos negros no se pueden dar el lujo de ser imprudentes. Los chicos blancos imprudentes terminaban en la política y en la banca, mientras que los chicos negros imprudentes terminaban muertos. ¿Cuántas veces le había rogado a Luke que fuera más sensato? Y ahora se había metido con una chica que ni siquiera era mayor de edad. ¿Y qué diría Robert? Iba a ponerse furioso, eso era seguro, pero ¿qué tanto? ¿Lo suficiente como para arrastrar a Luke a la estación de policía?

—Nadia no quiere tenerlo –dijo Luke.

Se veía derrotado mientras se limpiaba las lágrimas que le brotaban de las comisuras de los ojos. Hacía años que Latrice no lo veía llorar. Su hijo, como todos los varones, había superado hace mucho la necesidad de sus mimos. Ella había observado los «estirones» de Luke, había visto cómo sus hombros se llenaban de estrías por pasarse los veranos alzando pesas, y entre más masculino se volvía menos seguía siendo su hijo. Era una persona distinta ahora, un hombre furtivo y elusivo que se escondía tras la puerta cerrada de su habitación y que enmudecía al teléfono cuando ella pasaba cerca. Cuando estaba en la escuela primaria lo había visto luchar con sus amiguitos sobre la alfombra de la sala, pero al ingresar a la preparatoria lo había visto empujar a uno de sus compañeros contra la pared, con tanta fuerza que una de las fotografías que colgaban del muro se desprendió del clavo. Lo que más le había perturbado fue la cara de desconcierto que Luke puso cuando ella le gritó que se detuviera, como si la brutalidad le resultara tan natural que le sorprendía que fuera un problema.

Una hija crece y se va acercando cada vez más a su madre, hasta que gradualmente ambas se sobreponen, como en un patrón de bordado. Pero el hijo varón inevitablemente se convierte en algo aparte, algo separado. Así que, de cierta manera, y aunque odiaba ver a su hijo llorar, Latrice se sintió agradecida de tener aquella oportunidad para ser de nuevo su madre. Lo estrechó entre sus brazos y acarició su cabeza.

—Tranquilo, mi cielo –le dijo–. Mamá se va a encargar de todo.

Fue al banco y retiró seiscientos dólares, y metió los billetes en un sobre para que Luke se lo entregara a la chica. John no había podido dormir aquella noche; daba vueltas en la cama y luego se había levantado para deambular nervioso por la habitación.

—No debimos haberlo hecho —decía—. Mi alma está acongojada.

Pero Latrice se rehusó a sentirse culpable. No estaban obligando a la niña esa a hacer nada que ella no quisiera hacer desde el principio. Una chica que no quería un bebé siempre hallaría la forma de no tenerlo. Lo mejor —lo más cristiano— era facilitarle las cosas un poco. Ahora la chica podría largarse a la universidad y salir para siempre de sus vidas. No era la solución perfecta, pero, gracias a Dios, no se había convertido en el desastre que hubiera podido ser.

Pero a pesar de todo, John se sentía afligido, y cuando Robert Turner llegó a la iglesia aquel domingo, le pareció que su camioneta chocada era una señal, el inicio de una larga condena. Así que John había ido a casa de Robert y, por pura lástima, le había ofrecido un trabajo a la chica, sin consultarlo antes con Latrice. Y ahora la muchacha estaría detrás de ella todo el verano, sólo porque John quería expiar aquella congoja inmerecida.

—No le debo nada a esa niña —dijo—. Ya pagué lo que debía.

Cuatro

TODO EL MUNDO LLEGÓ TEMPRANO A LA IGLESIA PARA asistir al funeral de Elise Turner. La gente se desbordaba de las bancas. Ya nos habían tocado muertes difíciles antes. Como la de Sammy Watkins, a quien apuñalaron afuera de un bar y cuyo cuerpo encontraron retorcido entre dos contenedores de basura; o la de Moses Brewer, a quien hallaron en el parque Buddy Todd, apaleado hasta la muerte; o la de Kayla Dean, una muchachita de catorce años muerta a balazos por unos mexicanos de la pandilla de los Bloods, sólo porque la chica llevaba puesta la chamarra azul del novio. Toda esa semana estallaron reyertas entre negros y mexicanos en la preparatoria a la que la chica asistía, hasta que llamaron a la policía antimotines y los helicópteros de la oficina del sheriff sobrevolaron la zona. Entretanto, la Iglesia del Cenáculo continuó siendo un remanso de calma, y el pastor Sheppard apeló a la razón, en medio de una situación totalmente desprovista de ella. Morir por culpa de una chamarra; una niña que se encontraba afuera del restaurante Alberto's, esperando a que le sirvieran su orden de tacos de pescado, y que se había puesto la chamarra del novio porque tenía frío, porque su madre la había regañado por haber salido de casa sin una y exponerse a una enfermedad. Durante el funeral de Kayla Dean, la congregación del Cenáculo rodeó a la desconsolada madre y entre todos la sostuvieron, sin decir ni una sola palabra, porque las muertes difíciles rebasan cualquier palabra. Una muerte fácil puede ser digerida con frases como *El Señor la ha llamado a su seno*, o *Volveremos a verla cuando alcancemos la Gloria*, pero las muertes duras se te meten entre los dientes como pedazos de cartílago.

Ya nos habían tocado muertes difíciles, pero la diferencia era que Elise Turner había elegido la suya. No con un puñado de píldoras que eternizarían su sueño, ni con un motor que se deja encendido en una cochera cerrada, sino con una bala en la cabeza. ¿Cómo pudo elegir matarse con tanta violencia? Así que nos amontonamos en las bancas sin saber qué esperar de todo aquello. ¿Qué diría el pastor? Seguramente no recitaría los tradicionales versículos funerarios; aquello no habría sido suficiente. No volveríamos a verla cuando alcanzáramos la Gloria, porque, ¿qué clase de gloria acogería a una mujer que se disparó en la cabeza? No había sido llamada al seno del Señor: ella misma había decidido largarse. Imagínate, tener el descaro de elegir algo que tantos otros no pudieron elegir. ¿Cómo se atrevía Elise a optar por una muerte dura, cuando el resto de nosotras se esforzaba en resistir las duras vidas que nos tocaron?

Nunca pudimos entenderlo, pero tal vez debimos intentarlo. Somos, después de todo, las últimas que vimos a Elise Turner con vida, la mañana en que se quitó la vida. Habíamos llegado temprano al Cenáculo para empezar con nuestras oraciones, y al principio, cuando echamos un vistazo desde el umbral del santuario, lo único que vimos fue a una persona envuelta en un abrigo de plumón, tirada en el suelo ante el altar, al parecer rezando o durmiendo. Un vagabundo, probablemente. A veces nos topamos con alguno de ellos por la mañana, durmiendo sobre las bancas.

—Bueno, ya estuvo bien –dijo Betty–. Es hora de que te vayas. No le diremos a nadie que te vimos, pero ahora tienes que marcharte.

El vagabundo no pareció escucharla. Seguramente estaba borracho. Y Dios sabe que no soportábamos a los borrachos, a los que desmayaban de ebrios después de haber usado la cesta de ofrendas como mingitorio, o los que dejaban botellas rotas por todas partes para que los niñitos se cortaran los pies.

—Muy bien –dijo Hattie–, más te vale que te levantes ahora. No quieres que le hablemos a la policía, ¿verdad?

Nos fuimos acercando a la persona y sólo entonces notamos que, por debajo del cuello de su abrigo, una larga caballera negra dejaba entrever la curva de una estilizada nuca de piel pálida. Una nuca que parecía encontrarse demasiado limpia como para pertenecer a un vagabundo, y que era demasiado delicada para ser de un hombre. Agnes posó una de sus manos sobre el hombro de la mujer.

—¡Elise! ¿Qué estás haciendo aquí?

—Yo… Llegué aquí anoche y…

Elise parecía aturdida mientras Flora la ayudaba a levantarse.

—Mujer, pero si ya es de mañana –le dijo Willis–. Será mejor que regreses a casa, con tu hija.

—¿Mi hija?

—Sí, cariño. ¿Por qué pasaste la noche aquí?

—Robert debe estar muerto de la preocupación –interrumpió Hattie–. Vete a casa, pues, anda.

En su momento nos reímos, mientras contemplábamos a Elise atravesar la niebla para dirigirse a su auto. ¡Oh, esperen a que se lo contemos a las demás durante el bingo! Elise Turner se quedó dormida en la iglesia, como si fuera una indigente cualquiera. ¡Cómo la van a gozar! De cualquier forma, Elise siempre nos pareció un poco extraña: demasiado soñadora, con una mente que era como un globo unido a un largo cordel que a veces ella olvidaba enrollar.

Durante años nos obsesionamos con esta última conversación que sostuvimos con ella. Elise había vacilado antes de salir a buscar su auto; se había quedado inmóvil durante un instante, cuya duración variaba según cada una de nosotras lo recordaba. Según Betty fue por largo rato; según Flora, por un breve segundo. ¿Tendríamos que haber intuido que Elise se marcharía a bordo de su coche y se metería un balazo? ¿Había alguna manera de saberlo? No, nadie pudo haberlo adivinado; no, si el propio Robert lo ignoraba también por completo. Elise Turner era muy hermosa, tenía una hija y un marido con un buen trabajo en el gobierno, había pasado de ser la mucama que limpia los baños de los blancos a ser estilista de salón de belleza con un sueldo fijo. Una mujer negra que vivía tan bien como una blanca. ¿De qué podía quejarse?

Aquel verano nos obsesionamos con Nadia Turner.

Se parecía tanto a su madre que la gente del Cenáculo empezó a creer que estaban viendo a Elise otra vez. Como si su alma en pena –y nadie dudaba de que su alma se encontrara penando– deambulara por el último sitio en el que había sido vista. La muchacha, que hechizaba a todos en los corredores de la iglesia con su belleza y su mal temperamento, apenas se percataba de las miradas que todo el mundo le dirigía, hasta que una tarde, al salir del trabajo, John Segundo se ofreció a llevarla a casa en la furgoneta de la iglesia. Entró en la carretera y, por un breve instante, los dos se miraron a los ojos a través del espejo retrovisor.

—Te pareces muchísimo a tu mamá –le dijo John–. Sólo de mirarte me dan escalofríos.

Y apartó la mirada, casi avergonzado, como si hubiera dicho algo malo. Aquella noche, durante la cena, Nadia le repitió el comentario a su padre, y él levantó los ojos del plato y le echó una mirada a su hija, como si necesitara recordar cómo lucía su cara.

—Es cierto –dijo, finalmente, mientras cortaba su carne. Su quijada había adoptado la misma postura que siempre ponía cuando Nadia trataba de hablar de su madre. Tal vez esa era la razón por la cual su padre se la pasaba metido en la Iglesia del Cenáculo, porque no podía soportar estar cerca de su hija. Tal vez odiaba mirarla porque Nadia sólo le recordaba lo que había perdido.

La noche previa a su muerte, Nadia sorprendió a su madre mirando por la ventana de la cocina, con los brazos metidos hasta los codos en el agua jabonosa del lavabo, tan absorta en sus propios pensamientos que ni siquiera se había dado cuenta de que el agua estaba a punto de desbordarse. Y había reído un poco cuando Nadia cerró la llave del agua.

—Mira nada más –había dicho–. Otra vez soñando despierta.

¿Qué pasaba por su mente en aquel momento? ¿No se suponía que tus últimas horas debían estar llenas de dramatismo y trascendencia? Aquella última conversación que sostuvieron, ¿no tendría que haber sido emotiva, aunque en su momento Nadia no se hubiera dado cuenta? Pero no hubo nada especial en aquellos últimos instantes. Nadia también se había reído y había pasado junto a su madre de camino al refrigerador. La mañana siguiente se despertó y encontró a su padre sentado al pie de su cama, con el rostro oculto entre sus manos, tan callado que Nadia ni siquiera había notado que se encontraba ahí, como si el dolor lo hubiera vuelto etéreo.

Nadia aún seguía buscando pistas, cosas extrañas que su madre pudiera haber hecho o dicho, señales que debió haber notado. Porque al menos así la muerte de su madre tendría algún sentido. Pero no lograba recordar ningún indicio de que su madre deseara morir. Tal vez en realidad ni siquiera conocía a su madre verdaderamente. Y si no eras capaz de conocer a la persona en cuyo cuerpo habitaste al inicio de tu vida, ¿entonces cómo podrías conocer a alguien en absoluto?

Se sentía sola. ¿Cómo podría ser de otra manera? Si cada mañana, su padre la dejaba en el Cenáculo, y cada tarde se sentaba en los escalones de la iglesia a esperar a que pasara por ella. Pasaba su tiempo libre tumbada en la cama, mirando viejos episodios de *La ley y el orden*, mientras esperaba la llegada de una nueva mañana en la que igualmente tendría que despertar y comenzar aquella rutina de nuevo. A veces pensaba que podría pasarse todo el verano así, dejando que los días se sucedieran uno tras otro, hasta la llegada del otoño. Los vientos cálidos llegarían y ella dejaría que la arrastraran hacia una nueva escuela en un estado distinto, donde iniciaría una vida diferente. Pero en otras ocasiones, Nadia se sentía tan miserable que le daban ganas de llamar a sus antiguas amigas. ¿Pero qué podría contarles? ¿Qué había tenido una madre y que ahora ya no la tenía? ¿Que había estado embarazada, pero que ahora ya no lo estaba? Había llegado a pensar que la distancia entre sus amigas y ella disminuiría con el tiempo, pero aquella brecha se ensanchaba cada vez más y ella no tenía suficiente energía para hacer algo al respecto. Así que se había quedado sola y pasaba las mañanas trabajando silenciosamente en la oficina de la esposa del pastor y, al mediodía, salía de la iglesia arrastrando los pies para comer su almuerzo en los escalones de la entrada. Una tarde, mientras picoteaba su emparedado de mantequilla de cacahuate, observó que Aubrey Evans se dirigía hacia ella. La chica sonreía, sosteniendo en su mano una lonchera de color azul celeste que combinaba con su vestido veraniego. Nadia tendría que haber esperado aquello: esa muchacha no era capaz de llevar una bolsa de papel marrón como el resto de la gente.

—¿Puedo sentarme aquí? –preguntó.

Nadia se encogió de hombros. No deseaba la compañía de aquella chica, pero tampoco se animaba a decirle que no. Aubrey entrecerró los ojos a causa del sol y se sentó un peldaño más abajo. Entonces abrió su lonchera y extrajo una serie de pequeños contenedores de plástico que, cuidadosamente, fue colocando sobre el escalón a su lado. Nadia contempló los recipientes llenos de macarrones con queso, trocitos de bistec, ensalada de papas.

—¿De verdad ése es tu almuerzo? –le preguntó. Y claro que lo era. Por supuesto que los padres de Aubrey Evans preparaban aquellos elaborados platillos para que su hijita adorada se los comiera a mediodía y no tuviera que conformarse, Dios nos libre, con algo tan vulgar como un emparedado.

Aubrey se encogió de hombros.

—¿Quieres que te comparta un poco?

Nadia vaciló un instante, pero luego extendió su mano hacia un *brownie* y le arrancó un pedacito. Lo saboreó lentamente, un poco decepcionada por lo delicioso que estaba.

—¡Demonios! –exclamó–. ¿Tu mamá lo hizo?

Aubrey cerró cuidadosamente su lonchera.

—No, no vivo con mi mamá –respondió.

—¿Entonces fue tu papá?

—No –replicó–. Vivo con mi hermana, Mo; y con Kasey.

—¿Quién es Kasey?

—La novia de Mo. Es una excelente cocinera.

—¿Tu hermana es gay?

—¿Y qué si lo es? –respondió Aubrey–. No es para tanto.

Pero era obvio que se había molestado, y Nadia supo que en realidad sí era para tanto. Todavía recordaba que, varios años atrás, la congregación del Cenáculo estaba convencida de que la hija de Janice se había vuelto lesbiana porque se había unido al equipo de rugby de la universidad. Durante semanas enteras, las viejas de la iglesia se la pasaron cuchicheando que no estaba bien que las mujeres jugaran futbol, que no era correcto, hasta que el domingo de Pascua la chica en cuestión se presentó en la iglesia tomada de la mano de un muchacho muy tímido, y sólo entonces cesaron las habladurías. Para la Iglesia del Cenáculo, tener una hermana gay sí era un grave problema, y Nadia se preguntó cómo es que jamás había escuchado nada sobre la hermana de Aubrey. Tal vez ella no quería que nadie se enterara. Nadia no pudo evitar sentirse sorprendida. La vida que se había imaginado que Aubrey llevaba –una familia con una madre dedicada al hogar y un padre cariñoso– se desvaneció y tomó la forma de algo más escabroso. ¿Por qué vivía Aubrey con su hermana y no con sus padres? ¿Les habría ocurrido alguna desgracia? Sintió una súbita oleada de simpatía hacia esta chica que tampoco tenía una madre. Una chica que también estaba obligada a guardar secretos. Aubrey le extendió el contenedor con el *brownie* y, en silencio, Nadia tomó otro pedacito.

Esto es lo que Nadia sabía de Aubrey Evans:

Apareció una mañana de domingo: una chica desconocida que entró a la Iglesia del Cenáculo, llevando solamente un pequeño bolso de mano, ni siquiera una Biblia. Se había puesto a llorar cuando el pastor preguntó quién necesitaba ser salvado, y había llorado aún más fuerte cuando se levantó de su asiento y se acercó al altar. Tenía dieciséis años cuando aceptó la Buena Nueva del Señor, y desde entonces acudía todos los domingos y se desempeñaba como voluntaria en la doctrina de los niños, en el ministerio de las personas sin hogar y en el comité que acompañaba a las personas que enfrentaban algún duelo. Niñitos, vagabundos, tristeza. Pistas que insinuaban su pasado, aunque en realidad Nadia sólo sabía lo que todos ya conocían: que Aubrey había llegado inesperadamente a la Iglesia del Cenáculo, y que un año después, era como si siempre hubiera formado parte de ella.

A partir de entonces, las chicas empezaron a almorzar juntas en los escalones de la iglesia. Y cada tarde, Nadia aprendía cosas nuevas sobre Aubrey, como el hecho de que la chica se había animado a acudir por vez primera a la Iglesia del Cenáculo porque la había visto en la televisión. En aquel entonces, Aubrey acababa de mudarse a California y pasaba muchas horas frente al televisor, mirando la cobertura noticiosa de los incendios forestales. Era la primera vez que escuchaba de la existencia de una temporada de incendios forestales, y eso que había vivido un poco en todas partes y creía que ningún clima podía ya sorprenderla. Había pasado dos húmedos años en Portland, donde llovía tanto que todos los días debía exprimirse los calcetines, y luego tres gélidos años en Milwaukee, y un miserable y bochornoso año en Tallahassee. En Phoenix casi se había desecado de calor, pero en Boston volvió a congelarse. Tenía la impresión de que había vivido en todas partes y al mismo tiempo en ninguna, como si hubiera recorrido miles de aeropuertos, pero jamás se hubiera aventurado más allá de las terminales.

—¿Por qué te mudabas tanto? –le preguntó Nadia–. ¿Tenía que ver con el ejército?

Nadia había vivido en Oceanside toda su vida, a diferencia del resto de los hijos de militares que había en su escuela, quienes acompañaban a alguno de sus padres de base en base militar hasta que terminaban en el Campamento Pendleton. Nunca había vivido fuera de California, nunca había partido de vacaciones ni salido del país. Su vida siempre le había parecido extraña, sosa y aburrida, y lo único que la consolaba era la perspectiva de todas las cosas maravillosas que le esperaban en el futuro.

—No –respondió Aubrey–. Era porque mi mamá conocía a algún hombre. Y cuando él se mudaba a otro lado, nosotras nos íbamos con él.

Había acompañado a su madre mientras ésta seguía a sus parejas, de estado en estado. Un mecánico del que se había enamorado en Cincinnati; un gerente de supermercado en Jackson; un camionero en Dallas. La madre de Aubrey nunca se había casado, aunque ella sí quería hacerlo. En Denver estuvo saliendo durante tres años con un policía llamado Paul. Una navidad, Paul le entregó un pequeño estuche de terciopelo y las manos de la madre de Aubrey temblaron al abrirlo. Sólo era un brazalete, y después de llorar un rato en el baño, de todas formas se lo colocó en la muñeca. Aubrey nunca mencionaba a su padre. Le había contado un par de historias sobre su madre, pero todas narraban cosas que había sucedido años atrás, por lo que Nadia comenzó a dudar de que la madre de Aubrey siguiera viva.

—¿Tu mamá está…? –trató de preguntarle–. Quiero decir, ¿no ha…? –pero se interrumpió sin poder terminar la frase. Apenas conocía a esta chica. No se atrevía a preguntarle si su madre también estaba muerta. Pero Aubrey captó lo que había querido decir y sacudió la cabeza apresuradamente.

—No, no, para nada –dijo–. Es sólo que… no nos llevamos muy bien, eso es todo.

¿Podías hacer eso? ¿Abandonar a tu madre sólo porque a veces te llevabas mal con ella? ¿Quién no discutía con su madre? Pero Aubrey no dijo nada más, y su reticencia sólo avivó la curiosidad de Nadia. Se imaginó a la madre enamorada, persiguiendo a los hombres por todo el país; se la imaginó llorando y maldiciendo cuando aquellas aventuras terminaban, empacando furiosamente su ropa dentro de una maleta. Seguramente Aubrey y su hermana ya sabían que, cuando el amor se iba, era hora de que ellas se fueran también.

—¿Cómo eras de pequeña? –le preguntó una vez Nadia.

Estaba sentada en el asiento del pasajero del jeep de Aubrey, con los pies desnudos descansando sobre el candente tablero del vehículo. Estaban atrapadas en la sempiterna fila que se formaba ante la ventanilla del autoservicio del In-N-Out, justo detrás de una camioneta marrón llena de niños bulliciosos. Aquel día por la mañana, Aubrey había sugerido que salieran a almorzar a algún lado: a Del Taco, o a Carl's Jr., o aunque fuera al restaurante del Gordo Charlie. Luke Sheppard trabajaba ahí y tal vez las reconocería de la iglesia y les ofrecería un descuento. Pero Nadia había meneado la cabeza y había dicho que odiaba los mariscos.

—¿Qué cómo era yo de pequeña? –Aubrey sonrió. Sus dedos danzaban sobre el volante del auto. Siempre hacía eso, siempre repetía las preguntas que le hacían. Como si se encontrara en una entrevista laboral y no supiera qué responder y estuviera tratando de ganar tiempo.

—Sí, ya sabes, de chiquita. Yo era muy malcriada, nadie podía decirme nada. Qué sorpresa, ¿verdad? –soltó una risa y Aubrey también rio.

Aquella era otra de sus costumbres: Aubrey siempre esperaba a que la otra persona riera antes que ella.

—Pues era… no sé. Jugaba futbol soccer. Tenía muchos amigos –Aubrey se encogió de hombros–. Mi mejor amiga tenía una cama elástica. Saltábamos en ella durante horas. Mi mamá me había dicho que no lo hiciera; decía que podía romperme el cuello. Así que siempre le mentía.

—Uy, qué mala.

—Una vez –continuó Aubrey–, estábamos súper hambrientas, así que fuimos a la casa y sacamos un poco de pan de maíz que había sobrado de la comida, para comérnoslo. El pan se nos desmoronaba en las manos, pero nosotras seguimos saltando y comiéndonos las migajas que brincaban con nosotras, y no podíamos dejar de reír.

Y sonrió, como si todavía se sintiera orgullosa de aquella ínfima rebelión infantil, aunque sus ojos no se iluminaron. Era algo que Aubrey también hacía: sonreír, aunque no tuviera ganas de hacerlo.

Cuando la temporada de incendios forestales inició, Aubrey llevaba apenas tres meses viviendo en California. Entonces no sabía que los incendios formaban parte del calendario; que eran eventos naturales que llegaban con la misma regularidad que la nieve o la lluvia que llegaban a otras partes, y la idea la aterrorizaba. Su hermana le dijo que no tenía nada de qué preocuparse, por lo menos ahí en Oceanside. Que se encontraban tan seguras como el que más, ahí al borde de la costa. Pero, a pesar de ello, Aubrey siguió monitoreando las transmisiones de los noticieros locales en donde los reporteros aparecían a cuadro tosiendo delante de prados lamidos por las llamas, mientras los helicópteros recorrían las tierras chamuscadas, y así fue como Aubrey supo por primera vez de la Iglesia del Cenáculo. La iglesia fungía como albergue temporal, y un reportero había entrevistado al pastor, un hombre muy alto y de tez muy oscura, llamado John Sheppard.

—Estamos muy contentos de poder ayudar –había declarado el pastor. Tenía una voz profunda y sonora, como la de uno de esos hombres que narran audiolibros–. Estamos muy agradecidos de que Dios nos permita devolver algo a nuestra comunidad. Así que, si han sido desalojados de sus casas, vengan al Cenáculo y permitan que nuestra iglesia se convierta en su hogar.

Más tarde, le contó a Nadia, se daría cuenta de que la invitación del pastor le había hecho mella. En ese entonces, Aubrey se encontraba entre dos hogares –había pasado su vida entera entre varios hogares– y seguía sintiéndose como una simple visitante en la casa de Mo y Kasey. Cada vez que lavaba su ropa, la doblaba y la metía dentro de su maleta; le deba miedo usar los cajones de la cómoda. Pero nadie la estaba desalojando de Oceanside, así que un domingo se atrevió a visitar la Iglesia del Cenáculo y ese había sido el inicio de todo.

Aquel año sufrieron la peor temporada de incendios forestales que Nadia podía recordar. Los noticieros locales transmitían titulares amarillistas en donde se referían al mes de octubre como «el asedio del fuego», incluso a pesar de que los meses más peligrosos ya habían pasado, quince incendios más se desataron en el sur de California aquel invierno. En caso de que necesitaras evacuar tu casa, la oficina del sheriff te lo notificaba a través de una grabación telefónica, pero su madre siempre decía que esas llamadas llegaban cuando ya era demasiado tarde. Las alertas de la oficina del sheriff sólo te daban quince minutos de ventaja ante el fuego, así que, el otoño anterior, la madre de Nadia había empacado por adelantado las pertenencias de la familia y había dejado las valijas junto a la puerta de entrada.

—Pensarás que es tonto –le dijo Aubrey a Nadia–, pero hay que estar siempre alertas. Incluso de las cosas que no puedes ver.

Había crecido en Texas, en regiones azotadas por los tornados y los huracanes, así que sabía cómo prepararse en caso de emergencia. A diferencia de las chicas californianas, se burlaba, que jamás se preocupaban por los terremotos hasta que la tierra comenzaba a sacudirse bajo sus pies. Aquel invierno, la muerte de su madre sería un terremoto que sacudiría a Nadia hasta despertarla de un profundísimo sueño. Pero meses antes, en septiembre, Nadia había visto cómo su madre empacaba ropa, garrafas de agua y álbumes de fotografías, y ese mismo domingo habían acudido a la iglesia y presenciado la aparición de una muchacha llorosa, ataviada con un vestido azul cielo que le quedaba un poco justo en la cintura, como si acabara de subir de peso. Llevaba los crespos cabellos atados en una cola de caballo y los pies enfundados en zapatos deportivos de lona con las puntas desgastadas. Se había vestido como alguien que jamás en su vida ha puesto un pie en una iglesia. La chica estaba sufriendo, y meses después, cada vez que Nadia la veía en la escuela —ella misma inmersa ya en su propio dolor— sentía una gran envidia por la facilidad con la que Aubrey había sido capaz de exhibir su tristeza, por la forma en que la iglesia la acogió. ¿Eso era todo lo que se requería: arrodillarse ante el altar y suplicar ayuda? ¿O tenías que invitar a todo el mundo a participar de tu pena privada para poder alcanzar la salvación?

Más tarde, en la agónica luz del anochecer, las chicas se mecían suavemente en la vieja hamaca que colgaba en el patio de Nadia. Su padre ya nunca la usaba —Nadia no podía recordar la última vez que lo había visto lo suficientemente relajado como para disfrutar algo—, pero Aubrey había querido subirse en ella desde que salió al patio con Nadia.

—Es algo muy californiano –había dicho, así que, cada tarde durante toda aquella semana, las chicas se mecieron sobre la hamaca y conversaron hasta que el sol desparecía detrás del horizonte.

Nadia observaba a su padre a través de la puerta de tela de alambre. Todas las noches de aquella semana les había preparado la cena, y nunca se quejó de tener que preparar un plato extra para Aubrey. Hasta parecía contento de tener que hacerlo, o casi. Sonreía y trataba de hacer bromas sobre su jornada en la base militar, chistes que jamás habría intentado, de haber estado cenando a solas con su hija, pues simplemente se habría limitado a deglutir los bocados de comida. Tal vez le alegraba tener compañía de nuevo, o tal vez había algo especial en Aubrey que hacía que su padre se abriera.

Sentada frente a ella sobre la hamaca, Aubrey se chupó el dedo manchado de helado y le preguntó a Nadia cómo era su padre.

—¿Qué quieres decir? –dijo Nadia–. Ya sabes cómo es, ya lo conociste.

—Quiero decir como persona. Es amable, pero no habla mucho.

—Es buena gente, creo. No lo sé. Es muy serio, le gusta estar solo. ¿Por qué? ¿Cómo es tu papá?

—No lo sé. Se marchó cuando yo era muy pequeña.

—Bueno, ¿y cómo es tu mamá, entonces?

Aubrey se mordió la uña del pulgar.

—Hace un tiempo que no nos hablamos.

—¿Cuánto tiempo?

—Casi un año.

Para entonces Nadia ya estaba acostumbrada al ir y venir

de sus conversaciones, a la apertura y la cerrazón constantes, al tira y afloja; así que se limitó a asentir y a pretender que entendía, de la misma forma en que, a lo largo de toda su vida, pretendería entender a sus amigas cuando éstas se quejaran de sus madres. Pondría los ojos en blanco, igual que ellas, cada vez que las escuchara lamentarse de que sus madres criticaban a sus novios o sus empleos, siempre demostrándoles su solidaridad, siempre sonriéndoles a pesar de que las despreciaba por quejarse. A Aubrey la comprendía aún menos. ¿Qué se sentiría, se preguntaba, ser quien abandona y no la abandonada?

Si te diriges en auto hacia el oeste de Oceanside y dejas atrás las chozas de los surfistas y las heladerías, los bañistas de cuerpos perfectos y los guardias de seguridad privados que patrullan el muelle, llegarás al Black Gate. La entrada al campamento Pendleton se encontraba custodiada por marines armados, pero a las afueras de la base militar había un vecindario de clase media que no era muy rico ni demasiado pobre. Y así era como te dabas cuenta: las cercas que rodeaban las propiedades eran más altas de lo acostumbrado, pero no había rejas de metal sobre las ventanas; los vidrios del Pizza Hut eran a prueba de balas, pero cerraban hasta tarde; los policías aún patrullaban la zona, con más frecuencia que en los vecindarios más ricos y que en los vecindarios más pobres, los cuales habían sido abandonados a su caótica suerte. En este vecindario de clase media, Aubrey vivía con su hermana y la novia de ella en una casita blanca. La vivienda era muy sencilla pero, sorprendentemente, la habitación de Aubrey se hallaba decorada con profusión. Las paredes estaban pintadas de un color verde grisáceo con flores plateadas, y del techo pendían luces de navidad blancas. Sobre la ventana ondulaban cortinas también plateadas, y sobre la cama colgaban tantos tules y encajes que aquello más bien parecía el velo de una novia. Durante su primera visita, Nadia había deambulado lentamente por la habitación con las manos en la espalda, temerosa de tocar algo, como si estuviera en un museo.

—Cuando recién me mudé, no podía dormir –le contó Aubrey, y señaló un atrapasueños que colgaba del techo–. Kasey pensó que uno de éstos podría ayudarme.

Kasey era flaca como un gato callejero. Su cabello era de color rubio sucio y lo llevaba muy largo. Le gustaba despeinárselo con las manos mientras hablaba, como queriendo demostrar lo poco que le importaba su aspecto. Servía tragos en la barra del Flying Bridge y le gustaba contar historias sobre sus parroquianos. Sobre aquel hombre que no soportaba tocar el vidrio. O la mujer que le tenía fobia a los pepinillos.

—¿Sabes de cuáles? Esos grandotes que te sirven con los emparedados. Se pone histérica cuando los ve. Corre y grita si le muestras uno, aunque sea dentro de un frasco. Qué loco, ¿no?

Kasey había llegado al Oeste ocho años atrás, en compañía de su hermano, quien se encontraba internado en la base de Pendleton. En Tennessee se había enamorado perdidamente de una chica heterosexual y había decidido marcharse a California para olvidarla. Durante el largo viaje, había tomado aquel atrapasueños de un estante en un paradero de camiones, nada más por el puro capricho de poseerlo. Y ahora el atrapasueños colgaba del techo de una habitación que hacía dolorosos esfuerzos por resultar agradable. Aubrey le contó que su hermana le ayudó a decorarla cuando recién se mudó.

—Mo pensó que debíamos hacer algo juntas –dijo–. Hacía años que no nos veíamos.

—¿Por qué no?

—Ella se había ido a la universidad.

—¿Y nunca más regresó a casa?

Aubrey se removió intranquila sobre sus pies.

—Bueno, no se llevaba bien con Paul.

—¿Por qué? ¿Qué hacía él?

—Le pegaba a mi mamá.

—Oh –exclamó Nadia, y se detuvo ante el librero–. ¿Y te pegaba a ti también?

—A veces.

Nadia no podía imaginarse a un hombre adulto golpeándola. Incluso cuando era niña y se portaba mal, su padre siempre la llevaba hasta donde se encontraba su madre y era ella quien le propinaba las nalgadas que se merecía, como si la disciplina fuera un asunto que sólo se dirimía entre mujeres.

—Bueno, ¿y qué decía tu mamá al respecto? –preguntó.

—Aún sigue con él –respondió Aubrey, encogiéndose de hombros. Bajó de la cama de un salto–. Ven, salgamos.

Nadia finalmente comprendió por qué Aubrey había abandonado a su madre, por qué ésta lo había permitido, por qué su hermana la había ayudado a crear un dormitorio que parecía salido de una película de Disney, y por qué la señora Sheppard la mimaba tanto. En cierta forma, Nadia se sintió afortunada. Por lo menos su madre estuvo mal, y por lo menos sólo se había dañado a sí misma. Su madre nunca hubiera permitido que un hombre le pegara a su hija. Su madre estaba muerta, sí, pero aquello era mucho mejor que saber que tu madre sigue viva en alguna parte, pero que prefiere estar con un hombre que le pega, a estar contigo.

Nadia pasó el Día de la Independencia sentada en el porche de la casa de Aubrey, mirando cómo los vecinos lanzaban petardos en la calle. La ciudad había organizado una gran función de fuegos artificiales en el muelle, pero Kasey había dicho que un cuatro de julio sin cohetes ilegales no era un cuatro de julio en lo absoluto. Las estrictas leyes del estado de California relativas al uso de pirotecnia la consternaban, así que se la pasó vitoreando a las personas del vecindario que habían logrado meter algunos petardos de contrabando desde Tijuana. ¿Qué había de malo en ello? ¡Ni que estuvieran haciendo estallar bombas! Kasey daba pequeños sorbos a su lata de cerveza mientras pasaba su brazo por los hombros de Monique, que observaba a los vecinos en la calle y negaba con la cabeza.

—Alguien va a volarse una mano —decía—. Ya lo verán.

Mo no era madre, pero poseía el don materno de predecir las peores consecuencias posibles. Era enfermera en la sala de urgencias del hospital Scripps Mercy, así que a diario se topaba con estas terribles consecuencias. Incluso aunque no hubiera sido enfermera, Mo era de ese tipo de personas que siempre estaban preocupadas. Cuando llegaba a casa del trabajo siempre les preguntaba si ya habían comido. Constantemente le recordaba a Aubrey que debía tomar sus vitaminas y siempre le pedía que llevara una chamarra consigo, en caso de que hiciera frío en el centro y, oh, no me veas así, sabes que siempre está fresco allá. Un hombre que se hallaba en medio de la calle graznó cuando un automóvil giró bruscamente para esquivar los petardos y casi lo atropella. Monique volvió a sacudir la cabeza.

—¿Tienes frío, nenita?

Aubrey, sentada junto a Nadia, estaba tapada con una manta y puso los ojos en blanco.

—No soy una nenita, Mo –le dijo.

—Eres *mi* nenita –respondió su hermana.

Kasey soltó una carcajada y Aubrey puso los ojos en blanco de nuevo, pero no parecía verdaderamente molesta. Era más bien un gesto de fastidio, dirigido a alguien que en realidad jamás podría fastidiarte. A veces, Nadia sentía envidia de Aubrey, aunque la mera idea del sentimiento la hacía sentir culpable. Aubrey también había perdido a su madre, pero contaba con el cariño de su hermana, con el de la novia de su hermana, incluso con el afecto de la esposa del pastor; tenía a su disposición a tres mujeres que la querían simplemente porque deseaban hacerlo. Ambas habían sido abandonadas en la playa, pero sólo a Aubrey la rescataron. Sólo a Aubrey la eligieron.

El amor que Monique y Kasey sentían por Aubrey resplandecía en los ojos de la pareja, y aunque dicho afecto no estaba dirigido a Nadia, ella procuraba acercárseles para sentir aquella calidez. La calle estaba llena de vecinos que se apiñaban en grupos y se gritaban instrucciones en *espanglish*. Chicas adolescentes encaminaban a sus bebés sobre los jardines, mientras que algunos viejos, vestidos con camisas de franela, dirigían el tráfico; y grupos de chicos en patineta vigilaban que no llegara la policía. De las ventanas abiertas emergían, atronadoras canciones de rap y de reggaeton que sacudían los autos aparcados frente a las casas. Muy pronto los fuegos artificiales iluminarían el muelle, pero Nadia no deseaba estar en ningún otro lado más que ahí, en aquella casa en donde cada miembro era querido, con aquella familia en la que todos eran libres de marcharse, pero nadie quería hacerlo. Un petardo estalló en el cielo y Nadia se sobresaltó, deleitada y un poco sorprendida, al percibir la primera chispa de luz.

Latrice Sheppard tenía ojos de diabla.

Uno azul y el otro marrón, lo que según su abuela significaba que podía ver el cielo y la tierra al mismo tiempo. Su madre había lanzado un grito ahogado la primera vez que la sostuvo entre sus brazos –algo malo le pasaba, tal vez el ojo azul estaba ciego, velado a causa de alguna enfermedad– pero el doctor había dicho que era muy pronto para asegurarlo. «Los ojos de los bebés tardan un poco en adaptarse al mundo», dijo. «Sólo esté al pendiente. Si ve que bizquea o que se le nublan, tal vez pueda haber algún problema». Así que Latrice se pasó los primeros años de su vida con la cara de su mamá pegada a la suya, siempre mirándole con atención los ojos. Tal vez, por eso siembre había sentido que había algo malo en ellos, aunque podía ver perfectamente. El ojo marrón parecía feo junto al azul, lo mismo el azul junto al marrón; y pronto aprendió que lo mejor era ser una sola cosa a la vez, tratar de condensar su personalidad en algo simple. Para entonces ya había iniciado su interminable periodo de crecimiento –en segundo año de primaria era la alumna más alta de la fotografía escolar– y durante la hora del almuerzo comía sola en el patio de recreos mientras las demás niñas saltaban la cuerda al ritmo de una copla que habían inventado acerca de ella:

La giganta Latrice
se come una lombriz,
con sus ojos de diabla y su fea nariz...

No podía hacer nada respecto a su estatura, pero sí había tratado de ocultar sus ojos de diabla. Empezó a usar lentes oscuros cada vez que podía: en el supermercado, en su habitación, incluso en el salón de clases, después de entregarle a la maestra una nota falsa en donde el doctor aseguraba que Latrice sufría de sensibilidad a la luz. Más tarde llegaría a creer que sus ojos eran una bendición. No eran ojos de diabla en lo absoluto, sino ojos que poseían el don de la clarividencia: podía ver a una mujer y saber de inmediato si aquella era la primera vez que el marido le pegaba. Olvídense de los moretones y las cicatrices; las mujeres golpeadas siempre conseguían esconderlos o dar explicaciones para justificarlos. No había necesidad de escuchar historias sobre caídas por la escalera o golpes con la perilla de la puerta: le bastaba con clavar sus extraños ojos en los de aquellas mujeres para distinguir quienes eran las que se encontraban desconcertadas o enfurecidas por dolor, y quienes las que ya se habían resignado y lo esperaban. Ignoraba los cutis tersos y se concentraba en las quemaduras triangulares de las planchas eléctricas, los tajos abiertos por hebillas chapadas, los cuellos marcados con el filo de un cuchillo, los labios rotos a causa de los anillos de graduación, los rostros floreados con marcas púrpura e índigo. Se lo había comentado a Aubrey la tercera vez que la invitó a tomar el té en su oficina, y después Aubrey se había contemplado largamente en el espejo, preguntándose qué habría visto la esposa del pastor en su rostro. ¿Acaso estaría todo su pasado escrito sobre su piel? ¿Acaso la señora Sheppard veía todo lo que Paul le había hecho? Al menos ahora entendía por qué era tan amable con ella. Por qué después de haber llorado ante el altar, la señora Sheppard la había encontrado en el vestíbulo de la iglesia y le había dado un fuerte abrazo; por qué el domingo siguiente, la esposa del pastor le había regalado una pequeña Biblia con cubierta de flores, y también por qué, el siguiente domingo, la señora Sheppard la invitó a tomar té a su oficina. Aubrey ni siquiera solía tomar té, pero durante meses se sentó junto a ella en aquel sofá de rayas grises y vertió cubos de azúcar en su taza. Le gustaba el té muy dulce: con azúcar, miel y crema.

—Eso está bien aquí –le había dicho la señora Sheppard en una ocasión–, pero en un sitio público la gente podría pensar que eres inmadura, una jovencita que adultera su té con todo ese dulce.

La había corregido con mucha amabilidad, pero Aubrey se sintió tan avergonzada que, semanas más tarde, sólo se atrevía a endulzar su té con un único cubito de azúcar.

Una tarde, mientras daba sorbitos a su té amargo, Aubrey le preguntó a la señora Sheppard qué le había pasado a Elise Turner. Se lo había preguntado de forma casual, como si no hubiera pasado semanas o más bien meses enteros cavilando al respecto, prácticamente desde que el pastor había anunciado sombríamente la noticia de su muerte ante la congregación. En aquel momento el pastor no había indicado la causa del fallecimiento, lo que levantó las sospechas de la comunidad de una forma en que sólo una muerte súbita e inesperada puede hacerlo. Las mujeres de la edad de Elise Turner no fallecían de muerte natural; Elise no había mostrado signos de enfermedad ni había sufrido ningún accidente fatal: ¿qué era lo que le había ocurrido entonces?

—No lo sé —había dicho la hermana Willis en el baño de mujeres, tras el oficio—. Hay algo muy extraño en todo esto.

Y a pesar de que las mujeres que se encontraban allí reunidas en torno al lavamanos asintieron, ninguna de ellas se imaginó nunca la noticia que finalmente terminaría por filtrarse en la iglesia, días más tarde: que Elise Turner se había disparado en la cabeza. Lo cierto es que la grey del Cenáculo ya se imaginaba algunas posibles y vergonzosas tragedias al respecto: una sobredosis accidental de drogas, un accidente de auto en estado de ebriedad, incluso un homicidio causado por circunstancias que el pastor había preferido no divulgar. Tal vez Elise tenía un amante (se merecía algo mejor que Robert, ¿cierto?) y en la sórdida habitación del hotel en donde llevaron a cabo su pecado, el amante la había asesinado.

Pero a pesar de todas estas morbosas elucubraciones, nadie se encontraba preparado para conocer la realidad detrás de la muerte de Elise Turner, especialmente Aubrey. Nunca conoció personalmente a la señora Turner, pero sentía que sí, que la había conocido, por lo menos un poquito; así como se conoce a alguien a quien sólo se ha visto de lejos. Los domingos siempre veía a los Turner cuando entraban a la iglesia: el esposo, sumamente rígido en su traje oscuro; la esposa, sonriendo a las mujeres que la saludaban en el vestíbulo; y la hija, que era la viva imagen de la madre. Parecían una familia modelo, sacada de algún programa de televisión. El padre fuerte y masculino, la madre hermosa, y la hija dotada de belleza e inteligencia. En la clase avanzada de ciencias políticas, Aubrey se sentaba al fondo del aula y veía a Nadia ingresar confianzudamente al salón de clases en compañía de sus amigas y, si acaso lograba colarse por la puerta cuando ya había sonado la campana, siempre conseguía apaciguar al señor Thomas con una sonrisa, antes de que éste tuviera oportunidad de mandarla al salón de castigo. ¿Cómo podría haberla reprendido? Semana tras semana, cuando el señor Thomas enumeraba a los diez mejores alumnos, el nombre de Nadia aparecía siempre en el pizarrón blanco, como si lo hubieran escrito con tinta permanente. Todo el mundo sabía que algún día se marcharía a una universidad importante, en tanto que Aubrey terminaría en el centro de formación profesional de la ciudad, junto con el resto de la clase. Así que los domingos por la mañana, Aubrey observaba a esta chica –esa Nadia Turner– mientras tomaba asiento junto a su padre y su madre, y no podía dejar de preguntarse qué se sentiría ir a la iglesia en compañía de toda tu familia. Su hermana Mo no creía en Dios; Kasey, sí, pero de una manera abstracta, igual que creía en la capacidad del universo para componerse a sí mismo. A ninguna de las dos les había emocionado demasiado la idea de que Aubrey comenzara a asistir a la iglesia, aunque nunca se lo dijeron abiertamente.

—¿Estás segura de que quieres pasar tanto tiempo ahí metida? –le preguntaba Mo–, es decir... ¿no crees que es demasiado pronto?

Nunca decía para qué era demasiado pronto y, en realidad, no había necesidad de que lo dijera. Le preocupaba que Aubrey se convirtiera en una fanática religiosa. Que comenzara a ver el rostro de Jesús en la superficie del pan tostado, que se pusiera a hablar en lenguas extrañas a mitad de una conversación, o que se plantara afuera de las bodas gays a manifestarse en contra. Aquellos domingos, Aubrey había sentido admiración por los Turner y había fantaseado con ser su hija, cómo sería ser brillante y hermosa, y tener un padre y una madre que se tomaban de las manos durante las oraciones. Admiraba especialmente a la madre de Nadia, porque no se parecía en nada a la suya. Elise Turner, tan joven, tan hermosa y radiante; siempre sonriendo en el vestíbulo antes del oficio, siempre alzando la mano para saludar, tan pronto cruzaba el umbral de la iglesia. Le había dirigido la palabra una sola vez, cuando pasó junto a ella el día en que se celebraba la obra teatral navideña.

—Tiraste algo, cariño —le había dicho Elise Turner, señalando el programa que había revoloteado de la mano de Aubrey hasta el suelo. Su voz era fresca y sedosa como la leche.

¿Cómo es que semejante mujer pudiera cometer suicidio? Aubrey sabía que aquella era una pregunta tonta: cualquier persona podía matarse, si realmente lo deseaba. Mo decía que era algo fisiológico. Las sinapsis se disparan, los químicos cerebrales se desequilibran y el cuerpo entero se convierte en una máquina con los cables cruzados que termina autodestruyéndose. Pero las personas no son sólo cuerpos, ¿verdad? Tomar la decisión de suicidarse tenía que ser algo mucho más complejo. Del otro lado del sofá, la esposa del pastor arqueó una ceja y se inclinó hacia Aubrey para llenarle su taza.

—¿Qué quieres decir? –dijo la señora Sheppard–. Tú sabes lo que le sucedió.

—Sólo sé que se disparó.

—Bueno, pues eso fue lo que sucedió, querida.

—Pero ¿por qué lo hizo?

—El Diablo nos tienta a todos –respondió la señora Sheppard–. Algunas personas no son lo suficientemente fuertes como para resistirse.

La esposa del pastor parecía muy segura de sus palabras mientras revolvía lentamente su té y la cucharilla repicaba contra las paredes de la porcelana. Ella también era muy diferente a la madre de Aubrey: demasiado enérgica y segura de sí misma. Su madre era una de esas mujeres débiles a las que la señora Sheppard solía compadecer o desdeñar, dependiendo de qué tanto las conocía. Y no la conocía mucho, por el momento. Aubrey sólo le había contado que se había mudado con su hermana porque no se llevaba bien con su madre. No le había contado nada de Paul: de que bebía botellas de whisky los fines de semana y de que, a veces, les pegaba. Pero siempre lloraba y se arrepentía, pues no había sido su intención hacerlo; era culpa de su trabajo, era demasiado estresante, y ellas no tenían idea de lo duro que era estar en la calle todo el tiempo, sin saber si podrás volver a casa. Se había mudado con ellas un año antes de que Aubrey se marchara, y a lo largo de aquellos doce meses le había hecho varias visitas nocturnas a Aubrey: primero abría la puerta de su recámara y luego le abría las piernas a ella, y Aubrey nunca se lo había contado a nadie. O bueno, a casi nadie, porque la primera vez se lo había contado a su madre, pero ella sólo sacudió la cabeza desesperadamente y dijo «No», como si pudiera cambiar la realidad negándola.

Del otro lado del sofá, la señora Sheppard tomó una galleta.

—Y, bueno, ¿para qué quieres saber todo eso? –preguntó.

—No lo sé –respondió Aubrey–. Nadia nunca dice nada al respecto.

No podía preguntárselo directamente a Nadia, aunque a menudo pensaba en hacerlo cuando estaban juntas. ¿Sabría Nadia por qué su madre se había suicidado? ¿No sería mejor no llegar a saberlo nunca?

—Todo el tiempo las veo juntas a la hora del almuerzo –dijo la señora Sheppard. Sonrió mientras se limpiaba los dedos espolvoreados de azúcar en una servilleta–. No sabía que fueran tan amigas…

—Es muy simpática –respondió Aubrey. Le dio un sorbo a su té y continuó–: es… no sé, es muy divertida, me hace reír mucho. Y nunca se deja pisotear por nadie. No le tiene miedo a nada.

—Yo no me encariñaría tanto con ella, si fuera tú –dijo la señora Sheppard.

Aubrey frunció el entrecejo.

—¿Por qué lo dice?

—Bueno, no me veas así… Ya sabes que Nadia se irá corriendo a la universidad cuando el verano termine. Hará nuevas amigas en los dormitorios. La gente cambia, es todo. No quiero que después sufras, querida.

La señora Sheppard le ofreció el plato de galletas de mantequilla y Aubrey tomó una en silencio. La primera vez que había visitado la casa de Nadia, Aubrey vio en su librero una pequeña reproducción del Arca de Noé, lo bastante pequeña como para caber en la palma de su mano. Un pequeño Noé de cabellos blancos se encontraba de pie sobre la cubierta y las diminutas cabezas de una jirafa, un chimpancé y un elefante asomaban por las claraboyas. Aubrey trató de tomarla, pero Nadia la detuvo.

—No –le había dicho–. Mi madre me la regaló.

Aubrey había retirado su mano, avergonzada de haber violado una regla que ni siquiera sabía que existía. Pero, a partir de entonces, se dio cuenta de por qué Nadia nunca hablaba de su madre: era como si quisiera preservarla, guardársela toda para ella sola. Aubrey nunca hablaba de su madre porque quería olvidar que había tenido una. Y era más fácil olvidarla cuando se encontraba con Nadia.

No quería pensar que su amiga se marcharía de la ciudad para asistir a la universidad. Se sentía muy a gusto en el mundo sin madre de Nadia. Más tarde, aquella misma noche, Aubrey llevó a Nadia a su casa. Salieron al patio y estuvieron meciéndose en la hamaca del señor Turner hasta que el cielo se oscureció por completo. Nadia extendía su larga pierna fuera de la hamaca y la impulsaba con sus pies desnudos sobre el pasto, con mucho cuidado de no perturbar el delicado equilibrio que las sostenía.

CINCO

ALGUNA VEZ FUIMOS JOVENCITAS. POR DIFÍCIL QUE les resulte creerlo. Oh, ahora no es posible notarlo: nuestros cuerpos se han dilatado, se han vuelto flácidos; nuestros rostros y cuellos penden mustios. Es lo que sucede cuando envejeces. Cada parte de ti empieza a colgar, como si tu cuerpo tratara de acercarse al lugar de donde proviene y a donde algún día regresará. Pero una vez todas fuimos jovencitas, o lo que es lo mismo, alguna vez todas nos enamoramos de los canallas. Realmente no existe una expresión más benévola para denominarlos. En este mundo hay dos tipos de hombres: los de verdad y los canallas. De chicas vivimos en muchos lugares. Trabajamos como agricultoras en los campos de algodón de Luisiana, donde el aire húmedo hacía que las ropas se nos pegaran a las espaldas. Tiritábamos de frío en las gélidas cocinas mientras les preparábamos el almuerzo a los padres que se marchaban a trabajar a las plantas de Ford. Nos abríamos paso lentamente a través de las calles heladas de Harlem, con las manos bien metidas en los bolsillos de nuestros abrigos, rellenos de tiras de tela que nos calentaran. Y después crecimos y conocimos hombres que quisieron traernos a California. Militares internados en la base de Pendleton que nos prometieron boda, bebés, la luna y las estrellas. Pero antes de todo eso, antes de que nos despertáramos para contemplar el cielo de la costa, surcado de nubes de color de rosa, antes de que llegáramos a la Iglesia del Cenáculo y trabáramos amistad las unas con las otras; antes de que nos convirtiéramos en madres y esposas, todas nosotras fuimos muchachas y nos enamorábamos de los canallas.

Antes era más fácil distinguir a los canallas. Los encontrabas en los billares, en las cantinas con rocolas, en los antros clandestinos, en las fiestas en donde tenías que pagar la entrada y, a veces, hasta en la iglesia, siempre roncando en algún banco de la última fila. El tipo de hombres contra los que nuestros hermanos nos advertían, porque eran buenos para nada, porque no sabían lo que querían y porque nos tratarían mal mientras trataban de averiguarlo. ¿Y hoy en día? La mayor parte de los hombres de esta época nos parecen canallas, unos buenos para nada que no hacen otra cosa que pavonearse por las calles del centro, emborrachándose, maldiciendo y agarrándose a golpes a las afueras de los bares para luego irse a fumar mariguana al sótano de las casas de sus madres. Cuando éramos jovencitas, el hombre que deseaba cortejarnos debía primero sentarse a tomar café en la sala con nuestros padres. Pero hoy en día, un muchacho puede jugar con cualquier chica que desee hacerlo, y si la chica se mete en problemas... Bueno, pregúntenle a Luke Sheppard qué es lo que los muchachos de la actualidad hacen en ese caso.

Hoy en día, las muchachas tienen que acercarse demasiado para comprobar si son hombres de verdad o son canallas, y puede que si se acercan mucho luego sea imposible escapar de ellos. Alguna vez fuimos jóvenes. Es muy emocionante prendarse de alguien que sabes que nunca podrá corresponderte. Incluso es liberador, de cierta manera. No tiene nada de malo enamorarte de un canalla, siempre y cuando logres sacártelo del corazón a tiempo. Sólo las mujeres trágicas se enganchan a los canallas, o peor aún, permiten que ellos se cuelguen de ellas. Porque estos tipos se les montarán encima y las arrastrarán hasta que se cansen de hacerlo, hasta que los cuerpos de las mujeres se consuman bajo el peso del amor que sienten por ellos.

Sí, ésas son las mujeres que nos preocupan.

Desde la última vez que había visto a Nadia, Luke había roto siete platos, dos tazones y seis vasos.

—Todo un récord personal –había anunciado Charlie, el jefe, durante la junta de aquella mañana–. Aunque, no, no es cierto, borren eso. ¡Es el récord más grande de toda la compañía! Un aplauso para Sheppard, gente. Cagada tras cagada el cabrón está pasando a la historia.

A Luke nunca se le caían los platos. Se había pasado años enteros atrapando balones en el aire, manteniéndolos lejos del alcance de los defensas, sujetándolos en el hueco de sus manos antes de que pudieran tocar el suelo. La gente del restaurante solía vitorearlo por sus atrapadas milagrosas. De haber existido un video que mostrara las mejores hazañas de los meseros del Gordo Charlie, Luke habría estado en todos y cada uno de esos grandes momentos: Luke atrapando vasitos de bebé al vuelo, antes de que estos tocaran el piso; Luke pescando tazones volcados por codos distraídos; Luke enderezando a tiempo un par de bandejas que se deslizaron del estante mientras los comensales aplaudían y sus compañeros le palmeaban la espalda. Pero, desde la fiesta de Cody Richardson, los instantes heroicos, las atrapadas en el último segundo y la exhibición olímpica de reflejos y concentración se habían terminado. Los comentaristas del programa *Sport Center* –si acaso *Sport Center* se hubiera dedicado a cubrir aquella forma de atletismo laboral– se habrían mostrado decepcionados y habrían dicho: «Es una verdadera lástima. Ese muchacho Sheppard prometía muchísimo». Porque ahora los vasos se le resbalaban de las manos y se le caían de las bandejas, y Luke, que reverenciaba los pases interceptados y los gallardos saltos hacia la zona de anotación, ahora se la pasaba de rodillas sobre el suelo pegajoso, con las perneras de los pantalones empapadas de refresco derramado.

—¡Oh, maldita sea! –exclamaba Charlie, cerniéndose sobre él.

—Ya sé, ya sé…

—¿Qué pretendes, romper toda la vajilla del restaurante?

—Dije que lo sentía. ¿Qué más quieres que haga? Estoy limpiándolo.

—Quiero que aprendas a sostener un maldito vaso. Hasta un mono puede sostener un vaso, Sheppard, un puto mono.

Luke rozó el hombro de Charlie de camino al contenedor de basura, y ese ligero contacto –esa pulgada de espacio que Luke obligó a Charlie a cederle– le hizo sentir algo similar a lo que sentía cuando el doctor le inyectaba analgésicos en la pierna: un pinchazo seguido de alivio.

Concentración, eso era lo que Luke necesitaba. Concentrarse en una sola cosa a la vez. El movimiento fluido de su brazo al extenderse para tomar el vaso, la dureza del vidrio contra su palma al apretarlo en su mano. Porque a veces sí lograba concentrarse, de vez en cuando. A veces lograba sobrevivir un turno entero sin dejar caer nada al piso. Pero entonces, Nadia regresaba a su mente, un malestar tan súbito y tan agudo como el hambre. Se recordaba besándola bajo el chorro de las duchas de la playa, recorriendo la piel de su vientre con sus manos aún cubiertas de arena, presionando sus labios contra la nuca bronceada de Nadia, y más tarde, arrodillado junto al borde de su cama, deslizando sus dedos bajo el elástico de su bikini, la piel de Nadia ardiente bajo sus manos. Olía como el océano, Nadia. Estar dentro de ella era como estar en el océano: un vaivén incesante hasta que llegaba la calma. Y cuando todo terminaba, él le besaba las mejillas, la tersa piel junto a sus orejas, el vello fino que ahí crecía, delicado como el de un bebé, enrizado a causa del sudor de sus cuerpos. Jamás los labios de Luke se habían posado en algo tan delicado.

Se pasaba la hora del descanso fumando en el callejón detrás del restaurante con Ce Jota. Ambos solían jugar futbol americano en el equipo de la preparatoria. Ce Jota era un robusto samoano de largos cabellos rizados que se desempeñaba decorosamente como tacleador, por lo que había recibido invitaciones de un par de universidades cuyos equipos jugaban en la liga de tercera división, propuestas que no podían si quiera compararse con las visitas personales y las ofertas que Luke había recibido por parte de los reclutadores. Pero, a pesar de todo, los dos habían terminado en el mismo sitio: fumando mariguana en aquel callejón que apestaba a mar, a basura mojada y a orines de gato.

Luke se apoyó contra el muro y le pasó el cigarrillo a Ce Jota.

—¿Estás bien, *uso?** –le preguntó éste–. Te noto algo raro...

—Tengo problemas con una chica –respondió Luke.

—¿Con quién? ¿La chica bajita que siempre está estudiando?

Luke dudó en decirle, pero luego pensó que realmente necesitaba contárselo a alguien.

—Me dijo que estaba embarazada.

Ce Jota soltó una extraña y jadeante carcajada.

—Oh, eso es muy fácil –le dijo–. Es muy sencillo. No le des ni un solo centavo hasta que no estés completamente seguro de que el niño es tuyo. No importa qué tan lindo esté el condenado mocoso, no le compres ni un maldito pañal antes de hacer la prueba de paternidad...

—No ha estado con nadie más que conmigo –dijo Luke.

Él no lo sabía, claro, pero sí notó que había sido el primero. Nadia nunca le dijo que era virgen, pero él se había dado cuenta: por su estrechez, por el pequeño quejido que emitió cuando al fin logró penetrarla, por la forma en que cerró sus ojos con fuerza, a pesar de que él ni siquiera se estaba moviendo. Tres veces le preguntó si quería que se detuviera. Tres veces ella dijo que no con la cabeza. Era de esas chicas que odian admitir cuando sienten dolor, como si quedarse calladas les permitiera soportarlo mejor. Su madre había muerto dos meses atrás y Luke sabía que ése era el motivo por el cual estaban cogiendo, por el cual ella nunca había hecho alusión a su cojera y le había

* «Hermano», en samoano. (*N. de la T.*)

quitado con sus propias manos la camiseta con el logo del Gordo Charlie, que apestaba a grasa y a sudor. Porque era una muchacha de diecisiete años con una madre muerta y quería que él se la cogiera hasta hacerla olvidar la tristeza. Y cada vez que él se había sentido culpable de estarla lastimando, ella lo había abrazado con más fuerza y entonces él se había hundido más profundamente en ella, tratando de moverse lo más despacio posible, hasta que finalmente terminó con un discreto estremecimiento. Después de eso fingió que no había visto la sangre sobre las sábanas. Se acercó más a ella y se quedó dormido sobre aquella mancha desigual.

Ce Jota exhaló una nube de humo hacia las ruinosas tejas del techo del restaurante y arrojó la colilla hacia un charco.

—Aun así —replicó—, será mejor que te hagas la prueba de paternidad. Si actúas como si fuera tuyo, el gobierno te quitará todo tu dinero. Le pasó a un tipo que conozco. Las leyes son una mierda.

—No quiso tenerlo —dijo Luke.

—Bueno, carajo —exclamó Ce Jota, dándole una palmada en la espalda—. Eso es más sencillo aún. Tuviste mucha suerte, viejo.

Pero Luke no se sentía afortunado en lo absoluto. Cuando Nadia le contó del embarazo, había sentido la misma euforia electrizante que experimentaba después de levantar pesas, como pequeñas chispas metidas bajo la piel. ¡Y pensar que aquella mañana su mayor preocupación había sido llegar a tiempo al restaurante para que no lo despidieran de aquel trabajo de porquería! ¡Y ahora iba a tener un bebé! ¡Un jodido bebé de verdad! Se había sentido desesperado –y Nadia lucía miserable, apenas había podido llevarse algo a la boca– pero una parte de él se sentía maravillado por lo que habían hecho. Había contribuido a crear una nueva persona, una persona que no existía antes en el mundo. Normalmente, la mayor proeza que Luke lograba realizar en su vida cotidiana era recitar de memoria los platillos especiales del almuerzo. Había pensado que, tan pronto Nadia se marchara, correría a encender la computadora de la sala de empleados y buscaría en Google cuáles eran las etapas del embarazo, qué remedios servían para prevenir los mareos y cuánto costaba criar a un niño. Pero entonces Nadia le había dicho que quería hacerse un aborto. Y él había prometido conseguirle el dinero, aunque sólo tenía ahorrados doscientos dólares que quería usar para mudarse a un apartamento, un fajo de billetes metido en una caja de zapatos Nike bajo su cama. Se le había hecho fácil gastarse la paga en cerveza y zapatos deportivos, y ahora se sentía ridículo sacando los ahorros de su vida de una caja de zapatos. ¿Cómo era posible que hubiera pensado que sería capaz de criar a un niño?

No había planeado abandonar a Nadia en la clínica. Pero el día de la cita, en el instante mismo en que guardó su teléfono celular en el casillero del restaurante, como todos los días, comprendió lo sencillo que sería alejarse. Él había hecho su parte y ella había hecho la suya, y nunca más tendría que volver a verla. No tendría que imaginarse cómo luciría después de la cirugía –desconsolada y adolorida–, ni tendría que buscar palabras de consuelo. No tendría que decirle que habían tomado la decisión correcta, aunque él ni siquiera hubiera participado en la decisión. Podía simplemente guardar el teléfono en el casillero y alejarse. Aquél sería su obsequio: un cuerpo que no estaba ligado a nadie.

Pero entonces la había visto en la fiesta de Cody Richardson. Y no lucía *desembarazada* en lo absoluto. Había escuchado aquella palabra una sola vez, hacía muchos años, cuando la grey de su padre participó en una manifestación ante una clínica de abortos. En aquel entonces, él era un niño que no quería apartarse de las faldas de su madre porque los otros manifestantes le daban miedo. Había un hombre de rostro rubicundo, vestido con un abultado chaleco de camuflaje, que marchaba en círculos mientras coreaba consignas: «En pie de guerra estamos, en el frente de batalla estamos». Un anciano negro sostenía un letrero que decía: EL ABORTO ES GENOCIDIO CONTRA LOS NEGROS. Una monja exhibía una fotografía de la cabeza ensangrentada de un bebé, destrozada por los fórceps. NO EXISTEN LAS MUJERES DESEMBARAZADAS, decía su pancarta, SÓLO LAS MADRES DE LOS NIÑOS ASESINADOS. Habían pasado muchos años desde entonces, pero Luke no había podido olvidar aquel mensaje. La palabra *desembarazada* había perdurado más en su memoria que aquella fotografía explícita: su carácter irrevocable, lo inusitada que era; el hecho de que no hubiera empleado el término *mujeres no embarazadas*, sino que aludiera a una categoría distinta. Siempre había pensado que las mujeres desembarazadas lucirían su condición tan manifiestamente como lo hacían las mujeres embarazadas. Pero cuando Nadia Turner se abrió paso hacia él en aquella fiesta, lucía exactamente igual a como lo había hecho la última vez que se vieron. Con aquellas piernas larguísimas en zapatillas de tacón, una blusa roja envolviendo sus senos, y tanta belleza que Luke sintió un dolor insoportable. Ella ni siquiera estaba llorando. Él era el débil, el cobarde que no se atrevía a enfrentarla.

Y ahora no podía dejar de romper cosas. Si se te caía un plato durante el turno, Charlie se limitaba a humillarte en la siguiente junta de personal. Dos platos rotos y te quitaba las mesas por el resto de la noche. Luke contó el monto de las propinas que había recibido: quince dólares en arrugados billetes de un dólar y algunas monedas. Ni siquiera era suficiente para pagar la gasolina. Miró a Ce Jota, que aún le sonreía, asombrado por lo que él consideraba buena fortuna.

—Sí, tuve suerte —le respondió, y soltó el humo en el aire putrefacto de aquel callejón.

Aquel verano, Nadia durmió más noches en la cama de Aubrey que en la suya.

Dormía del lado derecho de la cama, el más alejado del baño, pues Aubrey solía levantarse más veces en la noche que ella. Por la mañana se lavaba los dientes y dejaba su cepillo en el soporte junto al lavamanos. Desayunaba sentada en la silla, junto a la ventana de la cocina, con las piernas flexionadas bajo su cuerpo. Bebía jugo en la taza naranja con el logotipo de la Universidad de Tennessee de Kasey. Había ropa suya en la habitación de Aubrey. Al principio la dejaba ahí sin querer —una sudadera colgada en el respaldo de una silla, un traje de baño olvidado en la secadora—, pero después comenzó a dejarlas a propósito. Y muy pronto, cuando Monique ponía la cesta de ropa recién lavada sobre la cama, las prendas de ambas chicas aparecían enredadas en un revoltijo indistinguible.

No era tan difícil entrar en la vida de alguien si lo hacías poco a poco. Aubrey ya no le preguntaba si quería pasar la noche con ellas: después del trabajo, cuando caminaban hacia el estacionamiento de la iglesia, Aubrey abría la puerta del asiento del pasajero y esperaba a que Nadia subiera. Aubrey también se sentía sola. No había hecho muchos amigos en la escuela. Pasaba más tiempo en la iglesia que en los juegos de futbol o en los bailes. Aquello era muy extraño, la forma en cómo las dos iban conociendo poco a poco los contornos de sus respectivas soledades. No era algo que se pudiera comprender de golpe, más bien era como entrar a una caverna oscura: tenías que hacerlo lentamente, palpando las paredes con las manos, chocando de pronto con algún borde afilado.

—¿Estás segura de que no estás abusando de su hospitalidad? –le preguntó su padre una noche.

—No –respondió ella–. Aubrey me invitó a quedarme.

—Pero siempre estás ahí metida, todo el tiempo.

—Ah, ahora resulta que sí te preocupa dónde me meto –respondió ella.

Su padre se detuvo en la entrada de su habitación.

—No me hables de esa manera –le advirtió.

Pero ella iba a casa de Aubrey de todas maneras, aunque la mayor parte del tiempo no hacían nada en absoluto, apenas tumbarse en el sofá a mirar los episodios de algún pésimo *reality show* y pintarse las uñas mutuamente. O conducir al centro de la ciudad y vagar por los locales comerciales que había en el muelle. El verano pasado, Nadia había trabajado ahí, en la juguería de Jojo's, donde se la pasaba sonriendo con displicencia mientras los clientes miraban el menú multicolor que colgaba del techo con los ojos entrecerrados. Soñaba despierta mientras seguía las instrucciones de las recetas de los batidos, escritas en tarjetas plastificadas y adheridas a la superficie del mostrador. La mayor parte de su clientela eran personas blancas y adineradas que se paseaban por el muelle con suéteres de color pastel atados sobre sus hombros, como si llevarlos en las manos fuera demasiado trabajoso. Nunca había entrado a ninguno de los restaurantes del muelle, al italiano Dominic's o al Lighthouse Oysters –eran lugares demasiado elegantes y caros– pero solía bromear con los meseros de estos establecimientos cuando entraban a Jojo's. Una mesera que trabajaba en D'Vino le había contado que un productor de Hollywood se había puesto a gritarle: «¡Al dente! ¡Al dente! ¡Significa "al diente"!», y le había devuelto tres veces un plato de *linguini*, hasta que éste estuvo lo bastante firme para su gusto. El hombre estaba tratando de impresionar a su cita, una rubia excesivamente bronceada que apenas reaccionó ante la escena, lo cual resultó un poco triste: ¿de qué sirve ser productor de Hollywood si tienes que gritarle a una mesera para impresionar a las mujeres? Al menos en la juguería de Jojo's nadie trataba de impresionar a Nadia. Mientras trabajaba, a Nadia le gustaba contemplar los botes amarrados en el embarcadero a través del vidrio de la ventana. Le gustaba admirar sus coloridas velas plegadas, aunque a veces aquello la hacía sentir triste. Nunca se había subido a un bote, y eso que se encontraban amarrados a menos de cinco metros de ella. Nunca había viajado a ninguna parte.

Algunas tardes, después del trabajo, Nadia ayudaba a Aubrey en sus labores de voluntaria. Empacaban cestas con comida para las personas sin hogar y aseaban el aula de la hermana Willis. Limpiaban los pizarrones con un trapo y despegaban trocitos de masilla y plastilina de la superficie de las mesas. Los viernes por la noche dirigían la sesión de bingo de los feligreses de la tercera edad: debían acarrear pilas de sillas metálicas, disponer los bocadillos sobre las mesas y gritar los números de la lotería, que los ancianos siempre les hacían repetir por lo menos tres veces. Otras noches, las chicas bebían batidos de fruta mientras paseaban por el muelle y contemplaban las baratijas que se exhibían detrás de los escaparates de las tiendas. En la oscuridad creciente, los botes flotaban y se mecían en el océano, y más tarde, cuando Nadia se deslizaba bajo las sábanas de la cama de Aubrey, sentía que era una de esas embarcaciones, meciéndose de arriba abajo en su sitio. En dos semanas más se marcharía a la universidad. Se sentía a la deriva, como atrapada en medio de dos mundos, y por muy emocionada que se sintiera, tenía la impresión de que aún no estaba preparada para abandonar el mundo que había encontrado aquel verano.

A veces, Kasey encendía la parrilla y cenaban en el patio. Después iban a la tienda de la esquina y compraban raspados hawaianos. Monique les contaba historias de su trabajo: del hombre alucinado que se sacó un ojo con sus propias manos, o de la mujer que se quedó dormida al volante y se estrelló contra una cerca y casi se empala en uno de los postes. Una noche les contó de una chica que había tomado pastillas abortivas compradas en México, y no había querido admitirlo hasta que casi se desangra en el piso de la sala de urgencias.

—¿Y en qué terminó lo de esa chica? –le preguntó Nadia más tarde, mientras las cuatro lavaban y secaban la vajilla.

—¿Qué chica? –dijo Monique, mientras les pasaba un plato húmedo.

—Aquélla, la que tomó las pastillas que consiguió en México.

Todavía no conseguía pronunciar la palabra «aborto». Le daba miedo de que sonara distinta en su boca.

—Sufrió una infección espantosa, pero logró recuperarse. Esas pobres chicas tienen tanto miedo de decir que están embarazadas, que acaban comprando esas pastillas baratas por internet, sin saber ni siquiera lo que contienen. Seguramente se habría muerto de no haber sido lo bastante sensata como para haber pedido ayuda –Monique le pasó un plato a Aubrey–. Nunca hagan eso, chicas. Si tienen algún problema, vienen y me lo dicen, ¿sí? O díganselo a Kasey. Las llevaremos al doctor. Nunca traten de hacer algo así ustedes solas.

Nadia había leído en internet sobre aquellas pastillas abortivas. Costaban 40 dólares y te las enviaban por correo hasta tu casa en un paquete envuelto en papel marrón. Había pensado en comprarlas si Luke no conseguía el dinero para la cirugía. Una nunca sabía lo desesperada que podía llegar a sentirse hasta que lo estaba.

—¿Crees que estuvo mal? –le preguntó a Aubrey, más tarde–. ¿Lo que hizo aquella chica?

—Claro. Mo dijo que por poco se muere.

—No me refiero a eso… ¿Crees que es algo malo?

—Oh –exclamó Aubrey. Apagó la luz y el colchón se hundió ligeramente bajo su peso–. ¿Por qué lo preguntas?

—No sé. Sólo se me ocurrió.

En la penumbra de la habitación, Nadia apenas lograba divisar la silueta de su amiga, ya no digamos su cara. Le parecía seguro hablar en aquella oscuridad. Permaneció tumbada de espaldas, con la vista clavada en el techo.

—A veces me pregunto... –guardó silencio un instante y luego continuó–: si mi mamá se hubiera librado de mí, ¿aún seguiría viva? Tal vez hubiera sido una persona más feliz sin mí. Tal vez habría podido tener una vida.

Cualquier otra amiga suya se habría mostrado escandalizada ante tales palabras. Cualquier otra se habría vuelto hacia ella con los ojos desorbitados. «¿Cómo se te ocurre pensarlo?», le dirían, censurándola por albergar ideas tan oscuras. Pero Aubrey simplemente se limitó a tomar su mano entre las suyas y apretarla fuertemente, porque también ella sabía lo que era perder a una madre, y sabía que este tipo de pérdida siempre te conducía a imaginar todos los escenarios posibles que hubiera podido evitar la pérdida. Nadia había recreado incontables versiones de la vida de su madre, versiones que no terminaban con una bala despedazándole el cerebro. Su madre, muerta de miedo, con apenas diecisiete años, aguardando su turno en la sala de espera de una clínica de abortos, en vez de acunando a un diminuto y arrugado cuerpecillo entre sus brazos, sobre una cama de hospital, con una sonrisa exhausta en su rostro. Su madre, sin ser ya su madre, graduándose de la preparatoria, de la universidad, incluso de un doctorado. Su madre escuchando una conferencia o impartiéndola en un podio, frotándose la pantorrilla con la punta del otro pie. Su madre viajando por todo el mundo, posando ante los acantilados de Santorini, sus brazos flexionados hacia el cielo azul. Siempre era su madre, aunque en esta versión de la realidad Nadia no existía. Ahí donde su vida terminaba, la de su madre comenzaría.

Aquel verano, las chicas condujeron rumbo a Los Ángeles para explorar distintas playas. De alguna manera, el sol, la arena y la sal se disfrutaban más e incluso parecían más glamurosos en la cercanía de Hollywood. Vagaron por Venice Beach y miraron las tiendas de camisetas, los grupos de musculosos fanfarrones levantapesas, los puestos de churros y los sujetos que aporreaban baldes como si fueran tambores. Nadaron en el mar de Santa Mónica y condujeron hasta Malibú a través de sinuosos farallones. Otras actividades que realizaron fueron pasearse en tranvía por el centro de San Diego, mirar los escaparates de la Plaza Horton, dar vueltas en el Seaport Village y colarse en los clubes nocturnos del Gaslamp District. Nadia logró engatusar a un cadenero que las dejó entrar a un local subterráneo en donde la barra estaba colmada de tragos que brillaban, bajo las luces rojas y los ventiladores industriales que giraban perezosamente desde el techo, y donde Nadia tenía que gritarle a Aubrey directamente en la oreja para que pudiera escucharla. Conocieron chicos. Chicos que lanzaban balones de futbol americano en la playa, chicos que perdían el tiempo recargados contra las ventanillas de sus autos, chicos que fumaban cigarrillos junto a los bebederos; chicos ya no tan jóvenes que les invitaban tragos en los clubes nocturnos. Muchachos que se arremolinaban en torno a ellas en los bares, y mientras Nadia les coqueteaba, Aubrey, con los brazos firmemente cruzados sobre el pecho, parecía encogerse cada vez más. Nunca había tenido novio, pero ¿cómo esperaba tener uno si nunca se relajaba? Así que en una de sus últimas noches en Oceanside, Nadia supo exactamente a dónde tenía que llevar a Aubrey: a la casa de Cody Richardson. Se sentía lo bastante nostálgica como para regresar a ese lugar. Y además, para ser totalmente honesta consigo misma, tenía ganas de ver a Luke. Se había imaginado cómo sería despedirse de él: nada dramático, a ninguno de los dos les gustaba el drama; más bien había fantaseado con una última conversación en donde ella pudiera mirarlo a los ojos y descubrir en ellos la conciencia total del dolor que le había infligido. Quería sentir el arrepentimiento de Luke: por haberla abandonado, por no haberla amado como tendría que haberlo hecho. Por única vez en su vida, quería cortar una relación por lo sano.

Así que, la noche de la fiesta, se sentó en el borde de la cama de Aubrey y la ayudó a maquillarse. Tomó el rostro de su amiga entre sus manos y lo inclinó para aplicar delicadamente sombra dorada sobre sus párpados.

—Tienes que ponerte el vestido —le dijo.

—Ya te dije que es demasiado corto.

—Confía en mí —respondió Nadia—. Todos los chicos de la fiesta van a estar detrás de ti esta noche

—¿Y qué? —se burló Aubrey—. Eso no quiere decir que yo quiera algo con ellos.

—¿Ni siquiera quieres saber lo que se siente?

—¿Qué?

—Coger —respondió Nadia y soltó una risita—. Aunque no te creas que es muy romántico y bonito al principio. También puede ser muy incómodo.

—¿Por qué es incómodo?

—Porque... no sé. ¿Alguna vez has estado desnuda frente a un hombre?

Aubrey abrió los ojos como platos.

—¿Qué? —exclamó.

—Quiero decir... ¿Qué tan lejos has llegado?

—No sé. A los besos, creo.

—¡Jesucristo! ¿En serio nunca has dejado que un hombre te toque?

Aubrey cerró los ojos de nuevo.

—Por favor –le suplicó–. ¿Podemos cambiar de tema?

Nadia rio.

—Eres tan tierna –le dijo–. Yo nunca fui así. Perdí mi virginidad y... –se encogió de hombros– ya ni siquiera hablo con él.

Nunca le contó a Aubrey de lo suyo con Luke. No sabía cómo explicarle aquella relación y le daba vergüenza tratar de hacerlo porque la verdad todo lo que había pasado entre ellos era el resultado de sus propias decisiones estúpidas. Fue ella quien lo buscaba a diario en el restaurante del Gordo Charlie. Y fue ella quien se enamoró de un chico que no quería que nadie supiera que estaba con ella. Se había acostado con él sabiendo que faltaban pocos meses para marcharse a la universidad y ni siquiera había insistido en que usara condón todas las veces. Se había convertido justamente en el tipo de mujer imprudente que su madre siempre temió que fuera y odiaba la idea de que Aubrey llegara a enterarse de todo esto.

Aubrey abrió los ojos de nuevo, los tenía llorosos; y Nadia tuvo que limpiarle las lágrimas con la punta de un pañuelo desechable, con mucho cuidado para no estropear el delineador que le había aplicado.

—Quisiera ser como tú –dijo Aubrey.

—Créeme –respondió Nadia–. No te gustaría ser como yo.

Aquella noche, la playa estaba desierta, a excepción de una hoguera encendida junto a la torre del salvavidas, casi completamente desolada, como una pequeña isla privada. Nadia tomó la mano de Aubrey, que constantemente se rezagaba por estarse bajando a tirones el cortísimo vestido negro que se había puesto.

—No me dejes beber demasiado –le pidió.

—Así qué chiste –respondió Nadia–. Debemos hacer que te relajes.

—Nadia, estoy hablando en serio. No tengo nada de resistencia.

—Ay, creo que estás exagerando.

—Eso es lo que tú crees.

La cocina de Cody Richardson se encontraba más atestada que de costumbre. Un grupo de muchachos muy altos, todos *skaters*, enfundados en jeans rotos, lanzaban aullidos mientras se entretenían con un juego que involucraba una pelota de tenis y una gran cantidad de vasos de cerveza. Junto a ellos, tres chicas rubias y gordas contaban en voz alta, antes de beberse sendos *shots* de tequila. Sentada en el suelo, una chica muy pálida, con el rostro salpicado de pecas, trataba de pasarles un cigarrillo de mariguana a dos muchachitos flacos que estaban demasiado ocupados besuqueándose como para darse cuenta de nada. Nadia le preparó un trago a Aubrey, pero ella meneó la cabeza.

—Está muy fuerte –dijo, y dejó el vaso sobre la mesa.

—¡Sólo tiene dos *shots*!

—Ni siquiera lo mediste.

—Conté hasta dos mientras te lo servía, es lo mismo.

Tras beberse el primer vaso, Aubrey comenzó a relajarse. Al segundo estaba sonriendo y ya no parecía importarle que su vestido fuera tan corto que casi mostraba sus nalgas. Al tercero se puso a bailar con un muchacho al que evidentemente sí le importaba lo corto de aquel vestido, de modo que Nadia tuvo que separarlos antes que las manitas del tipo se emocionaran demasiado. Aubrey era una borracha adorable. Se colgaba de Nadia, la abrazaba fuertemente y se ponía a juguetear con su cabello. Le pasaba un brazo por los hombros y se sentaba en su regazo. Le dijo a Nadia que la amaba, dos veces. Y en ambas ocasiones Nadia se lo tomó a broma.

—No –replicó Aubrey–. Realmente te amo.

¿Cuándo fue la última vez que alguien se lo había dicho? Le dio mucha vergüenza no poder recordarlo, así que pretendió que no la había escuchado. Abrió una botella de agua y se la entregó a su amiga.

—Toma un poco –le dijo–, antes de que vomites.

Estar en una de las fiestas de Cody completamente sobria era una experiencia muy peculiar. Sentía como si hubiera entrado a un museo y pudiera cruzar las barreras de protección para ver de cerca los objetos exhibidos. Notaba todos los detalles, la tristeza que se escondía detrás de las sonrisas, los rostros exhaustos, tensos a causa de la felicidad fingida. Le consolaba saber que, de alguna manera, ella no era la única que a veces tenía que simular que se estaba divirtiendo. Se terminó su cerveza, sin que ésta la hubiera emborrachado en lo absoluto, aunque Aubrey trataba de convencerla de que bebiera más.

—No puedo –le respondió–. Soy la conductora designada.

—¡Pero ni siquiera te estás divirtiendo!

—¡Claro que sí!

Aubrey hizo un puchero.

—Claro que no.

—Te digo que sí, y tú también. De eso se trataba.

—Pero nada más estás ahí sentada.

—Me divierto viéndote.

Y, cosa rara, era verdad. Se estaba divirtiendo a pesar de la sobriedad, y a pesar de la decepción de no haber visto a Luke. Se sentía casi satisfecha de ver a Aubrey divirtiéndose con la impetuosidad de alguien que acaba de liberarse de las cadenas de su propio cuerpo.

—Por Dios, Aubrey –exclamó Nadia mientras sujetaba a su amiga de la cintura para ayudarla a entrar a la casa de Monique y Kasey–. De verdad que no aguantas nada.

—No estoy *tan* borracha.

—Oh, sí lo estás…

—No…

—Claro que sí, carajo… –se puso a esculcar el bolso de Aubrey en busca de la llave dorada que abría la puerta principal–. Y ya cállate, ¿quieres? Ya deben estar durmiendo.

Le tapó la boca a Aubrey con la mano mientras la arrastraba hacia el interior de la casa, que se hallaba completamente a oscuras. Los tablones del suelo crujieron bajo el peso de las dos chicas y Nadia hizo un esfuerzo por atenuar sus pasos. Condujo a Aubrey a través de la sala; el aliento de su amiga le empapaba la palma de la mano. Una vez que lograron entrar al dormitorio, Aubrey se dejó caer sobre la cama, con los brazos y las piernas extendidos como si fuera una estrella de mar. Nadia comenzó a quitarse el vestido. Echó un vistazo al espejo. Detrás de ella, Aubrey había alzado la cabeza y se incorporaba a medias, apoyándose en los codos. La miraba desvestirse.

—Eres tan linda –le dijo.

Nadia rio. Esculcó el cajón de la cómoda en busca de una camiseta para dormir. Se sentía algo incómoda sabiendo que Aubrey la observaba. Nunca le había gustado que la miraran mientras se desvestía, ni siquiera Luke. Se puso una descolorida camiseta de los *Chargers* y se recogió los cabellos en una floja cola de caballo.

—Lo eres —dijo Aubrey—, eres tan linda que no es justo.

—Por favor, vamos a dormir.

—Pero no tengo sueño.

—¿No quieres ponerte unos shorts? No te vas a dormir así vestida, ¿o sí?

—Vamos a seguir hablándonos, ¿verdad? —dijo Aubrey—. Cuando te vayas a la universidad...

A Nadia se le hizo un nudo en la garganta, pero no dijo nada. La oscuridad y la quietud de la casa eran como un escudo.

—Claro —respondió finalmente, aunque ya no sabía a quién trataba de tranquilizar, si a Aubrey o a sí misma.

De la sala provenía el fuerte zumbido del aire acondicionado. La mente de Nadia se rehusaba a calmarse, ni siquiera cuando Aubrey por fin se calló y se quedó muy quieta junto a ella. Aubrey dormía bocabajo, como un bebé, y en la oscuridad Nadia extendió una mano y la colocó sobre la espalda de su amiga y sintió como esta subía y bajaba con cada respiración.

—¿Recuerdas lo de la cama elástica? —dijo Aubrey—. ¿Recuerdas lo que te conté? ¿La que tenía mi vecina en su patio?

—Sí, ¿qué tiene?

Aubrey cerró los ojos con fuerza. Su voz descendió hasta convertirse en un susurro.

—Ése fue el primer secreto que tuve que guardar en mi vida.

Por las mañanas, la pierna estropeada le quemaba a Luke. Era un dolor inusitado. Él conocía bien toda clase de dolores, efectos colaterales de su juventud temeraria. Un brazo roto tras haber aceptado el reto de cruzar las barras balanceándose con los ojos vendados; tobillos luxados y dedos torcidos en improvisadas partidas de baloncesto que se había tomado demasiado en serio; costillas rotas después de haberse metido en pleitos de borrachos con sus amigos. En la universidad se codeó íntimamente con el dolor: la tirantez de los músculos adoloridos, el febril esfuerzo más allá de toda razón, las cargas de cincuenta kilos que se enterraban sobre sus hombros y que le cortaban el aliento. El dolor estoy-demasiado-cansado, no-puedo-levantarme, no-pienses-nada, limítate-a-sobrevivir. Después de haber jugado futbol americano, dudaba seriamente de la posibilidad de que algún día conseguiría desaprender lo que era el dolor. Aún podía sentir aquella violencia en su cuerpo, resonando contra sus huesos como un eco.

Pero la pierna le dolía de un modo distinto. No en oleadas o punzadas conocidas, sino en un ardor sordo y aguerrido que le quemaba cada vez que apoyaba el pie en el piso, especialmente por las mañanas, después de varias horas de haber tenido la pierna inmovilizada. Así que, aquel domingo por la mañana, cuando su madre golpeó muy temprano la puerta de su habitación, a Luke le tomó un minuto zafarse de las sábanas y cruzar descalzo la recámara. Franjas doradas de luz penetraban sesgadamente a través de los listones de las persianas y se proyectaban sobre la alfombra. Se acercó a la puerta, la abrió con cautela y asomó la cabeza. En el pasillo se encontraba su madre. Vestía un traje sastre color durazno y un bolso que sujetaba bajo el brazo. Luke entrecerró los ojos a causa de la luz y carraspeó.

—¿Qué necesitas, mamá? –le preguntó.

—Hola, mamá –respondió ella–. Buenos días, mamá. «Me da gusto verte, mamá...»

—Perdona, me acabo de despertar.

—Déjame darte un abrazo ahora que ya no hago otra cosa más que trabajar y encerrarme en mi habitación todo el día, mamá...

Luke dio un paso al frente y rodeó brevemente los hombros de su madre con su brazo.

—Ya te dije que vayas al doctor a que te revise esa pierna –dijo ella.

—No me duele tanto.

—Apenas y puedes caminar, y aun así no me haces caso –su madre sacudió la cabeza–. ¿Por qué te paras así frente a la puerta?

—No quieres mirar ahí dentro. Está muy desordenado.

—¿Y tú crees que no lo sé?

—Ya, mamá. ¿Qué es lo que quieres?

—No quiero nada. Sólo quería ver a mi hijo.

—He estado ocupado –respondió él.

—¡Ocupado! –se burló su madre–. Sé que aún sigues pensando en ésa, la chica de los Turner. Eres igualito a tu papá, no pueden dejar lo pasado en el pasado –alzó una mano y tocó la mejilla de Luke–. Mira, lo hecho, hecho está. Tú solito te metiste en ese problema y deberías darle gracias a Dios, de rodillas, por haberte sacado de él. No todo el mundo se salva de algo así, ¿sabes?

—Sí –respondió Luke.

—Lo que te hace falta es venir a la iglesia –dijo su madre–. Tal vez nada de esto habría ocurrido si escucharas la Palabra de Dios más seguido.

Luke se recargó contra el marco de la puerta. No había sido su intención involucrar a sus padres en el asunto, pero necesitaba urgentemente ese dinero, y una parte de él había esperado que ellos lo reprendieran por querer abortar al bebé, o que incluso se negaran a darle un solo dólar. Entonces él habría tenido que ir a ver a Nadia, completamente abatido, y le habría mostrado sus manos vacías y le habría dicho que había hecho todo lo posible pero que no había logrado reunir el dinero y que tal vez era mejor así, pues eso les permitiría tomarse un momento para pensar mejor las cosas. Pero sus padres, que nunca bebían alcohol ni decían malas palabras o siquiera miraban películas para adultos, habían ayudado a Nadia a matar a su bebé. Él mismo les había pedido que lo hicieran.

—Está bien –respondió–, trataré de llegar a tiempo.

En Oceanside, las estaciones se mezclaban y el sol resplandecía durante buena parte del año, sin embargo, el otoño siempre llegaba en forma de alegres mensajes de bienvenida que parpadeaban en la marquesina electrónica de la preparatoria de Oceanside, de mochilas y carpetas exhibiéndose en los pasillos principales de Walmart. Nadia había recibido correos electrónicos de la Universidad de Michigan en donde le informaban de las actividades de orientación a las que debía presentarse. Se esforzaba por tragar el nerviosismo que sentía cada vez que veía las imágenes genéricas con las que se anunciaba el regreso a clases, enmarcadas con ilustraciones de hojas rojas y anaranjadas. En Oceanside, las hojas de los árboles no estallaban en tonos encarnados; simplemente se marchitaban y adquirían un color verde pálido y caían para llenar las cunetas y cubrir las calles. Y ahora, por primera vez en su vida, Nadia se encontraría en otro sitio cuando los árboles se quedaran desnudos.

El último domingo antes de viajar a Michigan, la Iglesia del Cenáculo realizó una colecta para ayudarla con los gastos del viaje. Nadia era la primera chica de la congregación que se ganaba una beca académica para irse a estudiar a una universidad importante, pero su subvención no cubría todos los gastos. Iba a necesitar algunas cosas –un verdadero abrigo para el invierno, por ejemplo–, así que el pastor les pidió a Nadia y a su padre que se plantaran frente al altar con un cubo de pintura vacío a sus pies. John Segundo arrojó dentro el dinero que usaba para comprarse cigarrillos; de todos modos ya le había prometido a su mujer que iba a dejarlo. La hermana Willis entregó el dinero que ahorraba para comprar su boleto de lotería, y luego le susurró a Magdalena Price que más valía que sus números no salieran premiados aquella semana. Incluso las madres de la congregación depositaron algunos dólares en el cubo, acostumbradas como estaban a estirar el dinero de sus cheques de la pensión, a rebajarlo y hacerlo durar como si fuera jabón líquido para lavar los trastes. Nadia estaba tan concentrada agradeciendo a cada uno de los miembros de la congregación que desfilaron para entregarle algo, que al principio no se percató de la presencia de Luke en el banco del fondo de la iglesia. Iba vestido con un traje gris que le quedaba un poco justo de los hombros, y cuando sus ojos se encontraron, el brazo de su padre se sintió aún más pesado sobre su espalda.

Después del oficio, mientras su padre se formaba en la fila de recepción para darle las gracias al pastor, Luke se le acercó en el vestíbulo.

—¿Podemos hablar? –le preguntó.

Nadia asintió y lo siguió a través de la multitud reunida en el vestíbulo, hasta llegar a la puerta de entrada, y luego por un costado de la iglesia hasta internarse en el jardín que se levantaba en la parte posterior del recinto. Alrededor de la fuente crecían apretados manojos de margaritas africanas y una acacia que proyectaba su sombra sobre la banca de piedra en donde Luke se sentó y estiró enseguida su pierna lastimada. Ella tomó asiento junto a él.

—Escuché que tuviste un accidente –dijo Luke.

—Fue hace meses –respondió ella.

—¿Estás bien?

Nadia odió su preocupación fingida. Se puso de pie.

—Yo no tengo el dinero –le dijo.

—¿Cuál?

—El de la colecta. Lo tiene mi padre. Pero voy a pagarte.

—Nadia...

—Son seiscientos dólares, ¿verdad? No quiero que sientas que alguna vez tuviste que hacerme un favor.

—Perdóname –dijo Luke en voz baja, después de mirar por encima de su hombro y luego inclinarse hacia ella–: no podía ir a esa clínica. Si alguien llegaba a verme...

—¿Pero no te importó un carajo que alguien me viera a mí?

—Es distinto. Tú no eres la hija de un pastor.

—Te necesitaba –dijo Nadia–, y me abandonaste.

—Lo siento –dijo él, con delicadeza–, no fue mi intención.

—Pero igual lo hiciste.

—No –respondió él–. No quería matar a nuestro bebé.

Más tarde Nadia fantasearía con ver crecer a su hijo. Bebé dando sus primeros pasos. Bebé arrojando su botella hasta la otra punta de la habitación. Bebé aprendiendo a saltar. Siempre era Bebé, aunque a veces fantaseaba con los nombres que le habría puesto. Luke, por su papá; o Robert, por su abuelo. Incluso llegó a considerar otros nombres que pertenecían a miembros más lejanos de su familia, como el Israel, el padre de su madre, aunque no alcanzaba imaginarse a Bebé portando un nombre tan serio, tan cargado de severidad bíblica. Así que simplemente lo llamaba Bebé, aunque en su mente él se iba convirtiendo en un niño, en un adolescente, en un hombre hecho y derecho. Después de haber escuchado a Luke decir, por primera vez, «nuestro bebé», y no «el bebé» o «eso», Nadia no pudo evitar imaginarse en qué hubiera podido convertirse su hijo.

Aquella noche, el Flying Bridge se encontraba casi vacío, excepto por unos cuantos pescadores que bebían una ronda de tragos, con sus anchas espaldas enfundadas en camisas de franela arremolinadas en torno a la barra. Nadia ingresó al local y se dirigió hacia la mesa del fondo en donde Aubrey la esperaba. A veces le daban ganas de contárselo todo: lo de Luke, lo del aborto. Se imaginaba que las dos se encontraban en una habitación completamente a oscuras, y que entonces ella se lo confesaba todo entre suspiros temblorosos; y Aubrey le respondía que no había ningún problema, que ya todo le estaba perdonado. A veces se preguntaba si aquello no había sido justamente lo que la había atraído de Aubrey en un principio. Como si una parte de ella realmente creyera que con acercarse a Aubrey, a su anillo de pureza y su corazón de oro, de alguna forma lograría ser absuelta.

—¿Qué sucede? –le preguntó Aubrey, tan pronto Nadia se sentó a su lado.

Tal vez podría explicarle que no había estado lista para ser madre, para cancelar su futuro. Que se sentía incapaz de imaginarse viviendo atrapada en aquella casa que sólo le recordaba a su madre. Que se había convencido de que Luke también creía que aquello era lo mejor para los dos, aunque en realidad ni siquiera le había importado su opinión, porque por una vez en su vida tenía derecho a ser egoísta, ¿verdad? Iba a ser ella la que compartiría su cuerpo con una persona totalmente nueva, así que tenía derecho a decidir, ¿no? Pero la cara que Luke había puesto hoy, cuando dijo que él realmente había querido tener al bebé –«nuestro bebé» y no «el bebé»– le había roto el corazón, porque ella nunca se imaginó que él quisiera tenerlo. ¿Qué muchacho querría? Se suponía que debía sentirse aliviado por haberse liberado de esa responsabilidad, de que fuera ella quien encaró la parte más difícil de aquel problema. Pero tal vez Luke estaba horrorizado por lo que ella había hecho. Tal vez la había abandonado en la clínica justamente porque ni siquiera podía soportar verla.

Podía contarle todo esto a Aubrey, y ella lo entendería. O tal vez no, tal vez su rostro se ensombrecería como el de Luke –a causa del horror y del asco– y se apartaría de la mesa, incapaz de concebir que alguien pudiera ser capaz de matar a un pobre bebé indefenso. O tal vez diría que sí lo entendía, pero su sonrisa se volvería forzada, ya no iluminaría sus ojos y, poco a poco, dejaría de buscarla hasta que ya no tuvieran ningún contacto. Desaparecería, como todo el mundo lo hacía al final.

Nadia se levantó de su asiento. Se sentía atrapada entre la mesa y el muro. Se acercó a una de las mesas de billar y paseó sus dedos por el fieltro de color verde. Su padre le había enseñado a jugar cuando era pequeña. La había llevado una vez a la casa de su oficial de mando para celebrar la Navidad, y mientras sus colegas bebían ponche cargado, su padre se pasó toda la velada en la estancia con ella, enseñándole a jugar billar. Después habían regresado a casa, conduciendo lentamente por las calles del vecindario para contemplar las luces y las decoraciones navideñas. A pesar de los ruegos de Nadia, su padre nunca se molestó en colocar luces de Navidad en su casa, aunque siempre la llevaba en auto a contemplar los hermosos diseños con que las demás personas decoraban sus hogares.

—¿Sabes jugar? –preguntó Aubrey. Y cuando Nadia negó con la cabeza, añadió–: ¿quieres aprender?

—¿Tú sabes jugar?

—Kasey me enseñó –tomó un taco y le entregó otro a Nadia–. No te preocupes, te mostraré cómo se hace.

Con infinita paciencia, Aubrey le mostró los principios básicos y después se colocó detrás de ella para corregirle la postura. Tomó su mano para guiar su primer tiro. Su cabello le hacía cosquillas en el cuello. Nadia quería sentir la suave y constante presión del contacto con otra persona. Quería que Aubrey la estrechara entre sus brazos, aunque aquel fuera un abrazo de mentiras.

—¿Puedes enseñarme de nuevo?

Seis

T ODAS HEMOS ABANDONADO EL MUNDO. Cada una lo hizo a su propio tiempo, a su propia manera. Betty, cuando su esposo murió; durante un viaje de negocios, una noche se quedó dormido y ya nunca despertó. A Betty no le parecía que un motel fuera un lugar apropiado para morir, en completa soledad hasta que la mucama entró a la habitación empujando el carrito lleno de toallas limpias. A veces pensaba en aquel momento, en cómo la mucama tuvo que haber gritado mientras retrocedía hasta tropezar con el carrito y volcarlo, arrojando al aire la ropa de cama. Betty se imaginaba arropando a su marido en una de esas toallas mullidas y acunándolo entre sus brazos; pero él ya había abandonado este mundo, así que ella decidió abandonarlo junto con él. Flora se marchó cuando sus hijos comenzaron a pelearse para ver quien se haría cargo de ella; una vez se había hecho encima y permaneció ahí, sentada en su propia porquería, mientras los escuchaba pelearse. Agnes se marchó tiempo atrás de este mundo, aquel día que fue a la tienda con sus hijos y el hombre blanco parado detrás del mostrador le dijo: «Vamos a ver qué llevas ahí, muchacha», y la obligó a vaciar los bolsillos sobre el mostrador, donde las pocas monedas que poseía quedaron girando, mientras el hombre se reía de ella, enfrente de sus hijos que lo miraban todo.

«Mis niñas», dice, «este mundo no tiene ya nada bueno para mí. Nada que yo quiera, eso es seguro.»

Tratamos siempre de amar al mundo. Nos dedicábamos en cuerpo y alma a limpiarlo, a fregar los suelos de sus hospitales, a planchar sus camisas, a sudar la gota gorda en sus cocinas, servir el almuerzo y cuidar de sus enfermos y de sus hijos. Pero el mundo nunca nos quiso a nosotras, así que lo abandonamos y decidimos entregarle nuestro amor a la Iglesia del Cenáculo. Y ahora le tememos al mundo. Una noche, un muchacho le arrebató a Hattie su bolso y desde entonces ninguna de nosotras ha vuelto a salir a la calle de noche. Ya casi no salimos a ningún lado que no sea a la Iglesia del Cenáculo. Ya sabemos lo que este mundo tiene para ofrecernos. Y nos aterroriza lo que exige como pago.

En Michigan, Nadia Turner aprendió a vivir en el frío.

A usar guantes, a pesar de que no podía teclear mensajes de texto con ellos puestos. A no caminar mientras texteaba porque podías resbalar en un charco de hielo. Aprendió a usar bufanda, a no salir nunca sin una bufanda pues éstas no eran accesorios meramente decorativos como los que solía usar en California, por encima de sus blusas de manga corta. Aprendió a vacunarse cada año contra la gripa en la clínica de salud para los estudiantes. A tomar cápsulas de aceite de hígado de bacalao, en las que su novio Shadi

–o más bien su madre sudanesa, quien le enviaba cajas enteras de aquel remedio– confiaba ciegamente. Shadi había crecido en Minneapolis, así que sabía cómo lidiar con el frío. Fue él quien le enseñó a meter compresas térmicas en los bolsillos de su abrigo, a usar arena en vez de sal para derretir el hielo, y la convenció de que necesitaba tomar un suplemento de vitamina D porque era de raza negra.

—Crees que estoy bromeando –decía él–, pero no es natural que la gente de tez oscura viva en estas latitudes tan gélidas. Nosotros necesitamos recibir una mayor cantidad de luz solar que los blancos.

Nadia se puso a investigar en su teléfono. Y resultó que Shadi estaba en lo cierto: la gente de piel oscura sí necesitaba una mayor cantidad de vitamina D. Y también tenía razón sobre lo fuera de lugar que se sentía en Ann Harbor. Nunca antes había vivido en una ciudad con tanta gente blanca. Ya le había tocado antes ser la única chica negra de un lugar –en restaurantes, en las clases avanzadas de la preparatoria– pero incluso entonces había estado rodeada de filipinos, de samoanos y de mexicanos. Y ahora miraba las salas de conferencias atestadas de chicos blancos provenientes de localidades rurales de Michigan; y en las sesiones de discusión escuchaba cómo sus compañeros blancos defendían la supuesta diversidad de Michigan, lo progresista e incluyente que era su universidad, y tal vez así fuera para esa gente que provenía de algún pueblo agrícola perdido. Allí experimentó también un tipo diferente de racismo, un racismo más necio: cuando tardaban más tiempo del normal en atenderla en los restaurantes; cuando algunas chicas blancas esperaban que fuera ella la que caminara sobre la parte de la acera cubierta de nieve fangosa; cuando un muchacho ebrio afuera de un club de salsa le gritó que era muy bonita para ser una negra. De cierta manera, aquel racismo sutil era aún peor porque hacía que sintieras que te habías vuelto loca. Siempre te quedabas pensando: ¿aquella persona realmente estaba siendo racista? ¿O sólo te lo imaginaste?

Conoció a Shadi en una asamblea de la Unión de Estudiantes Negros a la que su amiga Ekua la había arrastrado al inicio de su primer año en la universidad. Barack Obama acababa de ser elegido presidente de los Estados Unidos, y la UEN y la Alianza de Estudiantes Gays y Heterosexuales organizaban conjuntamente aquel foro en donde se discutiría si la alta participación de votantes negros habría tenido algún impacto en la prohibición del matrimonio de homosexuales en California. Para entonces, Nadia ya estaba harta de las asambleas públicas, pero había ido de todas formas porque echaba de menos su antigua vida. Se encontraba en el fondo del aula, llenando su plato con el pollo gratis del Boston Market cuando Shadi captó su atención, sentado entre los panelistas. Su tez era muy oscura y tenía una sonrisa que dividía su rostro en dos y que convertía sus ojos de por sí achinados en dos medias lunas. Tenía un aspecto un poco nerd con aquellas gafas de pasta negra, pero su cuerpo parecía ser esbelto y atlético, incluso con aquel suéter anticuado que llevaba puesto. Más tarde se enteraría de que Shadi había practicado box durante toda su adolescencia, lo que le parecería muy poco apropiado, un deporte innecesariamente violento para un hombre que tomaba sus píldoras de hígado de bacalao religiosamente, sólo porque su madre le había dicho que lo hiciera. No era en absoluto como los chicos que solían gustarle a Nadia: muchachos descarados y fanfarrones a los que ni siquiera les gustaba llevar mochila a la escuela, apenas la más delgada de las carpetas bajo el brazo, como si quisieran anunciar a los cuatro vientos lo poco que las clases les importaban. Shadi, en cambio –y ella pudo notarlo desde ese primer instante– era un hombre con aspiraciones. Venció a todos los panelistas del foro, incluso aunque en ocasiones presentaba argumentos tan distintos que Nadia no sabía de parte de quién estaba en la discusión. Él incluso llegó a cuestionar la idea de que existieran bandos.

—¿Qué es toda esta tontería de negros contra gays? –cuestionó en algún momento, apoyándose en la mesa–. También hay homosexuales negros, ¿lo sabían?

Por un segundo, el corazón de Nadia dio un vuelco: ¿estaría hablando de sí mismo? Pero cuando el debate terminó, Shadi caminó hacia el fondo de la sala y le preguntó a Nadia cuál era su opinión. La escuchó hablar con las manos metidas en los bolsillos y la cabeza inclinada hacia ella, y entonces Nadia se dio cuenta de que Shadi también la había notado desde su asiento en la mesa de discusión, y que seguramente había tratado de lucirse para impresionarla. Tal vez, en el fondo, sí era como los chicos que normalmente le gustaban, al menos un poquito.

A Shadi le apasionaba la defensa de los derechos humanos, y durante su segundo año de estudios creó un periódico estudiantil dedicado a comunicar noticias sobre diversos movimientos políticos en Palestina, Sudán y Corea del Norte. Nadia se encontró leyendo acerca de lugares que siempre le habían parecido vagos y completamente ajenos a su vida. Cuando le contó que había recibido un correo invitándola a realizar una estancia en el extranjero,

Shadi la animó a postularse, y durante el invierno de su segundo año en la universidad, él se marchó a Beijing y Nadia a Oxford.

—¿Estarás bien? –le preguntó su padre, cuando ella le telefoneó para contarle que habían aceptado su solicitud.

—Es Inglaterra, papá, no Afganistán.

—¿Y cuánto costará?

—Mi beca lo cubre –le había dicho ella. Había decidido no contarle nada a su padre del empleo que había conseguido en el restaurante Noodles & Co., para completar el ingreso que recibía para estudiar y así poder hacer el viaje.

—¿Y ya tienes todos tus documentos? –preguntó su padre–. ¿Tu pasaporte y todo eso?

Shadi la había llevado a la oficina en donde expedían los pasaportes para que le tomaran la fotografía. El suyo ya tenía algunos sellos de sus visitas a Francia, Sudáfrica y Kenia. Y a Nadia se le ocurrió, mientras esperaban en el interior de aquella diminuta oficina, que su madre nunca había viajado fuera del país. Ese sería el propósito de su vida: lograr las cosas que su madre jamás pudo realizar. Ella nunca se jactaba de este propósito, a diferencia de muchas amigas suyas, que se sentían orgullosas de ser las primeras de su familia en acudir a la universidad o en realizar sus prácticas en una empresa prestigiosa. ¿Cómo podía sentirse orgullosa superar a su madre, si ella misma fue el obstáculo que la frenó en un principio?

El invierno en Inglaterra era gris y sombrío, pero era mejor que el de Michigan. Cualquier cosa era mejor que el invierno de Michigan. Siempre sentía que aquellos inviernos la matarían, y cuando febrero llegaba con sus cielos plomizos y luego marzo resultaba aún más inhóspito, se prometía a sí misma reservar enseguida el primer vuelo que saliera rumbo a California. Pero entonces la primavera eclosionaba, siempre de manera inesperada, y la ciudad de Ann Arbor se sumía en uno de sus húmedos y apacibles veranos, y Nadia volvía a sentirse normal de nuevo, asoleando sus piernas en las terrazas de los restaurantes, haraganeando en las azoteas, siempre deseando que el sol pudiera permanecer más tiempo resplandeciendo sobre ella. Eso era lo que más le había sorprendido de Ann Arbor: lo normal que podía llegar a sentirse en esa ciudad. En Ann Arbor, Nadia no era la hija de la mujer que se había disparado en la cabeza. Era simplemente una chica de California, la novia de un chico ambicioso, una estudiante que amaba irse de juerga, pero que siempre llegaba puntual a sus clases. En casa, la pérdida lo anegaba todo, y Nadia no alcanzaba a ver nada más allá de ella; era como tratar de mirar a través de una ventana cubierta de manchas y huellas. Siempre se sentiría atrapada detrás de aquella ventana, aislada del resto del mundo, pero al menos en Ann Arbor el vidrio era mucho más claro.

Cada vez que hablaban por Skype o por teléfono, Aubrey le preguntaba cuándo regresaría a casa. «Pronto» respondía Nadia, aunque siempre encontraba innumerables pretextos para no hacerlo: pasantías de verano en Wisconsin y Minnesota, estancias de aprendizaje durante el fin de semana de Acción de Gracias en Detroit; viajes navideños a la casa de Shadi, donde no hubo niños Dios ni pesebres sino un árbol de Navidad, renos, un trineo y decoraciones que la madre de Shadi había colocado por toda la casa y que la hacían lucir tan invernal y tan estadunidense como un comercial de Coca-Cola. Nadia se preguntó si la madre de Shadi no habría hecho todo ese esfuerzo sólo por ella, para hacerla sentir más a gusto. Tuvo la impresión de que si en el último momento hubiera tenido que cancelar su visita, la familia de Shadi habría recogido todas las decoraciones, las habrían metido dentro de una caja y habrían ordenado comida china para cenar. Trató de no pensar en su padre, en lo solo que estaría aquella Navidad, y se dio la vuelta en la cama de Shadi y miró por la ventana las casas cubiertas por un manto de nieve.

Dos años después de que Nadia se marchara, Luke Sheppard comenzó a visitar el parque Martin Luther King Jr. para mirar los partidos de los Cobras. Jamás había escuchado de la existencia de aquel equipo de futbol semiprofesional, hasta que se lesionó la pierna. A partir de entonces se enfrascó en una búsqueda incesante de futbol americano: bajaba *podcasts* de la NFL, miraba los partidos de la liga infantil a través de la ventanilla de su camioneta, desde donde alcanzaba a escuchar el alegre pitido del silbato y contemplaba a los chiquillos tambalearse bajo el peso de las hombreras y los cascos chocando unos contra otros. Los padres, instalados en sillas de jardín, lanzaban ovaciones cada vez que los niños completaban una jugada, también cuando se caían, cuando el balón se les escapaba de las manos; prácticamente cuando hacían cualquier cosa. Luke se topó con los Cobras aquel mismo invierno, un mes después de mudarse a su nuevo apartamento. Había acudido al parque a hacer unas cuantas dominadas, pues no podía darse el lujo de pagar la membresía de un gimnasio, y cuando se encontraba a la mitad de su sesión de ejercicios un autobús

–pintado de negro y cobre, con una serpiente enroscada que mostraba la lengua– se detuvo junto al parque. Luke fingió hacer lagartijas mientras los jugadores descendían del autobús y se agrupaban en sus respectivas formaciones. Los receptores, flacos, magros y presuntuosos –Luke siempre podía distinguirlos–, se agruparon un momento antes de comenzar a practicar sus trayectorias. Luke acercaba su cuerpo al suelo y enseguida lo alejaba. El césped subía y bajaba; podía sentir cómo los tendones de sus corvas se tensaban mientras sus dedos echaban de menos la rugosa firmeza del balón.

Aquello había sucedido tres meses atrás. Ahora Luke buscaba en internet cualquier mención del equipo. Se había aprendido los nombres de los principales jugadores ofensivos y sabía a qué se dedicaban y cuáles eran sus apodos, y cuando llegaba a verlos en la ciudad –en el taller mecánico, mientras esperaban a que les cambiaran el aceite a sus autos, o en Walmart, empujando un carrito por entre las filas de anaqueles–, Luke murmuraba los datos del jugador en voz baja (Jim Fenson, tacleador derecho, plomero, «Colisión»). Acudía al parque los sábados por la mañana a mirar los entrenamientos. Extrañaba la sensación de caer entre aquellas líneas bien definidas. Quiso volver a estar en forma para jugar; dejó de comer frituras; dejó de beber cerveza y de fumar marihuana, y volvió a tratar a su cuerpo como si este fuera una máquina, un objeto eficiente e insensible. Se había recostado sobre el césped para realizar otra ronda de lagartijas, cuando vio que el entrenador de los Cobras caminaba hacia él.

—Ya decía yo que me parecías conocido –le dijo el entrenador Wagner. Sonrió ampliamente y le extendió la mano–.

Te recuerdo. De la estatal de San Diego. Eras un receptor abierto muy veloz. Es una lástima lo de tu pierna...

—Ya estoy mucho mejor –dijo Luke.

—¿En serio?

Luke ejecutó una ruta de gancho. Sentía la pierna derecha como de goma por la falta de ejercicio; la izquierda comenzó a arderle, tan pronto cortó abruptamente para concluir la trayectoria. Trotó de regreso. El entrenador lo miraba con el ceño fruncido.

—Casi –le dijo–. Mira, llámame cuando estés completamente recuperado. Podríamos utilizarte.

Los Cobras no les pagaba a sus jugadores –todo el dinero que el equipo generaba se iba en pagar el transporte y el equipo– pero a Luke no le importaba. Se guardó la tarjeta del entrenador en el bolsillo. Junto al número telefónico se encontraba el lustroso emblema de la serpiente. Luke lo acarició con el pulgar mientras caminaba de vuelta a casa.

—¿No crees que deberías concentrarte en tu carrera? –le preguntó su madre al día siguiente, durante la cena.

Luke estaba encorvado sobre la mesa de la cocina y revolvía el arroz frito que había en su plato. Odiaba ir a cenar con sus padres los domingos por la noche, pero no tanto como para rechazar la promesa de comida gratis y ropa limpia. Cuando entró a la casa familiar, su padre carraspeó y le dijo:

—No te vi en la iglesia esta mañana.

Y como a Luke ya se le habían acabado las excusas creativas, se limitó a encogerse de hombros. Se puso a fantasear mientras su padre bendecía interminablemente la mesa, y se dedicó a comer, mientras ellos discutían asuntos de la iglesia, y a calcular cuánto le durarían las sobras que se llevaría cuando se marchara. Normalmente sobrevivía a las cenas con sus padres sin decir gran cosa, pero su mano rozó la tarjeta que llevaba en el bolsillo y sintió una ola de emoción inusitada. Por primera vez en mucho tiempo, sintió que tenía una buena noticia digna de ser compartida. Pero su madre sólo levantó una ceja con escepticismo, y su padre suspiró y se quitó los lentes.

—Consíguete un trabajo, Luke —le dijo.

—Ya tengo uno —replicó.

—Quiero decir un trabajo de verdad. No esa porquería del restaurante.

—¿Y qué hay de tu pierna? —dijo su madre—. ¿Qué pasará cuando te lastimen de nuevo?

—Ya no me duele tanto.

Su madre sacudió la cabeza.

—Escúchame. Sé que amas el futbol, pero ahora tienes que ser realista.

—¿Cuándo piensas hacerte cargo de tu propia vida, Luke? —exclamó su padre—. ¿Cuándo?

Tal vez era cierto que estaba actuando irresponsablemente, pero no le importaba. Sólo quería volver a ser bueno en algo. Para el mes de junio, iba al parque todos los días a practicar. Ce Jota era pésimo lanzando tiros en espiral, pero logró aprenderse las trayectorias: el ángulo agudo de los postes, el leve giro del gancho. Sabía dónde había que poner el balón y decía en broma que si Luke era capaz de atrapar los tiros que él lanzaba, sin duda podría atrapar los de un verdadero mariscal de campo. Ce Jota no era tan malo como él creía, y eso molestaba a Luke; envidiaba a Ce Jota porque, a pesar de su mediocre talento para el futbol, poseía un cuerpo que funcionaba correctamente, un cuerpo que podía seguir instrucciones sin quejarse, un cuerpo que nunca se había hecho trizas.

—Soy lento como la mierda, viejo –exclamaba Luke, entre jadeos.

—Carajo, te jodiste la pierna –respondía Ce Jota, dejándose caer sobre la hierba. Llevaba puestos los mismos shorts grises que usaba en la preparatoria, los cuales aún llevaban escrito su nombre en marcador negro sobre la pernera–. Tienes que ser paciente.

—No tengo tiempo para ser paciente –dijo Luke–. Hagámoslo de nuevo.

Después de entrenar toda la tarde, Luke le invitaba una cerveza a Ce Jota. La bebían parados afuera del Hosie's, mientras miraban a las chicas en bikini que llegaban de la playa, con arena pegada a los muslos.

—¿Todavía hablas con tu chica? –le preguntó Ce Jota una noche.

Luke le dio un trago a su cerveza templada. Un trago lento y escueto porque quería hacerla durar.

—¿Con quién?

—Esa chica de la preparatoria a la que te estabas cogiendo.

—No es mi chica –respondió Luke.

—Oí que ahora vive en Rusia.

—¿En Rusia?

—O una mierda así. Oí que estaba viviendo en Rusia y cogiendo con un negro africano.

Luke bebió otro trago de cerveza y lo paladeó en su boca. Cuando Nadia recién se había marchado, él se había obsesionado con los chicos universitarios que seguramente le pondrían las manos encima. Hasta se imaginaba cómo serían: no atléticos como él, sino formales y mimados, con suéteres de la universidad de Michigan, cargando pilas de libros por todo el campus. Y ahora aquellas fantasías suyas tenían nombre: Shadi Waleed, un hijo de perra que sonaba como si fuera árabe. Lo buscó en la computadora de la sala de empleados del restaurante del Gordo Charlie y encontró páginas de artículos que Shadi había escrito para un periódico llamado *The Blue Reviewer*. Una de las entradas de su *blog* –porque por supuesto que aquel idiota tenía un blog– estaba dedicada, para sorpresa de Luke, al futbol. Se trataba de futbol soccer, pero aun así a Luke le asombró que Shadi estuviera interesado en cosas normales como los deportes, aunque el artículo más bien hacía referencia a lo irónico que resultaba que las esperanzas mundialistas del equipo francés se apoyaran en su delantero musulmán. Luke no comprendía dónde estaba la ironía, pero seguramente aquélla era otra de las muchas cosas que Shadi Waleed sabía y que Luke Sheppard ignoraba por completo.

Finalmente dio con la página de Facebook de Shadi y se quedó sin aliento al ver su fotografía de perfil: Shadi sentado en un sillón negro en la terraza de un restaurante, con Nadia Turner sentada sobre sus piernas y ataviada con un vestido de estampado floral, sonriendo detrás de sus lentes oscuros, con su mano suavemente apoyada en el hombro de Shadi. Lucía mayor ahora: los rasgos de su rostro eran más angulosos y sus pómulos aún más marcados. Se veía contenta. Hojeó el resto de las fotografías de Shadi –la mayor parte eran carteles de eventos universitarios y un par en donde Shadi aparecía abrazando a una mujer que llevaba los cabellos cubiertos tras un velo y que seguramente era su madre–, aunque al final volvió a la imagen en donde Nadia aparecía en el regazo de Shadi. Su vida había continuado como si nada hubiera sucedido, pero Luke seguía estancado, atrapado en el pasado, todo el tiempo preguntándose qué habría pasado si hubieran tenido al bebé. A su bebé.

—¿Quién es ese cabrón? –preguntó uno de los camareros a su espalda, señalando la cara de Shadi–. ¿Es tu novio? –lanzó una risa burlona, pero Luke lo apartó tan bruscamente de la computadora que el escritorio se sacudió.

Cuando Luke se unió al equipo de los Cobras, pensó que su rabia finalmente se calmaría, pero en vez de eso notó que no cesaba de crecer. El futbol era un lugar en donde la rabia estaba permitida. Cada vez que se ataba los cordones del calzado, Luke sujetaba su ira y la mantenía a salvo en el hueco de sus manos, la protegía. La primera vez que lo derribaron durante un entrenamiento, un destello blanco lo cegó por completo y una ola de dolor anegó su cerebro, pero enseguida se levantó del suelo y cojeó hacia donde sus compañeros estaban reunidos. El impacto lo había hecho sentirse de nuevo como él mismo. Comenzó a decir groserías, a provocar a tipos que le doblaban el peso, hombres que podrían dejarlo inválido con otro golpe.

—¿Eso es todo lo que tienes, maldita perra? ¡Anda, hijo de puta, inténtalo de nuevo!

En la siguiente jugada, el mismo defensa se abalanzó sobre él y Luke logró esquivarlo sin dificultad; atrapó el balón con un sonoro chasquido y corrió hacia la zona de anotación. Estaba un poco decepcionado de que el defensa no lo hubiera derribado. Su furia pertenecía al campo de juego.

Demonios, todos los Cobras vivían enojados. Todos tenían una historia de por qué no pudieron ser famosos, de por qué habían desperdiciado las oportunidades que se les ofrecieron: el entrenador que los jodió, la deuda familiar que los obligó a dejar la escuela y ponerse a trabajar, el reclutador que fue incapaz de advertir la magnitud de sus talentos. Y el equipo acogía con especial beneplácito la ira de Luke, porque todos sus integrantes lo compadecían. Era el más joven del equipo y el que más había perdido, así que todos eran amables con él. Roy Tabbot lo invitaba a ir de pesca. Edgar Harris le cambia gratis el aceite a su auto. Jeremy Fincher le prestó su frac para que no tuviera que rentar uno para asistir a la boda de un amigo.

—No lo vayas a estropear como tu pierna, cara de verga –le dijo Finch al entregarle el traje envuelto en una funda. Aquél fue el gesto más noble que alguien había hecho por Luke en los últimos meses.

Cuando no había entrenamiento, Luke acudía a las parrilladas del equipo. Se recostaba sobre una tumbona blanca mientras sus compañeros se agrupaban en torno a los asadores y discutían largamente sobre cuál era la mejor manera de marinar la carne. Finch opinaba que la carne no requería ningún aliño, que eso era de maricas: sólo trágatela, así como se supone que debe ser. Ritter decía que no, que lo sentía mucho pero que él no pensaba comerse la carne así, recién tasajeada de la vaca; que eso no quería decir que fuera marica, sino que no era un jodido Neanderthal; Gorman afirmaba burlón que era muy cierto aquello de que Finch sabía lo que era comer carne cruda. Las esposas de los jugadores llevaban cuencos llenos de ensalada de papa y macarrones con queso, y a veces se unían a las bromas y se burlaban de sus hombres; y Luke pensaba: «Yo podría tener una vida como ésta».

Se sentaba junto a la piscina y miraba a los hijos de los Cobras chapotear, y cuando los niños salían del agua saltaban sobre él, y trataban de taclearlo con sus cuerpecillos fríos y resbaladizos. Cuando logró zafarse de entre una pila de chiquillos, descubrió que una de las esposas, la de Gorman o tal vez la de Ritter –nunca lograba acordarse–, estaba parada junto a él, mirándolo con una mano sobre los ojos a manera de visera. La mujer sonreía.

—Eres muy bueno con los niños –le dijo.

—Gracias –respondió él, algo avergonzado por lo bien que las palabras de la mujer le hacían sentir.

En una ocasión, al final de una parrillada, cuando la fiesta languidecía y Luke se encontraba sentado junto a una antorcha moribunda, dándole los últimos tragos a su cerveza, le contó a Finch que una vez, hacía mucho tiempo, había sido padre.

—¡Qué mierda! –había respondido Finch–. Cuando la mujer quiere matar a tu hijo, tú no puedes hacer nada para evitarlo. Pero cuando quiere tenerlo, ¿a quién va a desplumar? ¿Y a quién meterán a la cárcel si no puedes pagarlo? ¡Los hombres ya no tenemos derechos!

Luke se terminó su cerveza, con la mirada clavada en la llama que aleteaba y danzaba sobre la antorcha. Se sentía miserable, pero si un hombre no tiene derecho a sentirse un poco miserable por la noche, después de haber bebido demasiado alcohol, ¿entonces cuándo puede hacerlo?

—Me abandonó –le dijo a Finch–. Se fue a Europa y esa mierda. Y ahora está cogiéndose a un hijo de puta árabe.

Finch le rodeó el cuello con su brazo.

—Lo siento mucho, hermano –dijo–. Todo eso es pura mierda, y ambos lo sabemos. Yo amo a mi esposa por encima de todas las cosas, pero la mataría sin dudarlo si la cabrona llegara a deshacerse de un hijo mío.

Finch había dicho aquello con los ojos abiertos como platos, y Luke supo que estaba hablando en serio. Se levantó con demasiada celeridad, y el piso bajo sus pies se inclinó y sintió vértigo, como cuando era niño y se ponía los lentes de lectura de su madre y corría por toda la sala. Finch se negó a dejarlo marcharse y lo metió a empujones a su casa. La esposa colocó sábanas sobre el sofá, a pesar de que Luke insistió en que bastaría con una simple manta. Se sintió conmovido por el gesto, hasta que se dio cuenta de que muy probablemente la esposa de Finch sólo pretendía evitar que él vomitara sobre el sofá. Ojalá no lo haga, pensó Luke. Se tumbó cuan largo era y estiró sus miembros, sintiendo los bultos de los cojines bajo su cuerpo tenso de dolor. Ahora estaba agradecido de ser capaz de sentir las cosas con intensidad. La esposa de Finch sacó una manta de un armario del pasillo y él cerró los ojos mientras ella la hacía ondear sobre su cuerpo.

El nombre de pila de la señora Fincher era Cherry. Nombre de fruta y apellido de ave.*

—Me llamo Cherry, no Sherry –decía ella–. Todo el mundo me dice Sherry. ¿Quién querría llamarse como un licor?**

—Cuando estudiaba la preparatoria había una chica que se llamaba Chardonnay –le contó Luke.

* *Fincher* significa «pinzón» en español. (*N. de la T.*)
** *Sherry* significa «jerez» en español. (*N. de la T.*)

—Bueno, es que eres un bebé —respondió ella—. Seguramente fuiste a la escuela con alguna muchacha llamada Toronja.

Todo el tiempo le decía eso, que era un bebé. Y a Luke no le molestaba. Ella no quería decirle su edad, pero él se imaginaba que debía andar por los treinta y cinco, la edad en que las mujeres no son viejas en lo absoluto, pero comienzan a pensar que sí. Si alguna vez llegaba a casarse, decidió Luke, lo haría con una mujer que fuera mayor que él. Ser la persona de más edad en una relación es demasiada presión. En cambio, cuando eres un bebé, las mujeres no esperan mucho de ti; quieren cuidarte. Y a él lo reconfortaba la atención y las bajas expectativas de Cherry. Si un actor de más de cincuenta años aparecía en la televisión, ella le decía:

—Apuesto a que ni siquiera sabes quién es —y él se encogía de hombros porque, incluso aunque a veces sí sabía quién era, su gesto hacía reír a Cherry. Se sentaba frente a la barra de la cocina mientras ella le preparaba emparedados a sus hijos, y aunque Luke nunca se lo pedía, también le preparaba uno a él.

No sentía atracción por Cherry, o al menos no le atraía de la misma forma en que lo hacían las mujeres con las que decidía pasar algún tiempo. Cherry era gorda. Su sonrisa era excesivamente amplia y su barbilla demasiado marcada. Era de origen filipino y procedía de una familia muy pobre de Hawái. A Luke nunca se le había ocurrido que pudiera existir gente pobre en Hawái.

—¿Qué allá no se la pasan todos surfeando, rostizando cerdos, bailando con esas faldas de hojas y toda esa mierda? —le preguntó una vez. Cherry dejó de dirigirle la palabra durante dos días enteros.

—Tienes que apagar esa jodida televisión y salir a conocer el mundo, Luke –le dijo ella después–. El paraíso no es paradisiaco para todos.

Conoció a Finch cuando lo enviaron a la base de la Bahía Kaneohe. En ese entonces Cherry trabajaba como mesera en uno de esos locales para turistas llamado Aloha Café, donde ofrecían platillos con nombres como el bistec surfista o las chuletas luau. Finch ordenó los *brownies* playeros, pero los llamaba *brownies* ratoneros, lo que la hizo reír muchísimo. Tenía dieciocho años. Para cuando llegó a la edad de Luke, ya se había casado, mudado al continente y dado a luz a tres hijos. A Luke le agradaban aquellos niños, pero se preguntaba si acaso no eran la única razón por la cual Cherry y Finch seguían juntos. Cuando Finch invitaba a Luke a ver un partido de futbol en su casa, Luke siempre estudiaba a la pareja, como tratando de descubrir si existía algún vínculo invisible entre ellos. Pero Finch rara vez le hacía caso a Cherry, y ella apenas hablaba cuando se encontraba en presencia de su marido, como si hubieran dividido el espacio de la casa y se lo hubieran repartido como hacen los países en guerra con un territorio en disputa. Cherry, que siempre estaba detrás del mostrador de su cocina, pasaba por la sala de estar como una turista, y Finch, incómodo cuando se hallaba cerca de la estufa, se despatarraba en cambio sobre el sofá.

Durante las fiestas de los Cobras, Cherry bebía pinot grigio con las otras esposas, y siempre parecía estar un poco aburrida. Una vez, Luke escuchó a las otras mujeres decir que Cherry era engreída, y él recordó las historias que ella le había contado de cuando vivía en Hawái: de cómo ella y sus hermanos cenaban emparedados de azúcar y nunca veían a sus padres, porque éstos trabajaban en la enlatadora Dole, y ella creció pensando que a todo el mundo le ocurría lo mismo, que todos los padres eran sombras vagas y fantasmales que aparecían muy tarde por la noche, besos de madrugada que uno apenas recordaba recibir sobre la frente. Le contó cómo fue que se había casado, cómo había engordado y cómo aún sentía la necesidad de acumular cosas –de esconder barras de chocolate en los cajones, o almacenar la ropa vieja en bolsas de plástico que colocaba hasta el fondo de los armarios, porque ¿qué tal si no era suficiente? La pobreza nunca te abandona, le había dicho ella. La pobreza es un ansia que te cala los huesos y te va matando de hambre, aunque estés lleno.

—Mañana empezaré una nueva dieta –dijo Cherry mientras sacaba un chocolate Reese's del paquete que había escondido en el cajón donde guardaba los cupones.

—¿Qué dieta? –preguntó él.

—Una en la que sólo puedes comer lo que los dinosaurios comían.

—Pero ¿qué no acabaron muriéndose todos?

Cherry lanzó una carcajada.

—Por eso me caes bien, Luke.

—¿Por qué?

—Porque eres honesto –respondió ella–. Porque no me dices: «Ay, Cherry, no necesitas ponerte a dieta». Puras mentiras. Las personas que te dicen eso son las mismas que luego te llaman «gorda de mierda» a tus espaldas.

Le complacía que Cherry lo creyera así: honesto, perspicaz, en absoluto sentimental. Comenzó a pasar cada vez más tiempo en su compañía, aunque sabía que no debía hacerlo. No estaba habituado a tener amistad con mujeres casadas, pero aun así comprendía que había ciertos límites que debía respetar. Y aunque sabía que no era correcto visitar a Cherry cuando Finch no se encontraba en casa, de todas formas pasaba a verla muy seguido por las tardes, antes de entrar a su turno en el restaurante. Normalmente inventaba algún pretexto: iba a devolver una llave de tubo que Finch le había prestado, había olvidado su libro de jugadas o pensó que había dejado su cantimplora en la mesita de la sala. En realidad sólo quería hablar con Cherry, porque ella siempre se mostraba interesada en su vida. Le sugería dónde podía empezar a buscar un trabajo con un mejor sueldo, e insistía en que tenía que volver a la universidad y dejar de espiar a Nadia por Facebook.

—Ése fue tu primer error —lo reprendía—. No debes andar husmeando en la vida de tu ex. ¿Para qué quieres ver lo feliz que es ella sin ti?

Cherry tenía razón. Tenía razón en muchas cosas, y a él le gustaba solicitarle consejos. A su madre ya no podía pedírselos, desde aquella mañana en que le contó del embarazo de Nadia y su madre le respondió con dinero. No la culpaba por haberlo ayudado, pero sabía que algo había cambiado entre ellos dos desde aquel momento: su madre había hecho algo de lo que jamás la habría creído capaz, y los límites de su relación con ella se habían trastocado súbitamente, dejando a Luke desorientado. Era como entrar en una habitación familiar y extender la mano para tocar unas paredes que siempre habían estado ahí, pero no encontrar nada más que puro aire.

—¿De qué hablan? Parecen gallinitas cacareando —decía Finch, cuando entraba a la cocina y los sorprendía a mitad de una plática.

—De nada –respondía siempre Cherry, y volvía a convertirse en una mujer sumisa y callada. A Luke le sorprendía mucho la rapidez con la que podía transformarse. Tal vez todas las mujeres tenían la capacidad de cambiar radicalmente, según con quien se encontraran. ¿Cómo sería Nadia cuando estaba con Shadi Waleed?

—Vi tu video –le dijo Cherry un día, cuando Luke fue a la casa de Finch a devolverle un libro que ella le había prestado, titulado *La muerte de Blu*. «Mira», le había dicho, extendiéndole el libro. «Aquí están tus hawaianos pobres». Luke se había sentido tentado a decirle que no necesitaba leer ningún libro para creerle, pero lo había leído de todas formas porque se dio cuenta de que era importante para ella. Le gustó bastante, aunque había leído en internet que algunas personas que consideraban que el tratamiento de los personajes filipinos era algo racista. Había querido preguntarle a Cherry si todo aquello era verdad. ¿Era cierto que en Hawái a los filipinos los trataban como a negros?

—¿Qué video? –preguntó él, distraído, pues trataba de encontrar el sitio que el libro había ocupado en el estante.

—¿Cómo que qué video? ¿Pues qué otro hay?

—Oh –respondió él–. Ese video.

—Finch invitó a algunos de los chicos a la casa –le contó ella–. Estuvieron viéndolo una y otra vez sin parar.

Luke tuvo una súbita y clara visión de los Cobras arremolinados en torno a la computadora de Finch, reproduciendo la escena de su lesión y riendo sin parar. ¡Dios mío, miren a Sheppard! Pónganlo otra vez, muy bien, esperen, ahí va, ahí va... ¡Oh, mierda! ¡Se le ve el hueso y todo! Él había pensado que era un Cobra, pero no era cierto. Sólo era un chiste grotesco.

—¿Me dejas verla? –preguntó Cherry.

—Ya lo hiciste –respondió él. Se sentía extrañamente traicionado por Cherry. Ella, de entre todas las personas del mundo, tendría que haberse dado cuenta de que no era correcto ponerse a ver esa escena.

—No –dijo ella–, tu pierna.

Lo dijo de una forma tan casual que a Luke le tomó un momento darse cuenta de lo que le estaba pidiendo.

—¿Por qué quieres verla? –quiso saber él.

—Porque sí –respondió ella–. No entiendo cómo eres capaz de seguir caminando más o menos normalmente, ya no digamos cómo es que aún puedes jugar.

Cherry sentía curiosidad, pero no la clase de curiosidad que sentían los Cobras, que nada más deseaban burlarse de él. Cherry era como una de esas personas que lograban escapar de un coche destrozado y que, ansiosas, se ponían a inspeccionar el daño para convencerse a sí mismas de que la cosa no era para tanto. Luke tomó asiento en el sillón reclinable junto al librero y, sin decir palabra, comenzó a enrollarse la pernera del pantalón deportivo hasta descubrir su rodilla. Su madre había llorado cuando lo vio tumbado en la cama del hospital, con su pierna destrozada, levantada frente a él. No había querido preocuparla, por eso había sonreído y le había dicho: «Está bien, ni siquiera me duele». Su padre había telefoneado más tarde, desde Atlanta, donde aquella misma noche impartiría la ponencia magistral de un congreso de pastores, pero había mandado un paño de oración en su representación. Cuando su madre colocó el paño sobre su pierna herida, Luke no sintió el poder de Dios, no sintió nada. Quizá Dios y nada eran lo mismo.

Se estremeció cuando Cherry pasó sus dedos por la horrible cicatriz marrón que se extendía a lo largo de su pierna. Ella se agachó y le besó la herida, y Luke cerró los ojos, convencido, como un niño, de que el beso de Cherry podría acabar con su sufrimiento. Qué fácil le resultaba creer en aquel entonces, qué simple era todo: que un beso de su madre pudiera curarlo, y que su cuerpo, de alguna manera, siempre lograra sanar por completo.

Al día siguiente por la tarde, Luke seguía pensando en el beso de Cherry mientras sacaba la basura al callejón que se alzaba detrás del restaurante del Gordo Charlie. Se había marchado justo inmediatamente después del beso, pues la hija menor de Cherry apareció en el recibidor y pidió que le sirvieran jugo, y Cherry se incorporó sin voltear a mirar a Luke. Seguramente se sentía avergonzada, pero ¿por qué tendría que estarlo? No era muy cariñosa ni siquiera con Finch; ambos parecían competir para ver quién de los dos se demostraba menos afecto. Pero Luke se sentía conmovido por su gesto. Pensó en hablarle por teléfono cuando llegó al trabajo. Tal vez podría invitarle un trago, bueno, un trago no; tal vez un café. A Luke ni siquiera le gustaba el café, pero eso era lo que normalmente le invitabas a una chica cuando querías demostrarle que no sólo te la querías coger. Arrastró la enorme bolsa de basura por el suelo del callejón y la arrojó dentro del contenedor verde. El sol se ocultaba detrás del muelle y el cielo resplandecía en tonos naranjas. Oceanside podía ser muy hermoso en ocasiones, incluso desde un callejón inmundo.

Se disponía a regresar al restaurante cuando divisó a los

Cobras. Finch, Ritter, Gorman y otros cinco avanzaban por el callejón.

—Eh, idiotas –les gritó–. No les puedo dar cervezas gratis a todos, así que ni lo intenten.

Supo que algo estaba mal cuando vio que ninguno de ellos se reía o respondía a su broma.

Años atrás, Luke habría sido capaz de escabullirse de vuelta al restaurante, pero ya no era tan ágil. Estaba a punto de darse la vuelta cuando el puño derecho de Finch se impactó contra su cabeza. Perdió el conocimiento antes de que los Cobras se pusieran a pisotearle la pierna.

Siete

En el centro de rehabilitación, Luke aprendió a caminar nuevamente. No de golpe sino con mucha lentitud. Se pasó las primeras dos semanas empujando una andadera por los pabellones de su piso. Llegó a conocer esos cuatro pabellones tan profundamente como un policía que memoriza cada detalle de sus rondines: el linóleo a cuadros de color verde menta, el puesto de las enfermeras, el rincón en donde las ancianas se sentaban a tejer y a chismorrear. Se deslizaba por los pasillos, impresionado por lo difícil que le resultaba llevar a cabo una acción tan simple como colocar un pie delante del otro. Ahora llevaba una varilla de titanio atornillada a la pierna, de la rodilla al tobillo, que permanecería allí hasta el final de sus días. Iba a encender las alarmas de muchos detectores de metales, le había dicho el cirujano, pero algún día volvería a caminar. Pero, por ahora, debía concentrarse en fortalecer su tobillo, flexionar su rodilla inflamada y desarrollar el cuádriceps y los tendones de la corva. Impulsaba su pie hacia delante y hacía un gran esfuerzo por bajar el talón y apoyar los dedos del pie sobre el suelo, mientras Carlos, su instructor de rehabilitación, lo seguía en caso de que se cayera. El padre de Carlos era colombiano y su madre hondureña, pero todo el mundo lo llamaba «el mexicano».

—Siempre el mexicano –decía–, y me preguntan: «Ay, Carlos, ¿por qué no nos preparas unos tacos?». Yo no sé nada de esos malditos tacos. Vaya usted y prepáreme unos a mí, si tanto le gustan esas porquerías.

Y era verdad. Cuando Luke recién ingresó al hospital, una enfermera le dijo que el instructor de rehabilitación que le habían asignado era Carlos, el mexicano.

—Te caerá bien –dijo la enfermera–. Es muy gracioso. Es bajito pero muy fuerte. Esos son siempre los más fuertes, los tipos bajitos.

Carlos apenas medía un metro con sesenta y cinco centímetros. Era muy ancho de hombros y robusto. Alguna vez había sido instructor personal en un gimnasio. Luke siempre había creído que todos los entrenadores de gimnasio eran tipos inmensos, rebosantes de músculos que sobresalían de sus camisetas sin mangas, pero Carlos más bien parecía el tipo de instructor que una ama de casa obesa buscaría para que la ayudara a bajar unos kilos. Era duro, pero animaba mucho a sus pacientes. Sermoneaba a Luke sobre la necesidad de que tomara todas las píldoras que le habían recetado, todas y cada una de ellas, aunque no le apeteciera: los antibióticos que prevenían las infecciones, la aspirina que deshacía los coágulos sanguíneos, los analgésicos. Ayudaba a Luke a subirse a la mesa y masajeaba su pierna con una crema de aloe vera. Luke estaba acostumbrado a que los entrenadores le masajearan algún músculo adolorido, que le aliviaran algún calambre o vendaran un tobillo torcido, pero todo aquello había sucedido en los vestidores. Se sentía muy incómodo ahí, tumbado sobre la mesa de la sala de rehabilitación, con un tipo poniéndo-le crema en la piel. Tal vez Carlos era gay. ¿Si no, por qué habría aceptado un trabajo en el que debía untarles crema a otros hombres? Pero Luke nunca decía nada en voz alta porque los masajes de Carlos lo hacían sentir bien. El daño a los tejidos era muy grave.

—¡Jesús! Esos tipos realmente te odiaban –le dijo Carlos una vez–. No querían que volvieras a caminar nunca.

Luke jamás les dijo a sus padres que fueron los Cobras quienes lo atacaron. Todo habría sido muy distinto si realmente se hubiera acostado con Cherry: entonces habría aceptado su castigo como un hombre. Pero le avergonzaba demasiado admitir que recibió semejante golpiza sólo por haber buscado la amistad de una mujer. Y, además, sus padres le dirían que ellos ya se lo habían advertido, que nada bueno sacaría jugando en aquel equipo. Así que les dijo que unos sujetos habían tratado de asaltarlo y que no, no había podido ver sus rostros.

En la televisión que colgaba del techo, Carlos ponía partidos de futbol soccer mientras Luke realizaba sus ejercicios diarios. Recargado contra la pared, jadeando a causa del esfuerzo, Luke seguía con los ojos el diminuto balón a través de aquel mar de pasto. El futbol soccer siempre le pareció aburrido, pero aprendió a disfrutar su ritmo acelerado, el movimiento constante de los jugadores, los aparatosos festejos cada vez que metían un gol. Tal vez habría podido ser buen jugador de soccer. Tal vez habría podido encontrar un deporte que no le destruyera el cuerpo.

—Antes eras un hombre fuerte –le decía Carlos–, pero ya no, y tienes que aceptarlo. Está bien no ser un hombre fuerte, es mejor ser un hombre bueno.

No importaba qué o quién habías sido allá fuera. En la sala de rehabilitación todos eran iguales, todos luchaban por recuperar el control de su cuerpo. Luke era el más joven del centro. La mayor parte de los pacientes eran ancianos en sillas de ruedas que recorrían los pasillos lentamente, apoyándose en sus pies, como niños que apenas caben en sus carriolas. Entre sesiones de terapia, a Luke le gustaba sentarse en el corredor a jugar cartas con los viejos. Casi todos habían sufrido embolias. El que mejor le caía era Bill, un guardia de prisión jubilado, originario de Los Ángeles.

—Crecí en Ladera Heights —contaba el viejo Bill—, cuando en esa parte vivíamos puros negros. Ahora ya ni siquiera puedes entrar ahí. Lo invadieron todos esos... —bajaba la voz y señalaba a Carlos, que en ese momento cruzaba el pasillo— mexicanos.

Bill había combatido en la guerra de Corea, pero acabó en el centro de rehabilitación después de tropezar en la calle y romperse la cadera. Aquel hombre había sobrevivido una guerra e incontables motines de prisioneros, sólo para ser derrotado por un desnivel en la acera. No estaba casado, aunque lo estuvo antes —tres veces— por lo que se consideraba a sí mismo uno de esos hombres que creen en el matrimonio, pero que no saben cómo permanecer casados. Siempre había sido un donjuán: Luke a menudo lo sorprendía coqueteando con las enfermeras, tomándolas de la mano mientras empujaban su silla de ruedas por el corredor, engatusándolas con palabras melosas para que le dieran una galleta extra después de la cena. Luke solía pensar que él era igual, el tipo de hombre que nunca sienta cabeza, pero ¿de qué te sirve ser un conquistador cuando eres un anciano de ochenta años y estás solo en un centro de rehabilitación?

—¿Tienes novia? –le preguntó Bill una vez–. Un tipo fuerte como tú, un jugador de futbol, estoy seguro de que las muchachas se derriten por ti, ¿verdad?

Luke se encogió de hombros y revolvió la baraja de cartas. Una o dos veces había pensado en telefonear a Nadia, pero ¿qué iba a decirle? ¿Qué lo único que hacía todos los días era aprender a caminar de nuevo? ¿Qué hasta los ejercicios más sencillos, como alzar la pierna o extenderla, le hacían gritar de dolor? ¿Qué se pasaba las horas sentado en una silla de ruedas, jugando póquer con un montón de ancianos para pasar el tiempo?

Una tarde, mientras se encontraba repartiendo las cartas de una mano, las puertas del elevador se abrieron y Aubrey Evans apareció.

—¡Hola! –dijo ella–. Las madres de la iglesia me pidieron que te trajera esto.

Le mostró una manta tejida que llevaba en las manos, un cobertor de color rosa, verde y plateado que contrastaba llamativamente con los muros blancos del hospital. Luke invitó a Aubrey a su habitación. La chica no dijo palabra mientras él hacía avanzar su andadera por el corredor, tambaleándose a cada paso. Se dejó caer sobre la cama, avergonzado por lo exhausto que había quedado. Aubrey dobló la manta y la colocó al pie del colchón. Luke jamás había estado a solas con ella. La conocía de la iglesia, pero sólo vagamente: era una de esas chicas amables y excesivamente religiosas que siempre le aburrían. Pero la gente parecía apreciarla mucho; su madre, por ejemplo, o Nadia, según las fotografías que había visto de ellas dos en su página de Facebook.

—No sabía que aún seguías en Oceanside –le dijo.

—Estoy tomando clases en Palomar —respondió ella— y trabajando.

—¿Dónde?

—En Donut Touch* —respondió y frunció el ceño cuando Luke ahogó una carcajada—. ¿Qué?

—Nada —dijo él—, es sólo que ese nombre me parece muy tonto.

Ella sonrió.

—Cuando realmente quieres una dona, no te importa el nombre del lugar.

Luke no podía recordar la última vez que había comido una dona. Incluso antes de verse obligado a subsistir a base de aquella comida de hospital que parecía hecha de plástico, había estado siguiendo la dieta que exigía la práctica del futbol: comida sana y nutritiva, pollo a la plancha y vegetales en cada comida. Y miren qué bien le había hecho. Se levantó de la cama, apoyándose en la andadera para mantener el equilibrio.

—¿Todavía hablas con Nadia Turner? —le preguntó.

—Todo el tiempo —respondió ella.

—¿Sigue viviendo en Rusia?

—¿Qué? —exclamó Aubrey, frunciendo la nariz—. Nunca ha vivido en Rusia.

—¿De verdad?

—Estuvo en Inglaterra y en Francia, por un rato —se quedó callada un instante—. ¿Quieres ver fotos de ella?

Luke sí quería, pero negó con la cabeza y miró fijamente el suelo.

* «Donut Touch», una franquicia de cafeterías de California, es también un juego de palabras que en inglés significa: «No tocar».

—¡Nah! –respondió–. Es sólo que nunca había conocido a alguien que hubiera viajado a Rusia.

—Yo tampoco conozco a nadie que lo haya hecho –dijo Aubrey–. Pero Nadia viaja a muchísimas partes. A donde sea que quiere ir, va.

Luke se sintió un poco idiota por todas las veces que se había imaginado a Nadia en Rusia, posando con uno de esos enormes sombreros afelpados en frente de un montón de edificios puntiagudos de colores. Pero si algún conocido suyo llegaba a visitar Rusia, ésa sería Nadia. ¿Cómo iba a creer que ella querría quedarse en Oceanside a criar a su bebé?

Aubrey hurgaba en su bolso, buscando sus llaves. Estaba a punto de marcharse y Luke sintió la súbita urgencia de retenerla.

—Rezamos por ti todos los domingos –le dijo Aubrey–. Dime si necesitas algo.

—Podrías traerme una dona –respondió él.

Al día siguiente, Aubrey le llevó una dona de glaseado rojo, tan suave y tan dulce que Luke consiguió olvidar el tonto nombre del local. Otras cosas que le llevó en diferentes ocasiones fueron una nueva baraja de cartas, goma de mascar, un libro llamado *Por qué sufren los cristianos*, que Luke no leyó, pero que conservó sobre la mesita junto a su cama para que ella pudiera verlo cuando lo visitara; una agenda en donde Luke pudiera anotar sus progresos en la terapia; un fajo de tarjetas deseándole una pronta mejoría, de parte de miembros de la congregación del Cenáculo, y una camiseta con la leyenda «Modo bestia» que Luke se ponía para hacer sus ejercicios. Aubrey era linda, poseía una belleza discreta que Luke aprendió a valorar. La hermosura de Nadia lo avasallaba, pero el atractivo de Aubrey era como el de una pequeña veladora, un cálido destello. Cuando lo visitaba, después de salir del trabajo, se veía muy linda en su uniforme: una camisa polo negra con el logo de una dona de color rosa cosida al frente. Salía del elevador acomodándose la visera a juego, y su cola de caballo llena de rizos se sacudía. Su olor era dulce, como a glaseado.

—Yo solía tener uno de ésos –le dijo Luke un día, señalando su anillo de pureza.

—¿En serio?

—Cuando tenía como trece años. Pero la mano me creció y mi papá tuvo que cortarlo con una segueta para quitármelo.

—Estás bromeando.

Luke levantó su mano derecha. Sobre su dedo anular había una pequeña cicatriz de color marrón claro.

—No importa –dijo–. Terminé teniendo relaciones con una chica ese mismo año. Lo habría hecho de todas formas. El anillo sólo me habría hecho sentir culpable.

—No se trata de hacerte sentir culpable –dijo ella–. O, bueno, por lo menos no se trata de eso para mí.

—¿De qué se trata, entonces? ¿Es como estar casada con Jesús?

—Es una especie de recordatorio.

—¿Recordatorio de qué?

—De que puedo ser pura –respondió.

Era una buena mujer. Entre más tiempo pasaba con ella, más se daba cuenta de que rara vez había conocido personas a quienes realmente pudiera considerar bondadosas.

Amables sí, tal vez, pero la amabilidad era un rasgo que cualquiera podía desarrollar, tuvieran buenas intenciones o no. En cambio, la bondad era algo distinto. Al principio había desconfiado del cariño de Aubrey. Lo hacía sentir vulnerable. ¿Qué quería de él? Todo el mundo quería algo, pero, ¿qué esperaba ella de un hombre cuyo mundo se limitaba a los cuatro pabellones del piso de un centro de rehabilitación? A veces jugaban cartas en la habitación de Luke, mientras comían pedacitos de dona que iban sacando de una bolsa de papel. Otras veces ella empujaba su silla de ruedas al exterior y permanecían sentados en el estacionamiento y miraban pasar a los autos. Luke nunca le preguntaba por Nadia, a pesar de que tenía ganas de hacerlo, porque se habría sentido terriblemente vulnerable tan sólo de pronunciar su nombre de nuevo. Además, como Cherry decía, ¿para qué quería él saber lo feliz que Nadia era sin él, lo grandiosa, emocionante y satisfactoria que era su vida? Ya no era un hombre fuerte, ya no podría ser famoso, como había soñado de niño, cuando se propuso aprender a escribir su nombre en letras cursivas para estar preparado para firmar balones de futbol. De ahora en adelante, viviría una vida común y corriente, y ese pensamiento, en vez de deprimirlo, comenzó a parecerle reconfortante. Por primera vez dejó de sentirse atrapado; se sentía seguro.

Le enseñó a Aubrey a jugar póquer y luego blackjack. Y ella aprendió con sorprendente celeridad. Y él le dijo que algún día de ésos tenían que ir a Las Vegas a jugar en un casino de verdad. Ella se rio, nunca había estado en uno.

—¿Para qué quiero ir a Las Vegas? –le dijo–. No bebo ni tampoco me gustan las apuestas.

187

—Porque es divertido –respondió él–. Hay mucha comida y espectáculos. Y te gustan las obras de teatro, ¿no? Podríamos ir a una cuando me den de alta.

Ella sonrió tímidamente y eligió una de las cartas de su mano.

—Claro –dijo–, se escucha divertido.

Sólo estaba siendo amable con él, pero Luke se aferró a sus palabras y aquella misma noche las apuntó en su agenda.

—¿Qué harás cuando salgas de aquí? –le preguntó Bill.

Luke se había graduado a las muletas y cojeaba de un extremo al otro del corredor, aturdido e incómodo. Carlos le había dicho que su progreso había sido más rápido de lo esperado. Le había dado a Luke un pequeño podómetro que debía llevar consigo cuando caminara por el pasillo, y en menos de un mes logró registrar cincuenta mil pasos. Carlos le imprimió un diploma que decía *El caminante más valioso*. Aubrey lo ayudó a colgarlo en la pared.

—No lo sé –respondió Luke.

El Gordo Charlie no ofrecía licencia por incapacidad, así que lo habían reemplazado varias semanas atrás. Tendría que encontrar otro trabajo o no le quedaría más remedio que regresar a casa de sus padres, quienes de por sí ya habían pagado el último mes de su estancia en el centro de rehabilitación. Cojeaba por el corredor mientras trataba de calcular cuánto les habría costado, y nada más de pensarlo se agobiaba. Tendría que encontrar algún trabajo pronto, tal vez en alguno de los restaurantes del muelle. Porque ¿qué otra cosa sabía hacer?

—Nah, nah –exclamó Bill–. Tienes que aspirar a algo más.

Luke soltó una carcajada.

—¿Aspirar a qué? ¿A ser presidente o una mierda así?

—Ése es el problema con todos ustedes –respondió Bill–, se han vuelto flojos. ¿Y sabes por qué? Porque saben que las chicas harán el trabajo sucio que ustedes no hacen. Hombres adultos viviendo con sus mamás, sin trabajo, con hijos regados por todas partes. En algún momento del camino nos convertimos en un montón de tipos felices de que nuestras mujeres nos mantengan.

Luke había crecido escuchando a los viejos del Cenáculo decir cosas parecidas; de cómo habían trabajado muy duro para que la generación de Luke lo echara todo por la borda. Como si él les debiera algo sólo por ser joven; como si tuviera que compensar, a título personal, las humillaciones que habían padecido. Pero a pesar de todo, a Luke le agradaba conversar con los viejos en los pasillos; le gustaba escuchar sus historias e imaginarse las vidas que habían tenido. Bill nunca les hacía caso a los instructores que trataban de decirle cómo hacer sus ejercicios. Era demasiado necio; con los años se había vuelto demasiado renuente al dolor. ¿Y quién podía culparlo? Lo único que quería era pasar el tiempo en compañía de sus amigos y echarles un ojo a las enfermeras bonitas. Luke era el único que conseguía levantar a Bill de la silla de ruedas.

—Eres bueno en esto –le decía Carlos.

Luke había logrado convencer a Bill para que terminara sus estiramientos, animándolo hasta que el viejo se desplomó resoplando sobre su silla de ruedas. Desde la entrada de la sala, Carlos los miraba con asombro.

—Deberías estudiar terapia física –le dijo Carlos–. Caray, llevas aquí tanto tiempo que ya podrías convertirte en uno.

Luke se lo contó a Aubrey y al día siguiente ella le imprimió una lista de requisitos necesarios para convertirse en terapeuta físico. Se necesitaban dos años de estudio, lo cual le desanimó un poco, pero Aubrey le dijo que el tiempo se pasaría aprisa, sobre todo si mientras tanto se esforzaba en alcanzar una meta, un objetivo. Puso su mano sobre el hombro de Luke y le dio un apretón, y él enseguida comenzó a relajarse. Aubrey tenía razón, y además, había aprendido a ser paciente durante la rehabilitación. Se había pasado los últimos meses de su vida aprendiendo a caminar de nuevo. Y ahora se sentía capaz de esperar todo el tiempo que fuera necesario.

Cuando al fin lo dieron de alta del centro de rehabilitación –ya se encontraba lo bastante fuerte como para caminar apoyándose únicamente en un bastón– fue como si el tiempo se le abalanzara encima. Extrañaba el tedio de las interminables horas del centro, los días que se confundían unos con otros; el lento paso del tiempo, marcado sólo por los horarios de las comidas, las sesiones de ejercicio y las visitas que Aubrey le hacía. Allá afuera, en cambio, en el mundo real, el tiempo pasaba volando y Luke nunca lograba ponerse al día. En el centro de rehabilitación había sido un alumno aventajado, ágil en comparación con el resto de los pacientes; pero en casa de sus padres sentía que se movía en cámara lenta y que cualquier esfuerzo –levantarse de la cama y ducharse, vestirse solo y prepararse el almuerzo– le tomaba el triple de tiempo. Durante el día, se dedicaba a llenar solicitudes de diferentes centros de enseñanza de terapia física y también buscaba trabajo. Pero no sabía hacer ninguna labor especializada y la gran mayoría de los empleos no cualificados requerían que fuera capaz de soportar cargas de por lo menos 25 kilos. Al final decidió preguntarle a su padre si no había algún trabajo que él pudiera hacer en la Iglesia del Cenáculo.

—A lo mejor puedo trabajar en los jardines –le propuso–. Sacar la basura. No sé. Cualquier cosa.

Luke se sentía avergonzado de tener que mendigarle a su padre, pero éste le puso la mano en el hombro y le sonrió cariñosamente. Probablemente llevaba años esperando aquel momento en el que su hijo regresaría al hogar paterno, arrepentido y humillado, y se ofrecería a ayudarlo en su ministerio. Tal vez había fantaseado con aquel suceso desde el nacimiento de Luke: el hijo que algún día heredaría su iglesia. El hijo que lo acompañaría en el altar, que dirigiría los estudios bíblicos de los adolescentes, que seguiría sus pasos mientras recorrían los pasillos de la iglesia. Qué decepcionado se habría sentido su padre con aquel hijo que le había tocado: uno que sólo veneraba el cuero de los balones de futbol; que se pasaba los domingos alabando al televisor. Un hijo a quien Dios no le había concedido más vocación que la de correr y atrapar balones.

—La iglesia está creciendo –dijo su padre–. Y nuestra grey envejece. Tal vez nos hace falta alguien que nos ayude con el ministerio de los enfermos y los impedidos.

—Puedo hacer eso –dijo Luke.

Entendía lo que era la enfermedad mejor que muchas personas. La enfermedad se enquistaba profundamente en tu interior, de modo que, incluso si llegabas a sanar, incluso si lograbas curarte, nunca conseguías olvidar el hecho de que tu propio cuerpo te había traicionado. Así que cuando llamaba a las puertas de las personas enfermas, nunca les deseaba que se aliviaran. Simplemente iba y les hacía compañía mientras mejoraban.

Siguió viendo a Aubrey en la Iglesia del Cenáculo. Al principio le había preocupado que ella ya no tuviera interés en hablarle ahora que ya no era paciente del centro de rehabilitación, como si su amistad se circunscribiera exclusivamente a aquel sitio. Pero Aubrey siempre parecía contenta de verlo. Nunca iba a visitarlo a la casa de sus padres, aunque él le había insinuado que lo hiciera. Pero los domingos por la mañana se sentaba junto a él en la iglesia, no en la banca de la primera fila en donde solía sentarse cuando era niño en compañía de sus padres, sino más al fondo, junto al pasillo, de tal modo que pudiera estirar su pierna lesionada. Cada domingo, cuando su padre le imponía las manos a la gente, Aubrey se le quedaba mirando, y cada domingo él desviaba la mirada y fingía examinar los flecos de la alfombra. Un domingo, ella se inclinó y murmuró en su oído:

—¿No quieres ir? –le preguntó–. Yo te acompañaré.

¿Cómo era posible que Aubrey pudiera creer que la curación dependía de un acto tan simple? ¿Que bastaba con sólo pedirlo para sanarse? ¿Qué pasaba entonces con las personas que seguían enfermas? ¿Acaso no insistían lo suficiente? Pero Aubrey tomó su mano, y sus dedos se enroscaron en torno a la marca que le dejó su viejo anillo de pureza. Las palmas de sus manos se besaron y, por primera vez en mucho tiempo, Luke supo que podía sentirse completo.

Una fresca noche de mayo, Luke se abrió paso entre la multitud que se amontonaba alrededor del puesto de comida del estadio, con un vaso de plástico lleno de cerveza carísima en la mano. Ce Jota le pisaba los talones, llevando también un vaso de cerveza que se derramaba al caminar. A Luke no le gustaba el beisbol, pero había aceptado ver el juego de los Padres porque, desde que ya no trabajaban juntos, casi nunca veía a su amigo. Ce Jota le había propuesto que vieran un partido de futbol americano –era primavera, una época en la que siempre podías encontrar algún juego de futbol o incluso alguna práctica de pretemporada– pero Luke le había dicho que prefería ir al beisbol. En realidad no era así, pero ya no podía exponerse al futbol. Ya le había dado demasiado, debía encontrar una nueva pasión.

Durante la pausa de la séptima entrada, la multitud comenzó a cantar mientras el Fraile Fred, la mascota de los Padres de San Diego, comenzaba a bailar frente al marcador. Ce Jota sólo movía los labios, igual que Luke cuando fingía que cantaba los himnos de la iglesia. Cuando volvieron a sentarse, Ce Jota le dio un trago a su cerveza tibia antes de colocar el vaso en el suelo.

—Tengo que largarme de ese jodido restaurante, viejo –dijo Ce Jota.

—¿Y qué harás?

—No lo sé. Tal vez me enliste.

—¿Te unirás a los marines?

—¡Mierda! Tal vez. ¿Qué otra cosa puedo hacer?

No lograba imaginarse a Ce Jota en una base militar, ni jadeando a través del desierto con un fusil a la espalda. Ni siquiera estaba muy seguro de que pudiera pasar el examen físico. Su amigo era bastante fuerte, cierto; pero tenías que ser capaz de correr siete kilómetros para entrar al ejército, y Luke nunca había visto que Ce Jota corriera más de treinta metros.

—¿Y qué tal si te mandan a la guerra? –le preguntó Luke.

—Al menos es algo –respondió Ce Jota, encogiéndose de hombros–. Tengo que aplicarme, igual que tú. Tú tienes un futuro, pero ¿qué hay de mí?

Un viejo vendedor negro subía por las escaleras metálicas, vociferando:

—¡Cacahuates! ¿Quién quiere una gran bolsa de cacahuates salados?

Los espectadores rieron y Luke le dio un trago a su cerveza y se limpió la boca con una servilleta manchada de grasa. No estaba acostumbrado a que la gente envidiara su vida. Vivía en casa de sus padres y cada semana su padre le entregaba cincuenta dólares que se sentían más como una mesada que como un salario. Debía apoyarse en un bastón para caminar distancias largas; y para entrar al estadio los guardias tuvieron que registrarlo tres veces porque la varilla metálica de su pierna activó el detector de metales. Pero al menos estaba forjándose algo. En otoño iniciarían sus clases de terapia física. Y pasaba los fines de semana con una chica que lo tranquilizaba, que lo reconstituía. Una linda chica morena, vestida con un jersey *vintage* de Tony Gwynn, pasó a su lado y Luke se preguntó si a Aubrey le gustaría acompañarlo un día a ver un juego. Se vería linda con una gorra que Luke le prestaría, y tal vez la «cámara de los besos» los sorprendería y ella tendría que inclinarse hacia él, sin que los aplausos y las ovaciones de la multitud la molestaran. Él confiaría en que los Padres lograran batear un jonrón sólo para ver la cara de Aubrey cuando los fuegos artificiales llenaran el firmamento.

Al final de la octava entrada, un niñito negro vestido con un jersey de los Ángeles que le quedaba demasiado grande saltaba en su asiento y llamaba a gritos al vendedor de algodones de azúcar. El vendedor no alcanzó a verlo y comenzó a descender los escalones de aluminio.

—¡Eh, señor! –gritó Luke, incorporándose. Hizo un gesto de dolor a causa de la brusquedad del movimiento–. ¡Aquí, señor!

Señaló al niño. El vendedor se detuvo y el muchachito avanzó por la fila, trepando por encima de las piernas de los espectadores, mientras agitaba un billete de un dólar en el aire. El vendedor se inclinó hacia el pequeño con su carrusel lleno de algodones rosas y azules. El niño saltó y señaló uno de color azul cielo, se retorció de impaciencia mientras el vendedor le entregaba su cambio, y sólo entonces sonrió triunfal con su algodón de azúcar en la mano. Los espectadores guiaron al chiquillo de vuelta a su lugar, posando sus manos sobre su pequeña espalda para que no tropezara. El dedo de Luke rozó la tersa piel del brazo del niño al pasar.

—Cuéntame un secreto –le pidió Aubrey, aquella misma noche.

Luke se estiró en la cama. Hacía calor en su habitación a causa del bochorno de finales de primavera, pero no podía abrir la ventana porque entonces Aubrey sentiría frío. Ella siempre tenía frío y a Luke le gustaba eso, pues le hacía sentir que era responsabilidad suya proporcionarle calor. Aubrey estaba acurrucada contra su pecho y él se inclinó para besarle la frente. Sus padres habían salido y no regresarían hasta bien entrada la noche, pero él sabía que Aubrey sólo había ido a que se abrazaran. Cuando recién comenzaron a salir, él había tratado de encontrar momentos en los que pudieran estar solos. Sabía que Aubrey se estaba tomando su tiempo antes de tener relaciones sexuales, pero suponía que tampoco pensaba esperar toda la vida. Se imaginaba que todo era cuestión de tiempo, hasta que ella se sintiera lista. Pero, meses más tarde, aún no habían tenido sexo. A menudo, cuando Aubrey acudía a visitarlo, ni siquiera se acercaban a su habitación, pues se dedicaban a cenar en compañía de sus padres o a columpiarse juntos en la mecedora del porche. Pensó que tal vez a ella le molestaba la idea de coger en la casa de un pastor, por lo que comenzó a ir a verla a la casa de su hermana, aunque nunca se sentía cómodo en esa casa llena de mujeres. Entraba al baño, cuyas estanterías estaban llenas de productos femeninos –frascos de humectante de todas las formas y tamaños posibles, cremas faciales, pomadas y acondicionadores– y se lavaba las manos con un jabón rosa que le dejaba la piel tersa y olorosa a talco. Aquello lo hacía sentir afeminado, por lo que prefería lavarse las manos con el jabón lavatrastes naranja de la cocina.

Pero sin importar en dónde estuvieran, nunca cogían. Aubrey dejaba que la besara, y a veces permitía que la tocara, siempre y cuando lo hiciera por encima de la ropa, de la cintura para arriba. Luke jamás había salido con una chica a la que no hubiera visto desnuda, y estaba lleno de ansias y se imaginaba cómo sería tocarla de verdad. Cuando hablaban por teléfono en las noches, se la imaginaba en la cama, recostada sobre las sábanas, apenas vestida con unos shorts diminutos y una playera sin mangas, sin sostén debajo. A veces se tocaba mientras Aubrey le contaba cómo había estado su día, y se imaginaba los pezones de la chica, erizados contra la tela de algodón blanca. Siempre se sentía culpable después, sucio, por haber profanado su imagen.

Bajo la delgada camiseta que Aubrey llevaba puesta, Luke alcanzaba a distinguir la turgencia de sus pechos, y tuvo ganas de tocarlos, pero se contuvo. Ella le estaba pidiendo que le contara un secreto. Estaba hablando en serio. Pensó en contarle lo del niñito del estadio de beisbol; no había podido dejar de pensar en lo tersa que era la piel del niño, pero incluso en su imaginación aquello sonaba demasiado raro. Seguramente ella no lo entendería, ni siquiera él podía hacerlo.

—Una vez embaracé a una chica –le dijo–. Ella decidió abortar al bebé.

Aubrey guardó silencio un momento.

—¿Quién era la chica? –preguntó finalmente.

—Alguien con quien salía –respondió Luke–. Yo la amaba, pero ella no quiso tener al bebé.

—¿Y qué le sucedió? A ella, quiero decir.

—Fue hace mucho tiempo –dijo Luke–. No hemos vuelto a hablar desde entonces.

Ella tomó su mano. Luke se sintió aliviado, a pesar de que aún no se animaba a contarle la historia completa.

—Ahora tú cuéntame algo –le dijo–. Algo que nunca le hayas contado a nadie.

Aubrey se quedó mirando el techo. Y entonces respondió:

—Cuando era pequeña, pensaba que tenía superpoderes.

—¿Qué? –rio Luke.

—Bueno, eran más bien como supersentidos –dijo Aubrey–. No eran superpoderes porque no me hacían sentir más fuerte. Pero ¿recuerdas que en la clase de biología siempre estaban diciendo que los animales se adaptan? Como esos peces del fondo del mar, que con el tiempo empiezan a hacer cosas raras, como brillar en la oscuridad para atraer a sus presas y así poder sobrevivir. Era algo parecido a eso.

—¿Qué tipo de superpoder tenías?

—No sé. Podía oler si un hombre era bueno o malo o podía salirme de mi cuerpo cuando él me tocaba.

—¿Quién?

—Y podía escucharlo todo –siguió diciendo ella–. Podía escuchar cuando se movía por el apartamento, como una rata que avanza haciendo ruiditos a través de las cañerías. Podía escuchar cuando entraba a mi recámara. Y siempre me pregunté cómo es que mi madre no lograba oírlo, pero me decía a mí misma que era porque no podía. Porque ella no tenía superpoderes.

Se soltó a llorar y Luke la tomó del rostro con sus manos torpes y le besó las mejillas húmedas, la barbilla, la frente. Acercó sus labios a su cuello y deseó que ella no saliera de su cuerpo, que permaneciera ahí con él.

OCHO

NOS OLVIDAMOS DE NADIA TURNER, DE LA MISMA manera en que solemos dejar de pensar en las personas que no vemos. Era una bella muchacha, huérfana de madre, que había chocado la camioneta de su papá, después la olvidamos. Sólo volvía a resurgir en nuestra memoria cuando alguien le preguntaba a Robert Turner cómo estaba su hija y él respondía que bien, muy bien; terminando el segundo año de la universidad o en prácticas profesionales en Wisconsin durante aquel verano, claro, en una dependencia del gobierno, algo así, quién sabe. Robert siguió prestando su camioneta a la iglesia. La esposa del pastor no volvió a contratar a ninguna asistente. Pero no volvimos a ver a Nadia Turner. Ni en Acción de Gracias ni en Navidad ni durante los largos días veraniegos en los que sudábamos, encerradas en nuestra sala de oración, pasando una y otra vez las tarjetas llenas de peticiones. Durante los meses cálidos, los anhelos de la grey alcanzaban su apogeo.

Sólo años más tarde, muchos años después de que nos enteráramos del rumor, logramos reunir las piezas del rompecabezas. Betty dice: «¿A poco no era extraño que a la muchacha no le gustara trabajar con los niños de la iglesia, ni siquiera porque se la vivía revoloteando detrás de Aubrey Evans?». Y Agnes, que de todas nosotras es la que más contacto tiene con las cosas espirituales, dice que una vez pasó junto a la muchacha en el vestíbulo de la iglesia y que detrás de ella venía un bebé siguiéndola, «Una criaturita con calcetas hasta las rodillas». Pero cuando Agnes se volvió para mirar bien, el bebé había desaparecido. «Oh, ahí fue cuando lo supe» dice, cada vez que traemos a colación a Nadia Turner. Lo supe en aquel mismo instante, tan pronto puse los ojos en ella. Siempre he podido distinguir a una muchacha desembarazada.

Cuando un secreto ha sido contado, todo el mundo se vuelve profeta.

Pasó un invierno, y luego otro, y otro más. Hacía tanto tiempo que Nadia se había marchado que pronto comenzaría a sentirse culpable de regresar. Para cuando llegó al último año de la carrera, Oceanside era para ella como un diminuto escenario playero atrapado dentro de una esfera de nieve; un objeto que, ocasionalmente, le daban ganas de bajar del librero para admirarlo, pero en el que no podía introducirse. Al acercarse su graduación, tomó el examen de ingreso a la facultad de leyes y solicitó su admisión en las universidades de Nueva York, Duke, Georgetown y cualquier otro programa que pudiera mantenerla alejada de casa, y finalmente aceptó la oferta de la Universidad de Chicago. Había planeado trabajar durante el verano en Ann Harbor y después mudarse a Chicago en el otoño venidero. Pero Oceanside se lo impidió, mediante una llamada emocionada de Aubrey: Luke le había propuesto matrimonio aquella noche, iban a casarse, y Aubrey quería que Nadia fuera la primera en enterarse.

—¿Qué sucede? —preguntó Shadi, cuando Nadia colgó el teléfono. Se acercó a ella y se subió en la orilla del sofá—. Pensé que era tu amiga…

—Lo es.

—Entonces, ¿por qué no estás feliz por ella?

—Porque su prometido es un imbécil.

—¿Entonces por qué se va a casar con él?

—Porque ella no sabe que es un imbécil.

Un hombre distinto, uno más intuitivo, se habría preguntado cómo era que Nadia estaba tan segura de ello. Pero Shadi simplemente se levantó del sillón y fue a la cocina a preparar tallarines para la cena. Nunca le preguntaba ciertas cosas de su vida pasada porque no quería saber la respuesta. Y ella lo complacía y evitaba cualquier referencia al verano previo a su llegada a la universidad. No podía contarle de Luke y del bebé. Shadi era un hombre bueno y progresista, pero tal vez no entendería por qué había acudido a la clínica de abortos. Tal vez el aborto era una cuestión totalmente distinta cuando lo abordabas como un tópico interesante para escribir un ensayo o para debatir al respecto, con uno o dos tragos encima; cuando ni siquiera te imaginabas que podía afectarte. Y como no podía contarle nada sobre el bebé, tampoco podía explicarle por qué se había sentido absolutamente devastada cuando, dos años atrás, Aubrey la visitó y le anunció que estaba saliendo con Luke. Al principio, Nadia ni siquiera había entendido. Estaba tan emocionada de ver a Aubrey que apenas podía creer que su amiga realmente estuviera ahí con ella, sentada en el asiento del copiloto del Corolla de Shadi, quien gentilmente le prestó su auto para que pudiera recoger a Aubrey al aeropuerto de Detroit. Todo el trayecto de regreso a Ann Harbor se la pasó lanzándole miradas y sonrisas a su amiga, imaginándose todos los bares a donde la llevaría, todas las fiestas universitarias a las que acudirían y que, en comparación, harían que la casa de Cody Richardson pareciera tan silenciosa y tranquila como una biblioteca. Se la presentaría a su novio y a sus amigas universitarias como una vieja amiga de la ciudad de donde provenía, y en ese momento dos partes completamente dispares de su vida se fusionarían de un modo que a ella le parecía muy sofisticado y maduro; pero entonces se dio cuenta de que Aubrey había mencionado a Luke.

—¿Qué? –exclamó.

—Dije que Luke y yo hemos estado saliendo últimamente.

—¿Qué? –repitió Nadia.

—Ya sé –respondió Aubrey–. ¿No crees que es extraño?

—¿Por qué sería extraño?

—No lo sé. Es sólo que nunca nos habíamos llevado mucho antes, pero ahora…

Y se quedó misteriosamente callada. ¿Qué significaba eso de que «estaban saliendo»? ¿Que cogían? No, porque de haber roto su juramento de virginidad, Aubrey se lo habría contado, ¿no es así? Pero si no tenían sexo, ¿entonces qué rayos hacían juntos? Eso era lo que más le molestaba a Nadia. Que Luke cortejara a Aubrey. La llevaba al zoológico y compraba néctar para alimentar a las aves juntos. Aubrey le mandó a Nadia algunas fotografías en donde ellos dos aparecían posando ante una enorme pajarera, Luke sosteniendo en ambos brazos una hilera de pájaros tropicales, y también de la celebración de su primer año de noviazgo en

Disneylandia, en donde Luke aparecía luciendo una gorra de Goofy con enormes orejeras. Nadia no podía creer que Luke fuera capaz de llevar en público una gorra tan cursi como aquella, ya no digamos de planear una cita que requiriera más esfuerzo que mandar un mensaje de texto un par de horas antes. Había cambiado, o tal vez sólo era distinto cuando se encontraba con alguien diferente a Nadia.

Nunca pensó que la relación de Aubrey y Luke duraría. ¿Cómo podría ser? ¿Qué podían tener esos dos en común? ¿Qué vínculo los uniría? Pero en vez de que le llegara la noticia de una ruptura, en la pantalla de su teléfono seguían apareciendo fotografías de ellos dos sentados en el borde del muelle, cenando juntos en el centro, o posando en la cocina en compañía del pastor y de la señora Sheppard con motivo del Día de Acción de Gracias. La señora Sheppard sonreía radiante mientras abrazaba a Aubrey por la cintura, como si hubiera sido ella la que, años atrás, hubiera elegido a esa nuera perfecta. Seguramente se sentía encantada de la vida de que Luke por fin se hubiera dado cuenta.

—¿Entonces irás? –le preguntó Shadi–. ¿A la boda?

—Creo que tengo que ir –respondió Nadia.

—Si quieres puedo acompañarte –dijo él.

Y a pesar de que Shadi le daba la espalda, ella pudo notar que sonreía. A menudo le insinuaba que quería viajar con ella a su casa y conocer a su padre. Los amigos en común aseguraban entre risas que terminarían casados, pero Nadia siempre evitaba tocar el tema de un mayor compromiso. Además, la madre de Shadi era amable con ella, pero quería que su hijo se casara con una chica musulmana.

—Muy bien –había dicho ella, cuando él se lo contó–. ¿Y qué esperas que haga yo al respecto?

—Nada –respondió él–, sólo me pareció gracioso.

—Mi papá quiere que me case con un chico cristiano –replicó Nadia–. Para algunas personas es importante.

Le molestaba la manera en que Shadi aludía a un futuro conjunto. Acababa de recibir una oferta de trabajo por parte de la compañía Google pero, como le había comentado a ella en una ocasión, casi tímidamente, podía pedir que lo transfirieran a la oficina de Mountain View, si es que ella deseaba mudarse de regreso a California después de la graduación. Ella se había burlado de su ignorancia respecto a la extensa geografía de California. ¿Qué no sabía que Mountain View estaba a ocho horas en auto de San Diego? Y sin embargo le asustaba, la disposición de Shadi de adaptar su vida a las necesidades de ella. Se había enamorado de él cuando Shadi quería ser un reportero internacional, siempre volando a bordo de helicópteros hacia países azotados por la guerra. Su independencia le había parecido liberadora. Pero ahora Shadi tendría un trabajo de oficina y ella se sentía asfixiada por todas las esperanzas que él depositaba en ella. Y mientras se acercaba la graduación, Nadia se peleaba con él con mayor frecuencia, como cuando le dijo que no quería asistir a la ceremonia de graduación y Shadi le dijo que no fuera egoísta.

—La graduación no es para ti –le dijo–, es para las personas que te quieren. ¿No crees que a tu papá le gustaría ver cómo recibes tu diploma?

—¿Y tú no crees que te estás metiendo en lo que no te importa? –le espetó ella.

No quería recibir su diploma si su madre estaba allí para verla. Su madre no había ido a la universidad, pero siempre decía que algún día iría, siempre «algún día». Cuando el catálogo del centro de estudios Palomar llegaba por correo, su madre se recargaba en la barra de la cocina y paseaba sus ojos por los títulos de los cursos que jamás tomaría. En una ocasión, el padre de Nadia había tirado aquel catálogo a la basura, junto con el resto de la propaganda postal que había llegado, y su madre por poco se había puesto a hurgar en el cesto de la basura, antes de que su padre le avisara que ya se la habían llevado.

—Pensé que era basura –había dicho él.

—No, Robert –respondió ella–, no es basura.

Parecía desesperada, como si acabara de perder algo más que un simple catálogo que cada seis meses aparecía en el buzón. Para ese entonces su madre ya se encontraba demasiado ocupada con su trabajo y el hogar como para regresar a la escuela, pero siempre le decía a Nadia que algún día iría a la universidad. Siempre se lo recordaba cuando le revisaba la tarea de matemáticas, cuando la regañaba por su letra descuidada o cuando la interrogaba sobre la tarea de lectura. Nadia sabía que ella era el motivo por el cual su madre nunca había podido ir a la universidad y se preguntaba si finalmente lo haría cuando ella se marchara de casa. Y ahora la ceremonia de graduación le parecía algo tonto. ¿Por qué tenía que ponerse una toga y un birrete, y sudar bajo el sol, si su madre no estaría allí para tomarse fotos con ella y aplaudir cuando mencionaran su nombre? No podía dejar de imaginarse todas las fotografías que nunca podrían tomarse, las dos abrazadas, su madre con pequeñas arrugas en los ojos de tanto sonreír.

Aquella misma noche, Nadia le pidió disculpas a Shadi. Se metió desnuda en su cama y él se dio la vuelta para tomarla entre sus brazos, excitado antes de que ella pudiera tocarlo. Saboreó el gusto salado de la piel de Shadi, pasando sus labios por el punto sensible que tenía en su nuca, mientras él buscaba un preservativo en el cajón de la mesita de noche. Nadia tomaba la píldora, pero siempre le pedía que usara también un condón.

—¿En qué piensas? –le preguntó él, cuando terminaron.

—Odio cuando haces eso –respondió Nadia.

—¿Qué?

—Cuando me preguntas en qué estoy pensando. Nada más lo dices y se me pone la mente en blanco.

—No es un examen –dijo él–. Sólo quiero conocerte.

Más tarde, aquella misma noche, Nadia se despegó del cuerpo de Shadi. Se acaloraba demasiado cuando él la abrazaba toda la noche. A veces se preguntaba si no sería que sólo lo amaba cuando hacía frío, en pleno invierno, cuando todo a su alrededor estaba muerto.

La vida entera de Aubrey Evans se reducía a los lugares en donde había dormido.

La cama de su infancia, con su cabecera de color rosa princesa; los sofá-cama en las salas de familiares, cuando su padre las abandonó; el asiento trasero del coche de su madre, cuando la hospitalidad de los familiares se agotó; la cama debajo del lecho de Mo, cuando se mudaron a un nuevo apartamento; la cama de su madre, porque Aubrey odiaba dormir sola; su propia cama, cuando el novio de mamá se mudó con ellas; su propia cama, donde el novio de su mamá la tocaba; la cama de la recámara de huéspedes de su hermana, cuando finalmente escapó; y ahora la cama de Luke, donde nunca habían hecho el amor. Aquella cama era su favorita. Con su sencillez de tienda departamental, con su edredón a cuadros azules, pero siempre un poco desordenada, como si alguien acabara de sentarse en ella. El pequeño departamento de Luke poseía apenas unas cuantas cosas: una cesta de mimbre que le regaló su madre, ahora llena de pesas; una caja de pizza doblada sobresaliendo del cesto de basura; zapatos deportivos Nike alineados contra la pared junto a la puerta; un bastón de madera apoyado en la pared. La primera vez que acudió a visitarlo a su apartamento, Aubrey se quedó paralizada en el umbral sin saber qué hacer. Nunca antes habían estado tan solos, en un lugar en donde ninguna otra persona vivía, a donde nadie podría llegar a interrumpirlos. Luke había señalado su cama.

—Disculpa –le dijo–. No hay otro sitio dónde sentarnos.

Así que se habían sentado en la cama de Luke y habían visto una película. Otras cosas que hicieron en aquella cama fueron: comer pizza sobre platos desechables, jugar a las cartas, jugar el videojuego *Madden* con la opción de recibir lesiones desactivada, ver el Súper Tazón, escuchar música en las diminutas bocinas de la laptop de Aubrey, besarse, discutir y rezar. Habían dormido juntos; es decir, el uno al lado del otro. Aubrey se había quedado dormida sobre las almohadas que olían vagamente a la loción de Luke, y él se había acurrucado contra ella y le había besado la nuca mientras se quedaba dormida. Pero Aubrey no había sentido miedo. Todas las camas tenían su historia y la de Luke era distinta. Recostaba su cabeza contra la almohada y no escuchaba intranquilidad. Sólo el susurro de las sábanas mientras él se apretaba contra ella y el latido sordo de su propio corazón.

—¿Estás bien? –le preguntó–. ¿Con todo lo de la fiesta, y eso?

—Estoy bien –respondió ella.

—Dile que se detenga si te parece demasiado. Mi mamá es como un tren desbocado cuando agarra vuelo.

—Sólo está tratando de ayudar.

—De cualquier forma –respondió él–, una vez que agarra vuelo...

Acababan de regresar de la casa de los padres de Luke, donde su madre había tomado a Aubrey de la cintura y la había conducido hacia el jardín trasero para explicarle dónde colocarían todo para la despedida de soltera.

—Bien, los meseros estarán aquí –había dicho la señora Sheppard, apuntando hacia el centro del jardín–, pero no demasiado cerca de las mesas, no queremos que estén encima de gente cuando esté comiendo. El servicio de alimentos de Lou no era mi primera opción, pero ya sabes que John quiere apoyar al negocio del diácono Lou. Y, claro, no dijo una sola palabra mientras yo planeaba las cosas, pero ya sabe lo que quiero, desde antes de que lo contratara. Ojalá que sus muchachos hayan prestado atención, les dije que quería los manteles color arándano, pero sé que traerán los rojos.

Si ya de por sí era agotador preocuparse por todos esos pequeños detalles, era aún más extenuante pretender que realmente le preocupaban. Aubrey se sintió culpable de que no le importara en lo absoluto si los manteles eran de color arándano o rojos. La señora Sheppard estaba trabajando muy duro para organizarle una hermosa despedida de soltera y lo menos que ella podía hacer era compartir sus preocupaciones. Aunque en realidad era otra cosa lo que la inquietaba. Meses antes de la boda, había perdido por completo el sueño. Y como suele suceder con los grandes cambios de la vida, aquello le ocurrió súbita y gradualmente al mismo tiempo. Al principio, sólo eran unos minutos de sueño perdidos: se dormía más tarde y se despertaba antes de que su alarma sonara. Después fue una hora aquí, y otra allá, mientras la noche caía y Aubrey yacía bajo las mantas, con la computadora quemándole el vientre, mirando un episodio más en la pantalla que reflejaba sus lentes. Más tarde serían enormes fragmentos de tiempo, barriles enteros, parcelas de insomnio que aparecían en medio de la noche cuando ella se despertaba para beber un poco de agua y daba vueltas en la cama y se sentaba junto a la ventana y leía su Biblia hasta que la luz del día se colaba por entre las persianas. Para cuando llegó el mes de abril, Aubrey sólo dormía un par de horas por la noche, incluso aquel par de horas de sueño la hacían sentir aún más cansada que si no hubiera dormido en lo absoluto. Sufría insomnio, pero no era a causa de los nervios por la boda, como todo el mundo trataba de convencerla. Era porque había decidido invitar a su madre y ella aún no respondía. Le angustiaba que su madre decidiera asistir, y a la vez, le angustiaba que no viniera.

—¿Estás loca o qué? –había exclamado Monique. Las dos se hallaban sentadas ante la mesa de la cocina, la cual se encontraba cubierta, desde hacía algunos meses, de libros y revistas de boda que la señora Sheppard le enviaba. Kasey decía que era la sala de operaciones.

—Mo, relájate –respondió Aubrey–, probablemente ni siquiera vendrá. La señora Sheppard dijo que era mejor invitarla, pues tal vez después me arrepentiría de no haberlo hecho…

—Así que quieres que venga.

—No lo sé –respondió Aubrey, aunque ya se había imaginado la reunión y todo: su madre bajando del tren, llevando en la mano un pequeño maletín verde, mientras el velo del pasado comenzaba a correrse. Tendría los cabellos más cortos ahora, ensortijados en pequeños rizos teñidos de gris. Llevaría puesta una chamarra de punto de color coral, bien abotonada porque la brisa marina seguramente le haría sentir frío; y miraría a su alrededor, cubriéndose los ojos del sol con una mano, hasta que distinguiera a su hija esperándola en el andén. Y entonces sonreiría, y durante el almuerzo Aubrey notaría todas y cada una de las pequeñas manías de su madre: la forma en cómo cortaba los panecillos en diagonal, cómo siempre cruzaba los brazos para escuchar, o cómo le gustaba ponerse a parlotear con el mesero que acudía a la mesa para ver si se les ofrecía algo más. Volvería a sentirse como una niña de nuevo, embelesada en la contemplación del rostro de su madre.

—¿A quién le importa lo que la señora Sheppard diga? –exclamó Mo–, ella no es tu madre.

—Ni tú tampoco –replicó Aubrey. Y aunque en primera instancia se sintió satisfecha con su respuesta, más tarde se sintió mal al recordar la manera en que los ojos oscuros de su hermana se habían agrandado y humedecido. Mo había heredado los ojos de su mamá, que no se parecían a los de Aubrey, pues éstos eran idénticos a los de su padre, un hombre que ninguna de las dos llegó a conocer. De más pequeña, Aubrey había llorado cuando se enteró que sólo eran medias hermanas. «No importa», le había dicho Mo, «porque yo te quiero el doble».

Aquella misma noche, Nadia le dijo por teléfono:

—¿De quién es la boda?

—Mía.

—¿Y quién tiene derecho a ser la novia caprichosa?

—Yo.

—Gracias. Si Mo no quiere hablar con tu madre, nadie la obliga a hacerlo. Pero es tu boda, y tú puedes invitar a quien te dé la gana. La vida es muy corta. Si lo que quieres es volver a ver a tu mamá, deberías invitarla.

Aubrey enterró sus uñas en la palma de su mano, un gesto que solía hacer a menudo cuando recién había llegado a vivir con su hermana. Cuando un pensamiento malo surgía en su mente, Aubrey cerraba los puños con toda la fuerza de la que era capaz. Entonces su hermana le tomaba las manos y las frotaba entre las suyas, como si hiciera frío. Sentada en el borde de la cama, Aubrey abrió su mano y contempló las delgadas pero bien definidas marcas rojizas que aparecieron en su palma.

—¿Sigues ahí? –preguntó Nadia. Su voz sonaba aún más distante.

—Perdóname –dijo Aubrey. Ni siquiera se había dado cuenta de lo insensible que había sido al preguntarle a Nadia si debía invitar a su madre.

—¿Por qué? Tú no la mataste.

—De todas formas.

—No lo hagas, ¿de acuerdo?

—¿Que no haga qué?

—No me trates como si yo fuera una pobra niñita triste.

—No fue mi intención –respondió Aubrey y guardó silencio, luego replicó–: me hubiera gustado conocer a tu mamá.

—A mí también –respondió Nadia.

Aubrey se preguntó si ellas dos serían las únicas chicas

en todo el mundo que sentían que no conocían realmente a sus madres. Tal vez todas las madres eran inherentemente vastas, inabarcables.

—¿Y qué tal Michigan? –preguntó.

—Frío como el carajo. Aún está nevando, ¿puedes creerlo?

—Eso te pasa por querer conocer las estaciones.

—Al demonio. Las estaciones están sobrevaloradas.

Le gustaba escuchar las aventuras de Nadia en Michigan. De cómo, aquel primer invierno que pasó allá, sus amigas de Chicago la llevaron a Von Maur para que se comprara un abrigo y un par de botas, y de cómo todas estaban muertas de risa por lo fascinada que Nadia estaba con aquella tienda departamental al estilo Oeste americano, donde un pianista tocaba en vivo, mientras ella se probaba pares de botas afelpadas. Sólo se había resbalado en el hielo en una ocasión, durante su segundo año en la universidad, camino a una fiesta, y se enorgullecía de haberse salvado de caer, a pesar de que llevaba un vaso de cerveza en la mano. Nadia había vivido en muchos otros lugares. Había hecho su pasantía de verano en Madison, en el Congreso estatal, y un semestre en el extranjero, en Oxford, desde donde había viajado a Edimburgo y a Berlín para pasar el fin de semana. En París se había quedado atrapada en las puertas del metro, cuando su mochila se atoró, y una turba de parisinos malencarados tiró de ella hasta liberarla. A Aubrey le encantaba esa historia, la simple idea de que la indómita e inquebrantable Nadia Turner hubiera pasado semejante apuro en una de las ciudades más sofisticadas del planeta. Tal vez nunca estabas segura de lo que podías ser en el mundo. Tal vez te convertías en una persona distinta en cada lugar que habitabas.

—Cuéntame otra vez lo que te pasó en Inglaterra –le suplicó–, lo de aquel bote.

Era una patera, le había explicado Nadia en el correo electrónico en donde le contó la aventura. Ella y sus amigas se habían ido a pasear por el río Cherwell. Nadia fue la única que se atrevió a conducir la embarcación porque las otras chicas tenían miedo de que la vara se les atorara en el fango de la orilla del río y que la patera se volcara. Así que Nadia había conducido la embarcación mientras las demás bebían licor de frutas y champaña, que ella también bebió en cantidades poco recomendables pues hacía demasiado calor. Empezó a sentirse achispada y bastante cansada por tener que tirar de aquella vara, pero no dejó de conducir la patera durante toda la velada, paseándose debajo de las copas de los árboles. No volcó la barca ni una sola vez. Aquel había sido, le escribió Nadia, uno de los mejores días de su vida.

Del otro lado de la línea Nadia soltó una carcajada. Aubrey se la imaginó en su apartamento de Michigan, sentada junto a la ventana, mirando la nieve caer.

Una semana antes de la boda de su mejor amiga, Nadia regresó a casa.

Se asomó por la ventanilla mientras el avión descendía y atravesaba la niebla primaveral. Las erizadas copas de las palmeras emergieron primero, y luego los techos de tejas españolas que cubrían todas las casas. Aquella había sido una de las primeras diferencias que había notado cuando recién aterrizó en Michigan: allá los tejados eran blancos pero estaban cubiertos de tejas de pizarra, como las casas que aparecían en las películas, en vez de ser color ladrillo y estar rematados con tejas rojas y onduladas. En el baño del aeropuerto de San Diego Nadia se arregló el cabello mientras dos mujeres conversaban en español a su lado, y aunque apenas pudo comprender algunos fragmentos de su conversación, se sintió agradecida de poder escuchar aquel sonido extranjero que le era tan familiar.

Cuando salió de la terminal, su padre le hizo señas desde la acera. Era imposible no reconocerlo, pues era el único hombre a bordo de una camioneta. Nadia no le devolvió el saludo sino que comenzó a avanzar en su dirección, arrastrando su maleta con una mano y sosteniendo su vaso de café en la otra. Llevaba puesto un enorme par de gafas oscuras a pesar de que el cielo estaba encapotado. Se sentía decepcionada de que el clima estuviera nublado, como si la ciudad supiera de antemano que lo único que ella anhelaba era ver la luz del sol y se la estuviera negando. Mientras ella se acercaba, su padre descendió de la camioneta para ayudarla con su equipaje. Se sonrieron tímidamente, como si ninguno de los dos estuviera seguro de que el otro iba a devolverle la sonrisa.

—Bueno, miren quién llegó —dijo su padre.

—Hola, papá.

Su padre se acercó para abrazarla y ella le pasó un brazo por los hombros, algo incómoda porque no quería derramar su café. Su padre lucía igual que siempre, aunque sí parecía un poco más viejo; su piel lucía más arrugada y sus cabellos más salpicados de hebras grises. Se preguntó quién le cortaría el pelo ahora.

—Qué curioso —dijo su padre, mientras ingresaban en la autopista—. Ahora bebes café.

Hizo un gesto en dirección al vaso de Nadia y sonrió tímidamente. Antes de marcharse a la universidad, Nadia no bebía café. Una vez había probado un trago de la taza de su madre y por poco lo escupe. Había pensado que sabría dulce, como el chocolate caliente, pero en realidad era amargo y asqueroso. Y ahora ya ni siquiera podía beber chocolate caliente; el invierno anterior, había comparado una caja de aquella bebida para levantarse el ánimo, pero ahora la encontraba demasiado dulce y acabó tirando la caja. El café del Starbucks del aeropuerto apenas le resultaba satisfactorio, y echaba mucho de menos la prensa francesa del apartamento de Shadi, aunque la primera vez que su novio le había enseñado cómo usarla ella había puesto los ojos en blanco y le había dicho que sólo quería un café, no un experimento científico. Pero no le contó a su padre nada de eso. No quería que se enterara cuántas veces a la semana despertaba en el apartamento de Shadi.

—Tu novio —dijo su padre—, ¿llegará más tarde?

—El viernes —respondió ella—. Espero que esté bien.

En el aeropuerto de Detroit, Shadi le había dado un beso de despedida.

—Ya sé que odias ir a casa —le dijo, acariciándole la nuca, justo en ese punto en donde su cabello nacía—. Eres una buena amiga.

Ella lo había vuelto a besar porque no se sentía en absoluto como una buena amiga. Una buena amiga no necesitaría hacer acopio de toda su voluntad para asistir a una boda; una buena amiga se sentiría feliz sin tener que hacer esfuerzo alguno. Aquel viaje la llenaba de ansiedad y no sabía si la inminente llegada de Shadi, que volaría para reunirse con ella y quedarse también en casa de su padre, la haría sentir mejor o peor.

—¿Y tus exámenes? –preguntó su padre–, ¿todo bien?

—Todo bien –respondió ella.

—¿Y ya te entregaron tu diploma y todo eso?

—Me lo enviarán aquí.

—Muy bien. Eso está muy bien.

—No estás enojado por eso, ¿verdad?

Su padre se encogió de hombros.

—Me hubiera gustado estar en tu graduación –le respondió–. Pero tú sabes lo que es mejor para ti.

Nadia se apoyó contra la ardiente ventanilla mientras pasaban junto a la laguna Del Mar. Shadi la había llamado egoísta, pero su padre ni siquiera estaba dispuesto a admitir que aquello le enfadaba, lo cual era todavía más frustrante.

Cuando se estacionaron frente a la casa, Nadia bajó de la camioneta y siguió a su padre, que insistió en cargar su maleta, hasta la puerta principal. Entró a la casa detrás de él y de repente se detuvo. La casa se sentía diferente, incluso olía distinto, como un ser viviente cuya química básica hubiera cambiado. ¿Podía cambiar tanto el olor de una casa en tan poco tiempo, apenas unos cuantos años? ¿No sería más bien que ella había olvidado ya cómo se sentía estar en esa casa? Pasó revista a la sala y se dio cuenta de que estaba diferente. Su padre había retirado las fotografías, pero no todas, porque al avanzar un paso descubrió una imagen de ella sobre la mesita del centro, y también su fotografía de graduación seguía sobre una de las repisas. Sólo había quitado las fotografías de su madre. Rectángulos de color más claro marcaban los sitios en donde su madre había estado sobre los muros.

—¿Cómo pudo hacerlo? –le preguntaría más tarde a Shadi–, es mi madre.

Nunca había llorado enfrente de Shadi y hacerlo por teléfono le parecía tan bochornoso como si él la estuviera mirando. Se acurrucó sobre el tapete junto a su cama y se limpió los ojos contra la blusa que llevaba puesta.

—Tal vez es doloroso para él tener que verla todo el tiempo –dijo Shadi.

—Es como si nunca hubiera existido. Como si él nunca la hubiera amado.

—Yo creo que aún la ama. Y por eso le duele tanto.

—Perdóname –dijo ella.

—¿Por qué? No has hecho nada malo.

—De todas formas. Me hablaste y no es justo que tengas que escuchar toda esta mierda.

—Es tu vida –respondió Shadi–. Quiero escucharte.

Nadia cerró los ojos y trató de recordar las fotografías que solían colgar de las paredes. Había pasado a diario ante aquellas imágenes, pero ahora apenas podía recordarlas vagamente: sus padres el día de su boda, su madre en un jardín, la familia de ella en el parque Knott's Berry Farm. ¿Por qué no las había memorizado? O tal vez sí lo había hecho y ahora comenzaba a olvidarlas. ¿Olía distinto la casa porque la esencia de su madre se había esfumado? ¿O no sería más bien que ya había olvidado a qué olía su madre?

Los Sheppard vivían en un sobrio y tranquilo vecindario, en una casa que se alzaba en medio de una fila de hogares idénticos, todos rematados con porches de rojas tejas onduladas y doseles de palmeras curvadas. Sobre el porche delantero, un tapete marrón decía: «Dios bendiga este hogar»; si era una orden o una súplica, nadie lo sabía con certeza. En el vestíbulo de la entrada, sobre muros color canela, colgaban varias pinturas (dos mujeres jugando croquet sobre el césped, y una imagen que representaba una procesión fúnebre, que los Sheppard habían visto en *El show de Bill Cosby*). Un piano de caoba, con un aspecto demasiado impoluto como para haber sido tocado alguna vez, descansaba junto a la escalera, y encima de él se hallaban, prolijamente acomodados, los retratos familiares. El pastor y la señora Sheppard sonriendo frente a una capilla el día de su boda; los orgullosos padres posando con su hijo recién nacido; y pegado al borde del piano, un Luke adolescente, vestido de toga y birrete, fruncía el entrecejo, demasiado engreído para sonreír.

La tarde de la despedida de soltera, Nadia siguió el sonido de las voces hasta llegar al jardín trasero, donde varias mesas redondas, cubiertas por manteles de un rojo intenso, se apretujaban sobre el césped de los Sheppard. Los empleados del servicio de alimentos, una bandada de adolescentes negros vestidos con camisas blancas almidonadas y delantales, deambulaban por el jardín, ofreciendo copas de cristal llenas de agua fresca y limonada. Nadia descubrió a Aubrey del otro lado del jardín. Estaba de pie, bajo un árbol, rodeada de mujeres. Llevaba puesto un vestido blanco con volutas doradas que le llegaba a la rodilla y su rizado cabello negro caía sobre sus hombros. Ella reía, cubriéndose la boca con una mano. Era sorprendente lo bien que encajaba en aquel escenario.

Aubrey sonrió con alegría cuando vio a Nadia cruzar el jardín en dirección a ella. Se abalanzó sobre ella y le rodeó el cuello con los brazos. Sus cuerpos y sus rodillas chocaron.

—¡No puedo creer que hayas vuelto! –exclamó Aubrey–, te extrañé mucho.

—Yo también –respondió Nadia, riendo, y aunque se sentía un poco ridícula por estar abrazándose ahí en pleno jardín, tampoco estaba dispuesta a ser la primera en soltarse.

Aubrey la tomó del brazo y la condujo por toda la fiesta, ante las mujeres de la Iglesia del Cenáculo, que parecieron sorprenderse mucho de volver a verla, casi como si hubiera estado perdida en el espacio. «¡Bueno, bueno, miren quién ha venido!», decían las viejas. Otras se acercaban para abrazarla y decirle, de forma mucho más significativa: «¡Bueno, bueno, miren quién decidió volver a casa finalmente!». A los ojos de estas mujeres, Nadia era como la proverbial hija pródiga, sólo que peor, porque no había vuelto empobrecida y humillada. Una podía sentir lástima por una hija pródiga, pero Nadia había dejado su hogar y había regresado más próspera, llena de historias de sus fascinantes clases universitarias, de sus admirables pasantías, de su novio cosmopolita y sus viajes por el mundo («¿París?», exclamó la hermana Willis, cuando Nadia terminó de contar esa historia. «Uy, pues qué fina»). ¿Se había vuelto pretenciosa? ¿O era sólo que su partida había producido una ruptura irreparable entre ella y el resto de las mujeres del Cenáculo? Tal vez esa grieta siempre había estado ahí y su partida la había vuelto notoria. Y a mitad de la conversación, la señora Sheppard se acercó al círculo de mujeres. Vestía un traje sastre de color rosa y zapatillas cuyos tacones se enterraban en el césped a cada paso.

—Bienvenida a casa, cariño –le dijo a Nadia, con una palmadita en el hombro.

Nadia hubiera querido contarle todo lo que había logrado durante los últimos cuatro años. Sus menciones honoríficas, sus pasantías, sus viajes al extranjero. Se había marchado de aquel lugar y había hecho algo de su vida y quería que la señora Sheppard se enterara. Pero, tan pronto la saludó, la esposa del pastor se dio la media vuelta y se encaminó alegremente hacia donde se encontraba el resto de los invitados. No le interesaban en lo absoluto los logros de Nadia. Si alguna vez había llegado a tener algún interés en ella, éste se había desvanecido muchos años atrás, en cuanto la joven dejó de trabajar para ella. Así que Nadia no tuvo más remedio que tragarse sus historias. Dejó que Aubrey la guiara hacia otro grupo de mujeres y, cuando la gira terminó, se acercó a la mesa en donde Monique y Kasey se hallaban sentadas. Las abrazó a las dos, agradecida por su familiar presencia.

—¿Estás disfrutando el espectáculo? –preguntó Monique.

—No hagas eso –replicó Kasey.

—¿Qué? ¿Acaso no es todo esto un espectáculo? ¡Con meseros y toda la cosa! ¿A quién está tratando de impresionar, de verdad?

Pero ¿realmente la señora Sheppard trataba de impresionar a alguien? No, en realidad la esposa del pastor había organizado aquella fiesta por amor a Aubrey. Nadia se las imaginaba juntas, estudiando minuciosamente los catálogos de bodas; la señora Sheppard en la prueba del vestido, contemplando cómo Aubrey se daba la vuelta ante el espejo, seguramente habría derramado algunas lágrimas al verla, plenamente orgullosa de que su hijo hubiera escogido a una buena novia: la chica correcta. ¡Qué feliz debía estar la esposa del pastor, ahora que finalmente había tenido a la hija que siempre deseó tener! Durante el almuerzo, Nadia picoteó la comida antes de arrojar los restos de su plato al cesto de la basura. Aquel amplio jardín le producía una especie de claustrofobia, entró a la casa y se dirigió al baño de la planta alta, donde se sentó sobre la tapa forrada de felpa del inodoro y procedió a enviarle un mensaje de texto a Shadi. *Te extraño, apestoso.* Seguramente Shadi estaba a punto de salir del trabajo. Deseó estar de regreso en Ann Arbor, recostada en el maltrecho sillón de la sala de Shadi, o bebiendo café en alguna terraza de Main Street y mirando pasar a la gente. Ya no pertenecía a este lugar, no de la forma en que Aubrey sí pertenecía.

Estaba a punto de descender las escaleras cuando avistó la recámara de Luke. Desde el corredor se veía diferente, y al acercarse notó que la habían convertido en una habitación para invitados. Ya no era la habitación de Luke: las paredes ya no estaban cubiertas de carteles de futbol americano ni la cama individual se encontraba junto a la ventana. Recordó cómo solía meterse a escondidas a esa habitación, cómo siempre le había parecido un poco extraño desnudarse en la que había sido la habitación infantil de Luke: arrojar su sostén sobre el escritorio tapizado con motivos de balones rojos y azules, bajarse los jeans junto a la estantería llena de trofeos y besar a Luke bajo la mirada de Jerry Rice, cuyo póster se encontraba pegado al techo sobre la cama.

—Ya no vivo aquí.

A su espalda, Luke Sheppard apareció en el umbral del dormitorio. Lucía más pulcro, con las mejillas afeitadas, sin rastro de su habitual barba incipiente, incluso llevaba anteojos, un par de gafas rectangulares que compró en la farmacia. «Sólo los uso cuando necesito parecer inteligente», le había dicho alguna vez, después de plegarlos cuidadosamente y de guardarlos en el bolsillo delantero de su camisa. Ella no había entendido aquel comentario. ¿Qué no le interesaba parecer inteligente siempre?

—Me mudé –prosiguió–. Ahora vivo cerca del río.

—No me importa –respondió ella, avergonzada de que él se hubiera dado cuenta de que sí–. Tengo novio.

—Lo sé. El africano.

—Es estadunidense –replicó ella–. Sus padres son de Sudán.

Luke se encogió de hombros. Nadia detestó su despreocupación, la forma tan casual y desfachatada con la que hacía referencia a su vida, cuando llevaban años sin hablarse. Seguramente Aubrey se lo había contado todo, y nada más de imaginárselos a los dos juntos en la cama, murmurando sobre ella, se sintió traicionada. Luke entró en la habitación, apoyándose en un bastón de madera. Ella apartó la mirada mientras él pasaba cojeando junto a ella, para luego dejarse caer sobre la cama, que rechinó bajo su peso.

—¿Quieres que te cuente algo? –dije Luke.

—¿Qué?

—Cuando era pequeño –dijo– solía robar cosas de la iglesia.

—Mentiroso.

—De verdad.

—¿Cómo qué cosas, pues?

—Lo que fuera. Sólo para ver si era capaz de hacerlo.

Para probarlo, se inclinó y metió el brazo debajo de la

cama y sacó un libro de oraciones con tapas de cuero cuarteado. Lo había hurtado del interior del banco del piano de la madre Betty, cuando iba en sexto grado. La hermana Willis lo había mandado a rezar media hora al santuario, en castigo por hablar en clase, pero en vez de cumplir la penitencia, Luke se puso a explorar la iglesia: se arrastró por el suelo para echar un vistazo bajo los bancos, delineó con las puntas de los pies los bordes de la alfombra y correteó por el altar. La banca del piano siempre le había parecido fascinante: ¿un asiento en donde se guardaban cosas? Seguramente habría algo importante y secreto metido allí dentro, como uno de esos libros falsos en donde los villanos de las películas esconden sus armas. Pero en lugar de hallar el arsenal que él esperaba, sólo encontró hojas sueltas de partituras, bolígrafos y aquel libro de oraciones.

—Es de mi madre –farfulló Nadia.

No había visto aquel libro en años. Su madre solía colocarlo sobre su mesita de noche, pero un día desapareció. Su madre lo había buscado por toda la casa durante semanas enteras.

—Lo sé –dijo él.

—Siempre pensó que se le había perdido.

—Lo siento –respondió Luke.

—¿Por qué carajos no se lo devolviste?

—Me sentía mal.

—¿Y por eso te lo quedaste?

—Olvidé que lo tenía –respondió Luke–. Lo encontré cuando me estaba mudando. Tenía que dártelo.

Le entregó el libro. Nadia se sentó a su lado y comenzó a pasar las delgadas páginas plateadas. Ante sus ojos desfilaron títulos de himnos, y cuando acercó su rostro, le pareció que el libro olía a polvo y a cuero, y muy vagamente, al perfume de su madre. Sintió que los ojos se le llenaban de lágrimas, y sobre su espalda, la mano de Luke se posó, suave y cálida.

El fin de semana anterior a la boda, la respuesta de la madre de Aubrey llegó finalmente. Era un mensaje escrito al reverso de la invitación que le habían enviado: «No podemos asistir. ¡Pero muchas felicidades!». Aubrey se quedó de pie junto al buzón y leyó el mensaje una, dos, tres veces incluso, antes de volver a deslizar la invitación dentro del sobre y arrojarlo al cesto de la basura. Cuando entró a la casa, vio que su hermana estaba sentada en el sofá, mirando las noticias. Aubrey se quitó los zapatos, se acomodó a su lado y colocó su cabeza sobre el regazo de Monique.

—No va a venir —le dijo.

—Muy bien.

—¿Eso es todo?

—¿Qué quieres que te diga?

—No lo sé —Aubrey se mordió los labios y observó, en la pantalla, cómo un reportero entrevistaba a un bombero ante una casa en llamas—. ¿Fue muy tonto de mi parte desear que quisiera venir a mi boda?

—No —respondió su hermana—. ¿Quién quiere admitir que odia a su madre?

Aubrey cerró los ojos y sintió que su hermana le apartaba los cabellos de la frente. El verano antes de entrar al último año de la preparatoria, había viajado a Oceanside por primera vez para visitar a Monique. En el aeropuerto, Mo la esperaba en la sala de recepción de equipaje: agitaba los brazos como loca, como si creyera que Aubrey no podría reconocerla de otro modo. Mo estaba igualita –bajita, con el cabello muy corto, con ese *look* que su madre tanto odiaba– y le había dedicado una sonrisa radiante a la hora de abrazarla y decirle: «Mírate nada más. Eres toda una mujer ahora». Detrás de Mo se encontraba, muy erguida y con las manos metidas en los bolsillos, una mujer blanca, de cabellos de color rubio sucio que lucían algo húmedos, y que sonreía con lo que más bien parecía una mueca burlona. Llevaba puesta una camiseta gris sin mangas y jeans holgados, arremangados hasta los tobillos. Dio un paso al frente y le extendió la mano.

—Es un placer conocerte –le dijo–. Espero que hayas tenido un vuelo agradable.

Aubrey dijo que sí, muchas gracias, y las tres se quedaron ahí paradas, un poco incómodas, hasta que Mo les hizo ver que era hora de marcharse de ahí. Tomó la maleta de rueditas de Aubrey, mientras que Kasey le ayudaba con el bolso de lona que llevaba al hombro, fingiendo que apenas podía con su peso.

—Uf –exclamó, dirigiéndose a Mo–. Se ve que *sí* es tu hermana.

Kasey parecía ser una de esas personas que tratan de disimular su incomodidad haciendo bromas, por lo que Aubrey intuyó que debía reírse, para que todas se relajaran un poco. En el trayecto hacia la casa de Mo, ella y Kasey le hicieron las acostumbradas preguntas sobre la escuela y los amigos, y ella les respondió con monosílabos y susurros. Desde el asiento trasero, notó que Mo y Kasey cruzaban una mirada de preocupación mientras se encontraban detenidas ante un semáforo, y escuchó a Mo decir en voz baja: «Sólo viene algo adormilada». Mo siempre había hecho eso, desde que ambas eran pequeñas: hablaba con su madre sobre de Aubrey, como si esta no se encontrara presente.

Porque en realidad no lo estaba. Toda aquella semana se la pasó deambulando como un fantasma por la casa de su hermana. Tenía la impresión de que su cuerpo se había quedado en casa, allá en su recámara, en manos de Paul, con su aliento caliente sobre su cuello, mientras ella flotaba en espíritu a su alrededor, sintiendo el tirón constante de aquel cuerpo. El último día de sus vacaciones, su hermana la llevó a la playa, donde se rezagaron del grupo turístico al que se habían unido. Un viejo de gafas que llevaba un pequeño bolso sujeto a la cintura narraba ante el pequeño público las glorias del muelle de Oceanside, el embarcadero de madera más largo de toda la costa oeste de los Estados Unidos, reconstruido seis veces a lo largo de su historia. Una tormenta había destruido el primer muelle hacía más de doscientos años y durante la marea baja aún podían verse los restos de los antiguos pilotes bajo el agua. El segundo y el tercer muelle también fueron dañados por tormentas, y cuando el cuarto muelle fue inaugurado, en 1920, la ciudad realizó un festejo que duró tres días. Veinte años más tarde, ese embarcadero también fue arrasado por una tempestad.

—Este muelle –había dicho el viejo, taconeando los maderos con el pie–, este muelle fue inaugurado en 1987. ¡Hace apenas un parpadeo! Y es muy posible que ustedes, a lo largo de sus vidas, lleguen a ver uno, o tal vez hasta dos muelles nuevos. Las tormentas seguirán viniendo y nosotros seguiremos construyendo.

Más tarde, cuando llegaron al final del embarcadero, Aubrey le preguntó a su hermana si podía quedarse a vivir con ella. Apretó la mano de Mo entre las suyas y le susurró:

—Por favor, por favor, no me hagas regresar.

Pero durante aquella lenta caminata, mientras avanzaban a la zaga del grupo turístico, Aubrey había contemplado los tablones de madera que se extendían bajo sus pies, fatigada nada más de pensar en todas las veces que la ciudad continuaría reconstruyendo aquel embarcadero que de todas formas iba a terminar en el fondo del océano. Aquel muelle no tenía nada de especial, a no ser por su extensión; no tenía malecón ni una rueda de la fortuna, sólo una tienda de aparejos de pesca, a la mitad; y una cafetería, al final. No era más que un larguísimo trozo de madera que no dejaba de desmoronarse hasta que decidían construirlo de nuevo, y años más tarde, se preguntaría si ése no era justamente el objetivo, pues tal vez la gloria de aquel muelle radicaba en el esfuerzo por recomponer lo roto; no en el resultado, sino en el proceso de enmendarlo.

Un día después de que su madre respondiera a la invitación de la boda, Aubrey quedó de verse con Nadia en la playa. Se tumbó sobre una manta en la arena, apoyada sobre sus codos, mientras que a su lado Nadia se daba la vuelta para recostarse bocarriba. Llevaba puesto un diminuto bikini negro que hacía que todos los hombres voltearan a verla, aunque ella parecía indiferente a su atención, como si estuviera tan acostumbrada a cautivar a los extraños que ya ni se daba cuenta de ello. Por supuesto que estaba acostumbrada, nada más había que verla. Desde que habían salido de la escuela secundaria, Nadia se había puesto más delgada; sus ropas eran más sobrias y su maquillaje mucho menos dramático, de modo que ahora sólo realzaba su gran belleza natural. Junto a ella, Aubrey se sentía tan gordinflona que no se atrevía a quitarse la camiseta holgada y los shorts que llevaba encima del traje de baño. ¿Acaso siempre se había sentido la amiga fea? ¿O era nuevo este sentimiento? ¿O tal vez sólo se sentía insegura por lo que accidentalmente había presenciado durante su fiesta de despedida? Había tratado de convencerse de que no había sido nada, pero no lograba sacarse de la cabeza la imagen de Nadia y Luke conversando en la cama. Bueno, no en la cama sino en la cama de Luke, y de una manera tan casual e íntima, como si fueran viejos amigos. Se había apartado de sus invitadas para ir en busca de Luke y, cuando lo vio junto a Nadia en su habitación, se quedó inmóvil en el corredor como si fuera ella quien estuviera interrumpiéndolos. Se había sentido aterrada cada vez que ella y Luke intimaban un poco más: la primera vez que él la tomó de la mano, que la besó o que la invitó a acurrucarse con él en su cama. Pero Nadia se veía bastante a gusto. Aquella intimidad no era nueva para ninguno de los dos. Compartían algún tipo de pasado, y el hecho de que ninguno de ellos lo hubiera mencionado era lo que más le dolía. Los pasados innombrables eran siempre los peores.

—¿Qué pasó entre tú y Luke? –le preguntó a Nadia.

Su amiga se trastornó. Llevaba los ojos ocultos detrás de los lentes oscuros. Se cubrió la frente con el antebrazo.

—¿Qué? –dijo.

—Ya sé que ustedes tuvieron algo que ver.

En realidad no lo sabía, pero tal vez si pretendía saberlo, Nadia no tendría oportunidad de negarlo.

—Fue hace mucho tiempo –dijo Nadia–. No fue nada. Salimos un par de veces y… ¿Estás enojada?

—¿Por qué tendría que estarlo? Estás diciendo que no significó nada, ¿cierto?

Sabía que sonaba como una horrible mujer celosa, pero no le importó. ¿Por qué ninguno de los dos le había contado nada? ¿Acaso creían que era tan frágil que se derrumbaría si llegaba a enterarse?

—Mira, te juro que no significó nada –respondió Nadia–. Quiero decir, ¡carajo! Llevo años sin hablarle. Sólo fue un romance de preparatoria. ¿Sabes con cuántos tipos salí en la escuela?

Se rio un poco de sí misma; se incorporó hasta quedar sentada sobre la manta y sacudió un poco de arena que le había caído en el vientre. Aubrey alcanzó a ver su reflejo en los lentes oscuros: su cara fruncida en un puchero, el cabello aplastado del lado de donde se había recostado. Se sintió ridícula por enfadarse tanto. Por supuesto que Luke había estado con otras chicas. Ella ya conocía su reputación, incluso antes de salir con él. Y todo lo ocurrido en la escuela estaba ya en el pasado. En la preparatoria ella misma se había encandilado con chicos cuyos nombres ni siquiera recordaba ahora. Para Luke, Nadia probablemente sólo había sido otra conquista más. O tal vez sí había sido inolvidable para él, era imposible que no lo fuera. Nadia era hermosa, segura de sí misma y fuerte; a ella no le aterraba estar sentada junto a un hombre en la cama. Seguramente usaba la clase de camisones y de lencería que Aubrey recibió de regalo en su despedida de soltera por parte de las invitadas más descaradas, prendas que ella sabía que jamás tendría el valor de usar; se sentiría como una estúpida, ahí parada frente a Luke en una de esas cosas diminutas, llenas de lazos. No tenía idea de cómo excitar a un hombre. ¿Cómo se suponía sabría lo que le gustaba a él? ¿Qué tal que volvía a sentir que el alma se le desprendía del cuerpo, cuando él la tocara? Volvió a apretar la mano y sintió el afilado consuelo de sus propias uñas enterrándose en su carne.

El sol comenzaba a descender en el horizonte cuando dos marines se acercaron y trataron de convencerlas de que jugaran voleibol con ellos. Los dos llevaban trajes de baño oscuros pero sus cabezas rapadas delataban su condición de militares. Y no sólo sus cabezas, sino también la vehemencia con que trataban de convencerlas. El corpulento latino le sonreía a Nadia con excesiva animosidad, igual que lo hacían todos los jóvenes marines que solían rondar los cines y las salas de bolos del centro en busca de chicas. El muchacho daba saltitos sobre la arena, como un niño hiperactivo, con su cara aún salpicada de cicatrices de acné.

—Vamos, chicas, anímense –dijo el más alto–. Necesitamos dos jugadoras.

Aubrey se dio cuenta de que el segundo marine se estaba dirigiendo a ella, y que además la estaba mirando con gran intensidad, como la mayoría de los hombres solían mirar a Nadia. Apartó los ojos. Los hombres desconocidos siempre la ponían nerviosa, aunque el tipo que la había lastimado era un conocido. Y si un conocido podía herirte, ¿qué se podía esperar de los extraños entonces?

—No soy nada buena para los deportes –respondió Nadia.

—Puedes estar en mi equipo –respondió el más joven de los marines–. Te enseñaré a jugar.

—Sé cómo jugar –dije ella, con una sonrisa–, sólo que no soy muy buena.

—No importa —replicó él, devolviéndole la sonrisa—. Te enseñaré a jugar mejor.

Le decían Jota Te, pues su nombre completo era Jonathan Torres. Y les dijo que podían llamarlo como prefirieran. No era precisamente bien parecido, pero sonreía con una facilidad excepcional, y eso pareció ablandar el corazón de Nadia. Extendió el pie y tocó a Aubrey, quien seguía firmemente plantada sobre la manta.

—Anda, Aubrey —le dijo—, juguemos un poco.

—No, gracias. Mejor sólo los veo.

El marine alto, que se llamaba Miller, se negó a aceptar su negativa. Puso los brazos sobre la cintura de su traje de baño gris.

—No —le dijo—, no podemos jugar sin ti.

Le recordaba mucho al señor Turner, con su hablar suave y esa constante expresión de alerta, pero sobre todo por la manera en que sonreía, con una sonrisa que siempre parecía deliberada. Parecía un hombre formal. Y la red de voleibol estaba a menos de cien metros de ahí. Podría marcharse en cualquier momento, si le daba la gana.

—Oh, bueno, qué diablos —dijo, y permitió que Miller la ayudara a levantarse. Su tosca palma se sentía áspera a causa de la arena.

Había tomado una decisión impulsiva, el tipo de decisiones que ella nunca tomaba. De pronto la noche comenzó a refulgir, llena de posibilidades. Podría ser una chica distinta esta noche, el tipo de chica que hablaba con hombres extraños y que nunca sentía miedo. Pero sólo podía ser ese tipo de chica porque se encontraba con Nadia Turner. Cuando Jota Te regresó con el balón de voleibol, los cuatro caminaron hacia la red. Jota Te hablaba sin parar con Nadia. Llevaba la manta de las chicas doblada bajo su brazo.

—¿Qué edad tienes realmente? –le preguntó Nadia.

Jota Te sonrió nerviosamente.

—Ya te dije. Veinte.

Nadia se volvió hacia Miller.

—Está mintiendo, ¿verdad?

—Sin comentarios –respondió aquél.

Jota Te tenía dieciocho años, pero de eso no se enterarían sino hasta más tarde. Después de jugar voleibol, se apretujaron en una mesa del Wienerschnitzel, donde compartieron las papas fritas con *chili* y los hot dogs que los marines compraron. Ambos se dieron de empujones ante la caja registradora y discutieron sobre quién pagaría la cena. Apenas llevaban seis meses siendo amigos, les contó Miller, pero para los marines aquello equivalía a una vida entera.

—Debieron haber visto a este mocoso –dijo Miller, y señaló a Jota Te con su tenedor, del que resbaló un hilillo de queso fundido que cayó sobre la mesa–. Vino aquí sin saber nada, sin tener idea de nada. Ni siquiera sabía lavar sus calcetines.

Miller tenía veintiocho años y era más sabio y astuto. Se unió a la Marina justo después de graduarse de la preparatoria, y ya había estado en Iraq dos veces. Había perdido casi toda la audición de su oído derecho a causa de un mortero que estalló muy cerca de su cabeza.

—No te escucho ni un carajo –le dijo a Aubrey durante la cena–, hablas demasiado bajo.

Ella se recorrió unos cuantos centímetros más. Su muslo se pegó al de Miller.

—¿Está mejor así? –le preguntó.

Aubrey pensó que sólo estaba coqueteando con ella, hasta que vio que Miller inclinaba la cabeza y fruncía el entrecejo para concentrarse en escucharla. No era de ese tipo de hombres que disfrutan los jueguitos y los coqueteos. Jota Te se había pasado la mitad del partido de voleibol haciendo chistes y la otra mitad fallando los tiros por estar demasiado concentrado en el bikini de Nadia. Miller había dominado la partida. Parecía más bien ser de esa clase de hombres que siempre juegan a ganar, que le gritan al televisor cuando pierden en los videojuegos o que azotan la paleta contra el tablero de ping-pong cuando le pegan mal a la bola. Pero a pesar de eso, en ningún momento le gritó cuando ella cometió algún error, y cuando finalmente logró hacer un buen tiro, Miller cruzó trotando la cancha para chocar su palma con la de ella. ¿Habría sido siempre así de serio o así se habría vuelto después de haber combatido en el extranjero? A Jota Te aún no lo habían movilizado, pero sabía que su hora se aproximaba. No estaba asustado. Aquélla era la razón por la cual se había enlistado desde un principio, para cubrir misiones.

—Para aprender cosas y viajar –les dijo, con la boca llena de papas fritas–. Y para venir a California y comer hot dogs con chicas guapas.

Ya había anochecido cuando volvieron a la playa. Los chicos arrojaron pedazos de cartón del paquete de cervezas a la fogata que habían encendido, la cual ardía ininterrumpidamente y chisporroteaba en el foso lleno de maderos y de bolas de papel periódico. Miller no había querido encender la hoguera con ningún tipo de combustible.

—Es hacer trampa –dijo, y se arrodilló junto al círculo de piedras con su encendedor. Trató de convertir las brasas encendidas en llamas, acomodando los maderos en complicadas formas geométricas. Había que dejar entrar algo de aire, explicaba, pero no demasiado como para que el fuego se extinguiera. Tenías que hallar la más perfecta de las simetrías, porque el mismo aire que le daba vida a las flamas, tenía también el poder de destruirlas. Jota Te se cansó de esperar y pidió prestado un recipiente de líquido combustible a las personas que se encontraban un par de fogatas más allá.

—Sólo un poquito –le dijo Miller, antes de que Jota Te rociara la madera. Las flamas saltaron y las chicas gritaron al unísono. Jota Te lanzó una carcajada.

—¡Mierda! –gritaba una y otra vez–. ¡Mierda! ¿Viste hasta dónde llegó?

Miller se incorporó lentamente y procedió a sacudirse la arena de las rodillas. Parecía decepcionado.

—Está bien –le dijo Aubrey–, ya casi lo lograbas.

Miller le sonrió únicamente con los labios, sin mostrarle los dientes. Aubrey había vuelto a ponerse su anillo de compromiso después de habérselo quitado para jugar voleibol en la playa, y Miller lo había notado. Se encontraba sentada junto a Nadia sobre un tronco, envueltas las dos en la manta que habían llevado. El aire de la noche era fresco y se acurrucaron mientras compartían una lata de Heineken. Aubrey apoyó su cabeza sobre el hombro de Nadia. De pronto sintió una enorme nostalgia por el verano que habían pasado juntas, por los viajes en coche que habían hecho, las películas que habían visto y todas las horas que pasaron columpiándose en la hamaca del señor Turner. Ella iba a casarse y Aubrey regresaría al Medio Oeste. ¿Volverían a pasar más tiempo juntas? ¿Se podía sentir nostalgia por una amistad que aún no había terminado? ¿O acaso el hecho mismo de sentir nostalgia era la prueba de que ya todo había terminado?

Del otro lado de la fogata, Jota Te se dejó caer sobre la arena.

—Ojalá alguien se acurrucara aquí conmigo –dijo.

—No me mires a mí –respondió Miller.

Comenzaron a empujarse el uno al otro y las chicas rieron. Más tarde los marines regresarían a sus barracas o tal vez se marcharían a merodear por las salas de cine en busca de otras chicas. Pero por el momento era agradable pretender que todos eran amigos, que algún día volverían a verse. Miller le dirigió a Aubrey una sonrisa apesadumbrada.

—¿Estás disfrutando el final de tu libertad? –le preguntó, e hizo un gesto en dirección a su anillo.

Ella no respondió nada. Le parecía que todavía no había alcanzado su libertad.

—¡El final! –se burló Jota Te–. ¡Diablos! Y yo aquí esperando a que por fin pase algo.

Guardó silencio por un instante. La fogata se estaba extinguiendo, así que Miller arrojó dentro algunos trozos de cartón para avivar las flamas. Entonces Jota Te sonrió maliciosamente y se incorporó de un salto.

—Estoy harto de estar aquí sentado –les dijo–. Vamos a nadar un poco.

Jota Te se quitó la camiseta y la arrojó sobre la arena. Se quitó las sandalias y se lanzó en dirección al muelle, lanzando un alarido mientras corría a toda velocidad hacia el agua.

—¡Vamos! –exclamó Aubrey.

—¿Estás loca? –respondió Nadia–. El agua debe estar helada.

—No me importa.

Tiró de Nadia para levantarla del tronco. La manta cayó sobre la arena. Alejó a rastras a su amiga de la fogata, y de pronto ambas estaban corriendo, riendo y gritando mientras galopaban por la arena húmeda que conducía al muelle. Y justo en el momento en que saltó para zambullirse en el agua fría, Aubrey pensó que su hermana la mataría si llegaba a enterarse. Le echaría un sermón sobre los incontables parapléjicos que se habían zambullido en aguas bajas y destrozado las cervicales. Pero ella ya había saltado y nada malo le había ocurrido. Otra ola helada la acometió, empapando los shorts que no se molestó en quitarse. Jota Te flotaba junto a ellas. Nadia reía; su cabello comenzaba a rizarse, y Aubrey echó la cabeza hacia atrás y comenzó a flotar bajo la luz de la luna. En la orilla sólo permaneció Miller, apoyado contra la caseta de concreto de los servicios sanitarios, con la camiseta en la mano. Aubrey salió del agua entre tropezones.

—¿Por qué estás ahí parado? –le preguntó.

—Porque están completamente locos –respondió él–. No voy a saltar de esa cosa.

—¿Por qué? ¿Tienes miedo?

—¿De morir? –replicó él–. Claro.

Miller había peleado en la guerra. Había matado gente, o por lo menos había sido entrenado para hacerlo. Había convivido con la fatalidad, así que ya sabía que no era de cobardes temer a la muerte. Los únicos que no le temían eran aquellos que eran lo bastante estúpidos como para ignorar la realidad de la muerte.

—Yo no tengo miedo –dijo ella.

—¿De qué no tienes miedo?

—De ti.

Se quedaron muy quietos por un minuto, y entonces Miller la tomó de la cintura. Aubrey no se movió. Miller la besó, dulcemente al principio y después con más pasión, y cuando sus labios se posaron por su cuello, Aubrey sintió que su cuerpo se helaba y que ardía al mismo tiempo. Y antes de que pudiera darse cuenta de lo que hacía, empujó a Miller hacia el interior de los baños, hacia el suelo inmundo cubierto de arena mojada. Apenas podía verlo, sólo alcanzaba a sentirlo, la fuerza de sus grandes manos estrujándola. Podría matarla, podría azotar su cabeza contra el suelo, podría estrangularla con sus enormes manos y triturarle la garganta. Pero ella no se sentía paralizada por el peligro, sólo excitada. Se montó encima de él y lo sintió gemir en su boca.

—No traigo nada –susurró él.

Se refería a un condón. Ella se incorporó. Afuera, la luna resplandecía sobre las olas y, a través de la puerta de los baños, alcanzó a ver a Nadia y a Jota Te flotando en el agua, todavía riéndose y salpicándose el uno al otro. Se apartó del cuerpo de Miller y entró caminando en el agua para reunirse con ellos. De nuevo estaba empapada, y no alcanzaba a distinguir qué tanto de aquella humedad se debía al agua y qué tanto a su propio cuerpo.

—Creo que le gustaste –dijo Nadia–. Al más alto.

Estaban sentadas en el interior de la camioneta estacionada y miraban el amanecer por encima del río San Luis, o lo que quedaba de él. Durante el verano, el río se secaba y se convertía en una serpiente de agrietada tierra seca que ondulaba entre la espesura. Aubrey apoyaba su cabeza contra la ventanilla de la camioneta; el vidrio calentaba su rostro. Juraba que aún podía oler a Miller en su piel. Quería contarle a Nadia lo que había pasado en la caseta de los baños; contarle que ella había tomado la iniciativa y que no había sentido miedo, pero finalmente decidió no hacerlo, por la misma razón por la que se negó a darle su número de teléfono a Miller al final de la velada. Sabía que no volvería a verlo nunca y quería guardarse aquel recuerdo para ella sola. No le consolaba compartir las verdades difíciles. Las verdades difíciles nunca se aliviaban.

—¿Por qué no me contaste? –le preguntó a Nadia.

—¿Contarte qué?

—Lo tuyo con Luke. No ibas decírmelo nunca.

—¿Por qué tendría que hacerlo? Sólo fue un romance de la prepa. ¡No es la gran cosa!

—¡Para mí lo es!

Nunca antes le había gritado a Nadia y, por un segundo, le complació ver que su amiga se estremecía. Pero entonces Nadia la abrazó.

—Lo siento –susurró–. Lo siento, ¿sí? No volveré a tener secretos contigo.

Y la besó en la frente. Aubrey estaba demasiado exhausta como para seguir peleando con ella. Recostó su cabeza en el hombro de su amiga, asombrada de que, después de todo lo que había pasado, aún fuera capaz de sentir algo tan tierno como los dedos de Nadia acariciando su cabello.

NUEVE

UNA VEZ QUE NOS LLEGARON LAS INVITACIONES, la boda fue el único tema del que pudimos hablar. Brillantes cuadros de papel dorado, con letras cursivas tan rebuscadas que tenías que entornar los ojos para leerlas, metidos dentro de sobres blancos con detalles dorados, y lacrados con un sello que llevaba las iniciales de la esposa del pastor, una L oblicua apoyada sobre una S curvada. Las resplandecientes invitaciones reflejaban la luz, y cuando las acercábamos para mirarlas durante nuestra hora de descanso, hacían que nuestras caras brillaran. Todas habíamos escuchado detalles secretos sobre la boda: Judy, la esposa del diácono Ray, le contó a Flora que el pastel había sido encargado a la pastelería Heaven's Sent Desserts, y que tendría tres pisos de altura y sería tan sabroso que se nos caerían los dientes. John Tercero le dijo a Agnes que la boda contaría con más de mil invitados. Y durante el bingo, Cordelia, la organista de la iglesia, le susurró a Betty que la recepción sería en la casa del pastor y que estaría llena de meseros sirviendo copas de champaña sobre bandejas de plata.

No pueden culparnos. A nuestra edad ya habíamos visto suficientes bodas; demasiadas, tal vez. Bodas tan aburridas que por poco nos quedábamos dormidas, antes de que el ministro abriera la boca siquiera; bodas entre gente que no tenía nada en común, que quién sabe en qué estaban pensando cuando decidieron casarse, que ni siquiera eran capaces de compartir un emparedado, ya no digamos una vida juntos. Pero esta boda nos había hecho sentir ilusionadas de nuevo. En términos generales, la gente joven de nuestra parroquia nos parecía bastante decepcionante. Los chicos eran hurañas y bobos, ahí desparramados sobre las bancas, y se volvían mudos cuando tratabas de hablarles. De jóvenes llegamos a conocer chicos llenos del Espíritu Santo, creyentes que eran capaces de citar la Biblia de memoria (aunque también conocimos muchos vagos de billares, apostadores y viciosos del tabaco, pero al menos esos muchachos eran lo bastante decentes como para usar cinturones). Y las chicas eran aún peores. Nuestras madres nos hubieran azotado las piernas de habernos atrevido a venir a la iglesia como estas chicas venían, mascando chicle, alisándose los cabellos y moviendo las caderas. Todo el mundo sabe que una iglesia es tan decente como lo son sus mujeres, y cuando nosotras pasemos a mejor vida, ¿quién sostendrá esta congregación? ¿Quién servirá en los grupos auxiliares? ¿Quién organizará el Congreso de mujeres dignas? ¿Quién entregará canastas de comida en las navidades? Mirábamos al futuro y veíamos las mesas largas empolvándose en el sótano de la iglesia; la sala femenina de estudios bíblicos vacía; eso, asumiendo que estas muchachitas no convirtieran el vestíbulo en discoteca.

Pero Aubrey Evans era distinta. Cuando años atrás la escuchamos llorar ante el altar, nos recordó a nosotras mismas, allá por la época en que éramos muchachitas y asistíamos a las abarrotadas reuniones campestres, con sencillos vestidos de algodón almidonado y guantes blancos; muchachitas que cantaban solas y horneaban tartas de camote para las meriendas campestres de la iglesia; muchachitas que se hincaban de rodillas en los templos segregados, obligadas a ocupar los costados de la iglesia para que el pastor blanco no pudiera vernos. En Aubrey Evans podíamos vernos a nosotras mismas, o veíamos a las muchachas que algún día fuimos, muchachas que alguna vez sintieron esa primera chispa que enciende el amor duradero, cuando la mano del pastor se posó sobre nuestras frentes y caímos al suelo, con las manos y los brazos extendidos, gritando el nombre de un varón por vez primera: ¡Jesús! Y cuando después gritamos el nombre de otro, aquello se sintió como la pálida sombra de ese primer momento. Así que, incluso aunque ignorábamos de dónde venía, comprendíamos bien por qué Aubrey Evans no había dejado de llorar cuando el pastor le preguntó para qué había pasado al frente y qué don esperaba recibir, y ella había susurrado: la salvación.

La noche que Shadi llegó, el padre de Nadia los llevó a cenar a un restaurante del puerto llamado Dominic's. Nadia se había pasado la mañana entera revisando el libro de oraciones de su madre. Fue pasando lentamente cada una de sus páginas, deteniéndose cada vez que distinguía la curvada caligrafía de su madre garabateada en los márgenes. La mayor parte del tiempo, la pluma azul de su madre se limitaba a subrayar alguna palabra o frase en una oración, palabras abstractas como *paz* o *refugio*. Esporádicamente, su madre había escrito una que otra nota, pero éstas eran imposibles de comprender: debajo de un salmo, su madre había anotado lo que parecía ser una lista de compras del supermercado. Nadia no estaba completamente segura de qué era lo que estaba buscando: una pista, tal vez, pero ¿una pista de qué? ¿De por qué su madre había querido morir? ¿Qué esperaba encontrar en ese libro de oraciones? ¿Una nota de suicidio?

—Tiene sentido –había dicho Shadi, en el camino del aeropuerto a la casa–. La mayoría de las personas siempre dejan una carta.

Una parte de ella siempre se había sentido aliviada de que su madre no hubiera dejado ninguna. En su cabeza, el suicidio de su madre había sido siempre un acto impulsivo y lleno de urgencia, una exigencia de muerte que la había cegado hasta que no fue capaz de ver otra cosa. Si hubiera tenido oportunidad de sentarse a escribir una nota, entonces habría recapacitado y se habría dado cuenta de que no debía matarse. Una carta sería un gesto egoísta, un deseo de justificar lo que de antemano sabía que era una decisión cruel. Y a pesar de todo, Nadia había revisado el libro de oraciones esperando encontrar algo que le ayudara a comprender a su madre.

Durante la cena, su padre pidió pasta con langostinos rebozados y una botella de vino para la mesa. Nadia no le comentó que había maridado mal el vino. Su padre nunca bebía alcohol y mucho menos acudía a buenos restaurantes como Dominic's. Quería impresionar a Shadi, y la camaradería que había entre ellos le molestaba. Cuando recién llevó a su novio a la casa, su padre lo llevó a recorrer el lugar, y Nadia se dio cuenta de que los dos hombres se paraban casi de la misma manera, con las manos metidas en los bolsillos. Hablaron con soltura de cosas que a ella no le interesaban en lo absoluto –golf, equipos de futbol de Michigan– mientras los escuchaba incómoda, como si fuera ella la que hubiera acudido a visitar a los padres por primera vez. Pero lo peor de todo sucedió durante el recorrido, cuando su padre señaló las paredes desnudas y le dijo a Shadi:

—Lo lamento. Como puedes ver, nos hace falta redecorar un poco la casa.

Los dos hombres rieron, y Nadia se excusó y salió de la habitación. Pero entre más lo recordaba, más furiosa se ponía, y por eso se había mostrado hosca y silenciosa durante la cena. Hasta que finalmente estalló:

—No tenías derecho a hacer eso, ¿sabes? –le dijo a su padre.

Shadi le lanzó una mirada de reojo. Su padre guardó silencio. La pasta cayó de su tenedor al plato.

—¿Qué?

—Quitar sus fotografías.

Su padre apretó la mandíbula. Bajó su cubierto y lo colocó en el borde del plato.

—Nadia –dijo–, ya pasaron cuatro años…

—No me importa. ¡Es mi madre! ¿Cómo crees que eso me hace sentir? ¡Entrar a la casa y ver que se ha ido!

—Porque se fue –replicó su padre–. Y tú también te fuiste. ¿Y ahora pretendes decirme cómo es que tengo que vivir en mi propia casa? ¿Crees que nuestras vidas se quedan en suspenso mientras tú estás lejos?

Se limpió tranquilamente los labios con la servilleta y se levantó de la mesa. Nadia lo vio doblar la esquina y desaparecer en dirección al sanitario, mientras se odiaba a sí misma por no haber podido mantener la boca cerrada. Escondió la cara entre las manos mientras Shadi le acariciaba la nuca. Más tarde, aquella misma noche, entró de puntillas a su habitación y se metió bajo las sábanas de su cama. Nadia estaba demasiado apretujada con él ahí en aquella cama individual, pero se sentía demasiado miserable como para rechazar su compañía.

—Soy una mierda –dijo.

—No, no lo eres –respondió Shadi–. Está bien sentirse enojada.

Tanta paciencia por parte de su novio la enfurecía. Shadi era perpetuamente razonable, algo que ella jamás podría ser. Aunque fuera por una sola vez, le habría gustado que él se enojara con ella. Por una vez, deseó que él la pudiera ver como realmente era.

—Me cogí al novio –le dijo.

Shadi guardó silencio por un rato tan largo que Nadia pensó que se había quedado dormido.

—¿Cuándo? –preguntó finalmente.

—Hace cuatro años.

—Bueno –dijo él, después de un rato–, entonces fue algo que pasó hace cuatro años.

—Se va a casar con mi mejor amiga –replicó ella–. ¿No te molestaría que tu mejor amigo y yo hubiéramos cogido?

—No, porque en ese entonces tú tenías diecisiete años. Y a los diecisiete años, uno coge con todo el mundo.

El abrazo que rodeaba su cintura se estrechó aún más. Y cuando él se quedó dormido, Nadia se escabulló de entre sus pesados brazos. Fue a sentarse junto a la ventana y se quedó dormida bajo la luz de la luna mientras acunaba el libro de oraciones robado.

Nadia lloró tres veces durante la boda.

La primera vez, cuando vio a Aubrey caminar sonriente hacia el altar de la iglesia, sujetando un ramo de lilas en las manos y arrastrando tras de sí la cola de su vestido, que a Nadia le pareció un enorme golfo que jamás podría cruzar. Se enjugó los ojos con el pañuelo por segunda vez cuando Luke leyó sus votos. Los había escrito él mismo y las manos le temblaban mientras los leía en voz alta. Ella miró aquellas manos temblorosas y tuvo ganas de calmarlas con las suyas. Los ojos le lagrimearon por tercera vez durante el primer baile de los novios, mientras Luke y Aubrey se mecían al ritmo de una canción de Brian McKnight. Seguramente, él le cantaba al oído con su voz áspera y desafinada. Sentado a la mesa junto a ella, su padre miraba a la pareja dar vueltas sobre la pista; los movimientos de Luke eran algo torpes debido a su pierna. ¿Pensaba acaso en su madre, en el día en que se casó con ella? Nadia ya conocía la historia, de cómo se casaron con sólo doscientos dólares en los bolsillos. Una amiga de su madre había cosido su vestido; otra había horneado el pastel, y durante la fiesta sirvieron pollo frito y emparedados a sus invitados. Una boda barata en toda regla, solía decir su madre, aunque durante años la gente decía que aquella había sido la boda más divertida a la que habían asistido. Nadia nunca había considerado a sus padres como personas divertidas, pero tal vez alguna vez lo habían sido. ¿O acaso pensaba su padre en la futura boda de ella? Miró a Shadi, y éste le sonrió mientras apretaba su mano. Se volvió a secar los ojos con el pañuelo, consciente de la nueva decepción que iba a ocasionarle a su padre.

No sirvieron alcohol en la fiesta. Y aunque nunca esperó

que los Sheppard financiaran una barra libre, al menos había confiado en que ofrecerían champaña. Después de transcurrida una hora, se disculpó para dirigirse al baño y salió del salón para tomar un poco de aire. Se escabulló por la puerta trasera y se sorprendió de encontrar a Luke ahí afuera, recargado contra una maceta. La corbata plateada que llevaba en torno al cuello lucía ya floja.

—¿Qué estás haciendo aquí? –preguntó ella.

—Necesitaba un respiro –respondió Luke.

—¿De tu propia boda?

Él se encogió de hombros. Nadia odiaba ese gesto; odiaba que hiciera aquello en vez de responder. Por lo menos a Shadi sí le gustaba discutir las cosas.

—¿Quieres un trago? –le preguntó Luke. Sacó una anforita del bolsillo.

Ella soltó una carcajada.

—¿Aquí? ¿Estás loco?

Luke sonrió y volvió a encogerse de hombros mientras destapaba la anforita y se la ofrecía. Nadia sintió que habían vuelto al pasado, cuando se escabullían para encontrarse en el parque mientras sus padres dormían. Le dio un trago a la pequeña botella, y luego otro más. El whisky le quemó la garganta.

—Conocí a tu amigo –dijo Luke–. Parece ser un buen sujeto.

—Ahora me gustan los buenos chicos –respondió ella.

Luke hizo una mueca burlona.

—No parece ser de tu tipo.

—No tengo ningún tipo.

—Qué va. Todos tenemos uno.

—¿Y Aubrey es de tu tipo?

Aquello se oyó mucho más mezquino de lo que ella hubiera querido. No lograba entender qué clase de atracción había entre Luke y Aubrey, y tal vez nunca entendería todas las cosas que habían cambiado desde su partida. Luke le quitó la anforita de las manos y le dio un trago.

—No –respondió–, y por eso la amo.

Nadia había esperado sentirse liberada. Había pensado que ir a la boda y verlos besarse ante el altar haría que esa parte suya que aún seguía aferrada a Luke finalmente cediera. Que se escucharía un clic y una especie de cerradura se abriría y que entonces ella quedaría liberada. Pero en vez eso, Nadia sentía que Luke se incrustaba cada vez más profundamente en su interior, y experimentaba el ardor sordo del antiguo anhelo: todas las veces que lo había deseado, todas las veces que había esperado que él la tomara de la mano en público, todas las noches en que soñó con el día en que finalmente le diría que la amaba. Luke le había hecho sentir que el amor era algo que ella debía desenterrar con sus propias manos, pero mira con qué facilidad podía amar a Aubrey. Aunque, bueno, era de esperarse. Realmente era muy fácil amar a Aubrey.

Luke volvió a pasarle la licorera. Y ahí, detrás del salón en donde se celebraba la fiesta de la boda, junto a las tuberías y las torres metálicas, lejos de la luz, del romance y de las hordas de comensales bienintencionados que tomaban fotografías y bailaban canciones pasadas de moda, ellos dos bebieron juntos, sintiéndose cada vez más cómodos y embriagados, pasándose la anforita hasta que esta se vació y se terminó. Luke se la guardó en el bolsillo y, en silencio, como siguiendo una especie de señal tácita, ambos se dirigieron al interior. Allí, encontraron a la señora Sheppard parada en el umbral, con los brazos sobre las caderas. Llevaba puesto un traje sastre de color rosa y un *corsage* enorme, y la combinación la hacía parecer un ramo arrancado de un rosal con espinas y todo.

—¡Ahí estás! –exclamó ella–. ¡Todo el mundo te está buscando!

—Lo siento –respondió Luke–. Necesitaba un minuto.

—Bueno, ven. No puedes salir huyendo de esa manera.

Sujetó a Luke del brazo y tiró de él hacia la sala. Nadia comenzó a seguirlos, pero la señora Sheppard le bloqueó el acceso.

—Esto –le dijo en voz baja– tiene que terminar.

Nadia sintió que volvía a tener doce años. Había sido sorprendida mientras besaba a un chico y era humillada en la parte posterior de la iglesia. Pero, para sorpresa suya, abrió la boca y dijo lo que tanto hubiera querido decir aquella vez.

—No hice nada malo.

—¿A quién crees que estás engañando, muchachita? ¿Sabes cuántas chicas como tú conozco? Desesperadas por ponerle la mano encima a lo que no les pertenece. Así que te lo estoy diciendo ahora: esto tiene que terminar. Ya has causado bastantes problemas.

—¿Qué quiere decir con eso?

—Tú sabes lo que quiero decir –replicó la señora Sheppard–. ¿Quién crees que te dio ese dinero? ¿Tú crees que Luke tenía seiscientos dólares ahí guardados? Te ayudé a realizar tu vileza, así que ahora deja a mi hijo en paz.

La señora Sheppard agitó levemente la cabeza, como retando a que Nadia le respondiera algo, y cuando se aseguró de que la chica no lo haría, se acomodó el *corsage* y volvió a la fiesta. Nadia permaneció en el vestíbulo un largo rato, tanto que Shadi salió a buscarla. Se limitó a asentir cuando le preguntó si se encontraba bien. Más tarde se preguntaría cómo fue que nunca se cuestionó que Luke pudiera obtener tan rápidamente el dinero. En aquel momento se había sentido tan desesperada que se había imaginado que él sería capaz de hacer cualquier cosa. Y ahora sabía que así había sido.

A la mañana siguiente, los recién casados volarían a Francia y pasarían dos días en Niza y dos en Paris. Los padres de Luke les habían pagado aquella luna de miel como regalo de bodas, con ayuda de la congregación. Una de las colectas más grandes en la historia de la iglesia, le había dicho su padre, y Luke se sintió honrado por la generosidad de toda esa gente bienintencionada que ni siquiera sabía cómo pronunciar Niza, pero que de todas maneras habían donado su dinero para mandarlos allá. Él habría sido feliz con una luna de miel más local. Un crucero por México, un viaje a Hawái –se imaginaba topándose con Cherry en el Café Aloha y ordenando un Amanecer de fresa–, pero Aubrey tenía su corazón puesto en Francia. Y a pesar de que él sabía que su mujer sólo quería viajar a París porque Nadia Turner había estado allá, se había mostrado de acuerdo.

Pero eso sería mañana. Esta noche, en su habitación del hotel, se tomó las cosas con calma. Se paró detrás de ella y la ayudó a bajarse el cierre del vestido, asombrado como siempre por la delicadeza con la que estaban confeccionadas las ropas de mujer: los broches diminutos, los estilizados botones. La primera vez que había tratado de desabrochar el sostén de una chica se había hecho un lío con los ganchos, y había sentido un nerviosismo similar al que ahora sentía, vértigo incluso. Tenía miedo de que ella lo decepcionara, y tenía más miedo aún de decepcionarla a ella. Pero tal vez era la suave iluminación del hotel, la champaña que les llevaron a la habitación, o el romanticismo de la boda, las flores sedosas, la música, todas esas decoraciones que su madre obsesivamente eligió. Luke siempre había sido capaz de separar el sexo del amor, pero ahora las dos cosas se hallaban entremezcladas y él se sentía tan impetuoso como cuando tenía catorce años. Bajó el cierre del vestido de Aubrey hasta que pudo ver piel y más piel. Pero ella se llevó las manos a la espalda y lo detuvo.

—Ya sé todo sobre tú y Nadia –le dijo–. Sé que te acostaste con ella.

Luke no podía ver su rostro. Estaba ligeramente inclinada y sujetaba sus cabellos con una mano para alejarlos del camino de la cremallera. Él se quedó paralizado, sin saber si debía negarlo o disculparse.

—Está bien –dijo ella–. Sólo quería que supieras que lo sé.

¿Y cómo lo sabía? ¿Qué le habría contado Nadia Turner? O tal vez Aubrey lo había presentido por sí misma, como si hubiera descubierto, en sus dedos y en los de Nadia, rastros de pintura que ninguno de los dos se había molestado en lavar. Apenas llevaban un par de horas casados y él ya la había herido. Pero de ahora en adelante iba a ser más cuidadoso. Pasó sus manos por las tersas curvas de los hombros de Aubrey y depositó un beso en su nuca. Ella era mejor persona que él, y eso lo convertiría en un mejor hombre. Sería bueno con ella.

En el vuelo de regreso a Detroit, Nadia soñó con Bebé. Bebé, que ya no era un bebé sino un infante, extendiendo sus manitas hacia ella, que tiraba de sus aretes hasta que ella apartaba sus deditos regordetes, que buscaba con ansia su rostro, su mirada. Bebé creciendo hasta convertirse en un niño que aprendía palabras, que rimaba palabras que terminaban con «má» desde el asiento trasero del coche, camino a la escuela; que escribía su nombre con crayones verdes en las portadas de sus libros ilustrados. Bebé corriendo con sus amigos en el parque, empujando a las niñas que le gustan en los columpios. Bebé cavando en la caja de arena de los juegos, en busca de arcilla. Bebé regresando a casa con las ropas olorosas a césped aplastado. Bebé volando aviones en el patio con el abuelo. Bebé buscando las fotos escondidas de la abuela. Bebé aprendiendo a pelear. Bebé aprendiendo a besar. Bebé, convertido ya en un hombre, abordando un avión y colocando su equipaje en el compartimento superior. Ayuda a una mujer mayor a colocar el suyo. Y cuando aterriza, ahí a donde quiera que se dirija, hace que le lustren los zapatos y luego se contempla en aquel espejo negro y ve su rostro, ve el de su padre, ve el de ella.

DIEZ

L LAMARON DEL HOSPITAL SCRIPPS MERCY A LA ME-
dianoche, y antes siquiera de contestar el teléfono,
Nadia supo que su padre había muerto.

Estaba soñando cuando entró la llamada, y quizá no la
habría oído si Zach no la hubiera pinchado en la espalda.
Tan pronto logró abrir un ojo y vio que la pantalla de su teléfono se iluminaba mostrando un número desconocido
supo que algo terrible le había sucedido a su padre: un accidente de auto, un ataque cardiaco. Mientras ella dormía,
su padre había abandonado este mundo; se habría esca-
bullido tan sigilosamente como su madre lo había hecho.
Pero cuando respondió la llamada, una enfermera le dijo
que su padre había tenido un accidente, que una de las pesas con las que entrenaba en el patio le había caído sobre
el pecho. Tenía el diafragma destrozado, dos costillas rotas y un pulmón perforado. Su condición era crítica, pero
estable.

Colgó. A su lado, Zach gruñó con el rostro hundido en
la almohada. Lo había conocido en la clase de Juicio Civil
cuando ambos estudiaban el primer año de la facultad de
derecho. Era un niño mimado de Maine, de tez muy bronceada por haberse pasado todas las vacaciones de verano de

su vida navegando, cabellos rubios y revueltos como los de un Kennedy. Su padre, abuelo y bisabuelo habían sido abogados. Ella, en cambio, pertenecía a la primera generación de su familia en asistir a la universidad y tenía que estudiar con los libros de la biblioteca de la facultad porque no podía darse el lujo de comprarlos, y cuyo estrés causado por el creciente monto de su préstamo de estudios sólo era superado por su miedo a reprobar las materias. Cuando Zach la invitó a salir durante una fiesta celebrada tras los exámenes del primer semestre, Nadia le dijo que dudaba que tuvieran algo en común.

—¿Por qué? –dijo él–. ¿Porque soy blanco?

Siempre hacía referencia a su blanquitud del mismo modo en que todos los liberales blancos lo hacían: reconociéndola solamente cuando se sentían afectados por ella, de lo contrario fingían que no existía. Y, después de todo, resultó que Nadia se había equivocado, y que ella y Zach sí tenían cosas en común. Los dos deseaban ejercer Derecho Civil. Los dos habían crecido en ciudades ceñidas por el mar. Y a los dos les gustaba mandarse mensajes de texto al final de una larga noche de estudios, para inevitablemente terminar en la cama. Nadia no esperaba mucho de él, lo cual era liberador. La pasaba bien en su compañía, algo que ella realmente necesitaba. La ruptura con Shadi la había dejado abatida y la facultad de leyes la había convertido en un manojo de estrés y nervios. Bebía tantas jarras de café durante las largas sesiones de estudios que su mero aroma la ponía ansiosa. El buen humor de Zach, su carácter afable y su creencia en que la vida se resolvía sola eran un consuelo. Nunca antes le había pedido ningún tipo de apoyo emocional, pero más tarde se sentiría agradecida de no haber estado sola cuando recibió la llamada del hospital donde se encontraba internado su padre. Zach la llevó en su auto de regreso a su apartamento y le ayudó a empacar su equipaje. Ella deambulaba por la habitación; sacaba montones de ropa de los cajones y luego los metía en su maleta.

—¿Sabes? –le dijo–. No he visitado a mi papá en tres años.

No había vuelto a casa desde la boda de Aubrey y Luke, desde aquella tarde en que la señora Sheppard la acorraló en el vestíbulo del salón de la fiesta. En los años que siguieron al incidente, Nadia examinó cada detalle de aquel último verano que pasó en Oceanside antes de marcharse a la universidad; la vacilante visita del pastor, durante la cual el hombre se había mostrado inusitadamente preocupado por el bienestar de Nadia, como si en realidad estuviera evaluando el daño que él mismo había causado; la frialdad de la señora Sheppard en el trabajo y su extraña amabilidad, justo antes de que Nadia se marchara. ¿Acaso pensaba que Nadia podría contarlo todo? ¿Aquella era la verdadera razón por la que le había dado el dinero a Luke? ¿No tanto para ayudar a una chica en apuros, sino más bien para deshacerse de ella? Nadia se imaginaba a la esposa del pastor formada en la fila del banco, deslizando su ficha de retiro a través de la ventanilla del cajero y guardando apresuradamente el dinero en efectivo dentro de un sobre, por miedo a encontrarse con algún miembro de la congregación que pudiera ver aquel fajo de billetes y, de alguna manera, saber qué clase de servicio estaba destinado a pagar. Hacía años que la señora Sheppard conocía su secreto. Años enteros durante los cuales Nadia había pensado que había logrado ocultarlo todo, cuando en realidad cualquier clase de encubrimiento había sido virtualmente imposible.

Su secreto había sido descubierto, y Luke jamás planeó decirle que sus padres lo sabían todo. Podría haberle advertido cuando le entregó el dinero. Ella seguramente se habría enfurecido con él por haberles contado, claro, pero en aquel momento se sentía demasiado desesperada como para quejarse de la procedencia del dinero. Pero ahora sólo se sentía furiosa. Se imaginaba a su padre tomando asiento en la banca de la iglesia, todos los domingos, plácido e ignorante mientras los Sheppard lo escrutaban. Pobre Robert, siempre demasiado ocupado transportando cosas en su camioneta como para darse cuenta de lo que estaba sucediendo en su propia casa, incapaz de ver nada que no fuera su propio dolor. ¿Y cuándo había sido la última vez que Nadia había hablado con su padre? Pero conversado de verdad, no a través de apresuradas llamadas telefónicas en Navidad o mensajes de voz que le dejaba en su cumpleaños. A su padre no le gustaba hablar por teléfono y ella había estado demasiado enfrascada en su propia vida. Se sentó en el borde de la cama, súbitamente extenuada. Odiaba los hospitales y no quería ver a su padre en uno.

Zach se asomó a la habitación; se encontraba en el baño, metiendo su cepillo de dientes dentro de una bolsa Ziploc. Era raro verlo en su apartamento. Nadia siempre dormía en el de él.

—Hay que apresurarnos si no quieres perder tu vuelo –le dijo.

—Tres años –susurró Nadia–. ¡Jesús! ¿Qué estaba pensando?

—Mira, lamento toda esta situación, pero debemos irnos al aeropuerto. Y yo tengo que trabajar temprano.

Zach se removía inquieto, con su cepillo de dientes en la mano. Por supuesto que quería largarse de ahí. La estaba ayudando a empacar a mitad de la noche, lo cual por sí solo ya era bastante amable de parte de un hombre que ni siquiera era su novio, o siquiera su amigo, para el caso. Nadia asintió y cerró su maleta. Y no fue sino hasta que se encontró a bordo del avión y miró por la ventanilla y vio las luces de neón que delineaban el aeropuerto O'Hare, que se dio cuenta de que no tenía ni la más remota idea de cuando iba a regresar.

Su padre lloró cuando la vio entrar a la habitación del hospital. Tal vez a causa del dolor o porque le alegraba verla, o tal vez porque le daba vergüenza que Nadia lo viera en aquel estado, tumbado sobre una cama de hospital, con el tórax vendado y un tubo saliendo de su pecho. Ella se quedó inmóvil en el umbral de la puerta, conmovida por la escena. No había visto llorar a su padre desde el funeral de su madre, pero aquello había sido distinto. Encorvado sobre una de las bancas de la iglesia y vestido completamente de negro, su padre había lucido digno, distinguido, incluso. Pero allí en el hospital, enfundado en una bata verde y conectado a todas aquellas máquinas que emitían pitidos, simplemente se veía frágil.

—Lo siento –dijo su padre–, lamento que hayas tenido que volar hasta aquí…

—Papi, está bien –respondió Nadia–, está bien. Quería verte.

Hacía años que no lo llamaba «papi». Había tratado de hacerlo cuando su padre volvió de la guerra; saboreaba la palabra en su boca y se preguntaba cómo reaccionaría su padre. En aquel entonces ella lo necesitaba con desesperación, lo seguía por la cocina, se trepaba a su regazo cuando miraban la televisión y pasaba sus manitas por sus mejillas recién afeitadas para sentir la suavidad de su piel. Pero entonces él había vuelto a acoplarse a la rutina de casa, y ella fue creciendo y descubrió que la palabra «papá» le sentaba mejor: una palabra seca, más bien distante, igual que él. La enfermera dispuso un catre en la habitación, pero Nadia permaneció sentada en la silla junto a la cama y sostuvo la mano de su padre mientras este dormía. Su palma era áspera y ajada. No podía recordar cuándo había sido la última vez que había hecho algo tan simple como tomar la mano de su padre, y no quería soltarla por nada del mundo.

Finalmente cayó en un sueño intranquilo y cuando despertó, a la mañana siguiente, se topó con Aubrey dormida sobre el catre, arrebujada en una delgada manta de hospital. Súbitamente recordó que había llamado a Aubrey desde el aeropuerto: se encontraba histérica y necesitaba hablar con alguien antes de tomar aquel vuelo que duraría cuatro horas. Pero Aubrey no había respondido su llamada. Incluso en California ya era tarde. Le había tranquilizado un poco escuchar la voz de Aubrey, aunque sólo se tratara del mensaje grabado en su buzón.

Se arrodilló junto al catre y acarició el cabello de Aubrey.

—¿Qué estás haciendo aquí? –le susurró.

Los párpados de Aubrey pestañearon antes de abrirse. Siempre le había costado trabajo despertar y sólo regresaba a la consciencia en lapsos. ¿Cuántas veces había sido aquel rostro lo primero que Nadia había visto al despertar?

—Recibí tu mensaje –dijo Aubrey– y aquí estoy.

No se habían visto desde la boda. Cada vez que hablaban por teléfono, Nadia trataba de convencer a Aubrey de que la fuera a visitar a Chicago. Sería más fácil verla así. No podía imaginarse pasando la noche en la recámara de huéspedes de Aubrey y Luke, rodeada de fotografías de la pareja y su nueva vida juntos. Pero Aubrey siempre ponía excusas que le impedían realizar el viaje: estaba demasiado atareada; justo había comenzado a trabajar en una guardería y no quería pedir vacaciones aún; le había prometido a la señora Sheppard que la ayudaría con la conferencia de mujeres benefactoras, con las actividades de los niños de la iglesia, con el almuerzo campestre anual. Tal vez sí estaba demasiado ocupada o tal vez no quería dejar a Luke solo. Tal vez se había convertido en ese tipo de esposa, la que no puede separarse de su marido; la que lo llama constantemente para mantenerlo vigilado y que todo el tiempo se siente culpable y relegada, como un órgano que tiene que arreglárselas para poder existir fuera de su cuerpo. ¿Quién querría ser ese tipo de esposa? Siempre temerosa de abandonar el hogar conyugal, como si éste fuera a desaparecer a los pocos días de que ella se marchara. O tal vez no era miedo lo que sentía, sino algo más. Una profunda satisfacción. Tal vez simplemente no le daba la gana separarse de Luke, por la felicidad que él le producía.

—Lo siento –dijo Nadia–, no era mi intención…

—Shhh –la calló Aubrey, al tiempo que la abrazaba–. ¿Cómo está tu padre?

—Estable. Es lo que dicen las enfermeras, pero no lo sé en realidad, el doctor aún no ha venido. ¿Cuánto tiempo llevas aquí?

—No te preocupes por mí. ¿Quieres café? Déjame traerte una taza.

Aubrey regresó diez minutos después con sendas tazas de una marca de café que Nadia no pudo reconocer. Lo aceptó de todas formas, a pesar de que el olor que emanaba del recipiente le hizo pensar en bibliotecas, libros de texto y exámenes. Si ya de por sí se sentía ansiosa, ¿qué tanto mal podría hacerle una taza de café? Fue a sentarse con Aubrey en la sala de espera, mientras el doctor examinaba el pecho de su padre en busca de señales que delataran una infección. Su padre aún no podía sentarse solo. Luchaba hasta para respirar.

—Dicen que –le contó Nadia–, que de no ser porque papá se encuentra en excelente forma, probablemente habría muerto.

—No pienses esas cosas –le dijo Aubrey–. Se salvó. Es todo lo que importa.

Pero Nadia no podía dejar de imaginarse a su padre, inmovilizado bajo la barra en el patio trasero, completamente solo y atrapado. Si uno de los vecinos no hubiera estado asando carne en su patio, si no hubiera escuchado el grito, su padre podría haberse muerto ahí mismo. Y ella, demasiado absorta en sus estudios para el examen del Colegio de Abogados, demasiado ocupada teniendo sexo casual con chicos blancos, hubiera tardado semanas enteras en llamar a casa. Ni siquiera se habría enterado de que su padre había muerto. Y tal vez nadie más se hubiera enterado tampoco. Apoyó la cabeza sobre el hombro de Aubrey; olía a Luke; como si se hubiera despegado de su abrazo segundos antes de conducir hacia el hospital, y Nadia cerró los ojos y respiró aquel aroma tan familiar.

Una semana después, su padre fue dado de alta del hospital. Nadia se sintió aliviada de poder ir a casa después de haber pasado una semana viviendo con las pocas cosas que apresuradamente empacó en su maleta; una semana en la que apenas había podido pegar el ojo en aquel catre; una semana entera de beber café aguado, mientras los doctores exploraban el pecho de su padre y examinaban su respiración. Una semana durante la cual una interminable procesión de feligreses de la Iglesia del Cenáculo desfiló por la habitación de su padre: la hermana Marjorie, con una rebanada de panqué casero; John Primero, con una biografía de Miles David que recién había terminado de leer; las madres de la iglesia, siempre quejándose y armando alboroto con sus calcetas tejidas a mano, porque en los hospitales siempre hacía muchísimo frío y nunca estaba de más tener un buen par de calcetas abrigadoras; incluso el pastor acudió una mañana a orar e imponer la palma de su mano sobre la frente del padre de Nadia. Todo el mundo parecía sorprendido de verla allí. John Tercero incluso saltó cuando la vio parada en la puerta.

—Miren quién está aquí –dijo, con una mueca que pretendía ser una sonrisa, como si en realidad hubiera esperado que ella se encontrara ausente.

Pero había ido; por supuesto que había regresado a casa para ver a su padre en el hospital. ¿Cómo podían siquiera pensar que no iría? ¿Era por eso que la congregación había ido en bandada a visitarlo? Todo el mundo estaba tan convencido de que Nadia no iría a visitar a su padre enfermo y que lo dejaría completamente abandonado, que se habían asegurado de ir a visitarlo. Ya podía imaginárselos, cuchicheando sobre ella al terminar el oficio dominical;

compadeciendo a su padre por su esposa muerta y por su hija que siempre estaba demasiado ocupada como para venir a verlo. Seguramente se sentirían nobles y respetables por acudir en auxilio de su padre y fungir como la familia que él merecía tener.

Durante el trayecto en taxi que los llevaría a casa, su padre permaneció callado y miró por la ventana, como si estuviera dando las gracias por poder ver la luz del sol nuevamente. Aún no podía caminar solo, así que ella tuvo que ayudarlo a entrar en la casa, sujetándolo como la enfermera le había enseñado. Se dio cuenta, al acostarlo en su cama, que no había vuelto a entrar en aquella recámara desde que ésta se había convertido en la habitación de su padre. Aún dormía del lado izquierdo de la cama, como antes, mientras que el resto del lecho permanecía vacío, como si su madre acabara de levantarse para ir a buscar un vaso de agua.

—Ve a descansar –le dijo su padre–. Estaré bien.

Nadia vaciló, pero finalmente salió de la habitación. ¿Cómo podría ayudarlo así como estaba, medio dormida del cansancio? Se dio una ducha y se acostó en su cama, y estaba a punto de quedarse dormida cuando escuchó que tocaban el timbre. Cuando abrió la puerta, se encontró con Luke Sheppard en los escalones de la entrada. Llevaba un tupperware rojo bajo el brazo, mientras que con el otro se apoyaba sobre un bastón de madera.

—Soy parte del ministerio de los enfermos y los impedidos –dijo–. ¿Puedo pasar?

Luke llevaba el matrimonio a cuestas. Se veía más viejo y más robusto ahora, no tanto gordo sino satisfecho. Llenaba por completo aquel suéter azul cielo que seguramente

Aubrey le había comprado –él jamás habría elegido ese color pastel, jamás habría notado los finos acabados del tejido–, con la satisfacción de un hombre que ya ha sido liberado de tener que tomar cualquier decisión en su vida, y que dependía de una mujer para conseguir suéteres. Caminó lentamente hacia la cocina, apoyándose en su bastón, y le preguntó dónde debía colocar la comida.

—No necesito tu comida –le dijo Nadia.

—No es mía –respondió él–, es de la gente del Cenáculo.

Había dejado de afeitarse la barba también. Se lo imaginó renunciando a la rasuradora enfrente del lavabo –si ya estaba satisfecho, ¿para qué necesitaba afeitarse?–, y a Aubrey burlándose de él mientras se cepillaba los dientes. Tal vez a ella le gustaba su barba, la forma en que le hacía cosquillas cuando se besaban. Tal vez él ya sólo hacía lo que a ella le gustaba.

—Le dijiste a tus padres.

—¿Qué?

Pareció desconcertado, pero un segundo después su rostro se relajó y sus hombros se desplomaron. Clavó la mirada en las baldosas del piso.

—Necesitaba el dinero –respondió.

—¡Hubieras inventado algún pretexto!

—Se hubieran negado –dio un paso hacia Nadia–. Tenía que darles un buen motivo.

—Y ese buen motivo –replicó ella– era que *yo* estaba embarazada de *tu bebé*.

—No es eso…

—Apuesto a que tu madre se largó saltando de felicidad al banco…

—Necesitabas el dinero –respondió él–. Lamento no haberte dicho. Sólo pensé que... sería mejor así. Te hubieras preocupado.

—Sólo vete –le dijo Nadia.

Luke se marchó sin mirarla a los ojos. No le importaba en lo absoluto haberla herido. Ahora tenía una buena vida y ella no había hecho otra cosa más que arrastrarlo al pasado. Durante los largos momentos de calma de la tarde, Nadia pensó en él, en lo tranquilo que se había mostrado. Eso siempre la había perturbado del matrimonio: lo satisfechas que parecían las personas casadas, lo incapaces que eran de exigir algo más de la vida. No podía imaginarse a ella misma sintiéndose satisfecha. Siempre estaba en búsqueda de un nuevo reto, de un nuevo trabajo, una nueva ciudad. En la facultad de leyes se había vuelto quisquillosa y analítica, una persona aguda, mientras que Luke se veía satisfecho y redondeado. Todo el tiempo Nadia se sentía hambrienta –siempre anhelando algo, siempre necesitando más y más– mientras que Luke se apartaba de la mesa, completamente ahíto, dándose palmaditas en el vientre.

Hice cita con el doctor, escribió Aubrey en la computadora. Esperó un instante y rmiller86 le contestó:

¿Bebé?

Por un segundo pensó que él había desobedecido las reglas. Nada de palabras dulces, nada de coqueteos; pura conversación entre amigos. Miller fue el primero en escribirle por correo electrónico, un año atrás. *No sé si me recuerdes*, comenzaba su misiva, pero cuando Aubrey vio aquel nombre en su bandeja de entrada se vio devuelta al húmedo beso que se habían dado en el piso de aquel mugroso baño y sintió que una ráfaga de calor le recorría el cuerpo. Por supuesto que lo recordaba. ¿Creía acaso que ella andaba por ahí, revolcándose en los baños con cualquier extraño, como para no recordarlo? Llamó por teléfono a Nadia, furiosa de que su amiga le hubiera dado su correo electrónico a Miller.

—¡Jesús, Aubrey! –replicó Nadia–, eso fue hace como mil años. Pensé que sería divertido. ¿Qué iba yo a saber que de verdad te escribiría?

Aubrey jamás le habría respondido el correo si él no hubiera mencionado que se encontraba en Iraq. No podía decirle exactamente dónde –por cuestiones de seguridad– pero ella se lo imaginaba en un sitio caluroso y horrible, cubierto de polvo y esquivando bombas. Un soldado completamente solo en el desierto. No tenía nada de malo responderle. Escribirle era correcto, incluso un acto patriótico. Además, se encontraba del otro lado del mundo. No habría ningún piso, ningún baño. Sólo un poco de conversación entre amigos.

Su nombre de pila era Russell. Aubrey se imaginaba que su familia y sus amigos lo llamaban Russ de cariño, tal vez incluso Russy, de pequeño. Comenzó a enviarle paquetes de regalo dirigidos al teniente Russel Miller, cajas llenas de cosas que él le pedía: jabón, caramelos de goma, revistas de autos; y también de cosas que no pedía: galletas caseras, novelas o incluso una fotografía de ella, como la que se tomó el pasado Día de las madres, cuando faltó a la iglesia y se fue a pasear en auto con Mo y Kasey por la autopista del Pacífico. En la imagen, Aubrey aparecía acurrucada bajo el brazo de su hermana y el tirante de su blusa rosa se había deslizado un poco, descubriéndole parcialmente un hombro. Le había mandado aquella foto a Russell porque era la más natural que tenía, la más natural que alguien le hubiera tomado en su vida. Era una instantánea bastante inocente –si hasta su hermana salía en ella, por Dios Santo–, pero a veces se preguntaba si Russell notaría lo del tirante de su blusa, si acaso se imaginaba junto a ella, deslizando sus dedos bajo la prenda. Si así era, él jamás le dijo nada. Le dio las gracias por la fotografía. «Siento como si conociera a tu hermana» le escribió, «como si ella también fuera mi madre.»

Se sentía solo. Y ella también. Acababan de ascender a Luke a jefe de piso del centro de rehabilitación, y por eso trabajaba más horas. También había empezado a pasar las tardes en la Iglesia del Cenáculo, ayudando a su padre. Y entre la iglesia y el trabajo, no tenía tiempo de acompañarla al doctor para ver por qué le costaba tanto trabajo embarazarse.

—No puedo ir –le había dicho durante la cena, llevándose un ejote a la boca–. Carlos me puso a entrenar a un par de chicos nuevos.

Ahora era frecuente que comiera de esa manera: recargado en la barra de la cocina. Si te desvivías por cocinarle a un hombre una comida completa, lo menos que este podía hacer era sentarse a comerla.

—¿Y no puedes posponerlo?

—¿Cómo?

—No lo sé. Realmente me sentiría mejor si pudieras acompañarme.

—Y yo me sentiría mejor si todo el mundo dejara de obsesionarse con tener bebés –respondió él–. Somos jóvenes. Tenemos mucho tiempo.

Llevaban un año tratando de concebir. Aubrey odiaba esa palabra: *tratando*. ¿Por qué a ellos les costaba tanto esfuerzo, tanto trabajo conseguir lo que millones de personas en el mundo lograban con facilidad cada año? Compraba cajas enteras de pruebas de embarazo en la tienda de Todo por 99 centavos, y se hacía una cada dos semanas, a pesar de que ni siquiera tenía motivos para pensar que estaba embarazada, como quien arroja una moneda al pozo de los deseos. Cuando iba a tomar té con la señora Sheppard le parecía que su suegra la miraba con lástima, como se mira a un niño encantador, pero incapaz de llevar a cabo la tarea más sencilla. Escuchaba los consejos que la madre de Luke le ofrecía: los superalimentos especiales para embarazarse que debía probar, las vitaminas que un doctor que salió en el programa de Oprah había recomendado. Y ahora que finalmente había hecho cita con el doctor, Luke ni siquiera la acompañaría.

—No lo entiendo –le contó a Nadia–. ¿Por qué actúa como si no pasara nada?

Estaba sentada en la mesa de la cocina de los Turner, mirando cómo su amiga llenaba un organizador de píldoras con las medicinas de su padre.

—No lo sé –respondió Nadia–, a lo mejor tiene razón. Es decir, tal vez sólo necesitas relajarte.

—Estoy relajada. ¿Acaso no me veo relajada?

—Ya sé. Quiero decir… tienes mucho tiempo, es todo.

Nadia abrió un nuevo frasco de medicinas y contó las tabletas en la palma de su mano. Parecía agobiada y distraída, demasiado preocupada por la salud de su padre como para interesarse en algo más, y Aubrey deseó no haber mencionado lo de la cita con el doctor. Luke siempre le decía lo mismo –que contaban con muchísimo tiempo para tener un hijo– pero ella sentía que le estaba fallando. No podía embarazarse y sabía que era culpa suya porque Luke ya había embarazado accidentalmente a alguien, a esa chica anónima. Aquella chica ni siquiera había deseado aquel hijo, mientras que Aubrey no era capaz de crear al bebé por el que rezaba todas las noches. Ya se sentía bastante egoísta por haber traído a colación lo de su cita mientras su amiga contaba píldoras con el ceño fruncido. Además, nunca le había contado sobre el bebé abortado de Luke. No se lo había contado a nadie más que a Russell, pero era diferente. Russell no era nadie, sólo un fantasma que se aparecía en la pantalla de su computadora: cerraba su laptop por las noches y, con un clic, desaparecía.

En la facultad de leyes, Nadia había vivido sometida a un rígido programa y cada hora de su vida estaba milimétricamente planeada. Pero en el hospital, donde los largos periodos de espera eran únicamente interrumpidos por las breves visitas de los médicos, se había sentido completamente trastornada, como flotando en el tiempo. Y cuando al fin pudo volver a casa, creó su propia agenda. No la escribió en ningún lado, como antes solía, en un calendario sobre el pequeño pizarrón que tenía en su apartamento, sino que procedió a memorizarla, y pronto su padre también se la aprendió. Se levantaba a las seis de la mañana y checaba la respiración de su padre; luego se daba una ducha. Ahora su padre dormía en el sillón reclinable de la sala –le resultaba demasiado doloroso acostarse–, así que cada mañana le daba un masaje en los hombros para aliviarle el dolor de cuello. Lo ayudaba a ir al baño, pero sólo hasta la puerta. Su padre aún era demasiado orgulloso como para permitir que ella lo ayudara a bañarse, aunque Nadia comenzaba a ser cada vez más consciente de que, tarde o temprano, llegaría el día en que tendría que auxiliarlo. Tal vez no a causa del accidente, sino porque en un futuro su padre, igual que todo el mundo, envejecería y se volvería como un niño. Tal vez eso era justamente lo que su madre había tratado de evitar. Tal vez era mejor desaparecer cuando todavía era joven y capaz, que aguardar su propio y eventual declive.

El doctor le había dicho a Nadia que la principal complicación del accidente de su padre eran las infecciones, pero ella sabía que había más cosas de qué preocuparse. Neumonía, colapso pulmonar, fluido en el pecho y el dolor. Incluso si no existía ninguna complicación, el puro dolor que su padre sentía bastaba para impedirle respirar profundamente. Cada mañana lo revisaba en busca de signos de fiebre y lo guiaba en sus ejercicios de respiración, que consistían en diez inhalaciones profundas cada hora. Le ponía bolsas de chícharos congelados sobre el pecho, para ayudarle a disminuir la inflamación. Lo animaba a toser, siempre temerosa de encontrar sangre en su esputo. Tres semanas más tarde, se encontró examinando la flema que su padre había escupido en un pañuelo desechable doblado, y se dio cuenta de que no sentía ningún asco. Estaba demasiado preocupada como para sentir algo.

Estaba comenzando a pensar como una enfermera, le dijo Monique. Cuando su padre fue dado de alta, Monique fue a verla y le explicó qué eran y para qué servían todos los frascos de medicina alineados sobre la cómoda de su padre. Le mostró a Nadia cómo sostener a su padre para que este pudiera toser sin sentir tanto dolor, cómo auscultar su pecho en busca de fluidos, cómo debía ayudarlo a dar pequeños paseos por la sala para mantener su sangre circulando. Nadia se concentró en esa rutina; la mayor parte de los días ni siquiera salía de casa.

—Tienes que volver a la escuela –le dijo su padre un día–. No puedes quedarte aquí sin hacer nada.

Nadia lo estaba ayudando a cambiarse para dormir; le estaba poniendo su camiseta con las siglas del Cuerpo de Marines. Trataba de no mirar sus cicatrices, las partes de su pecho que aún lucían amoratadas.

—No estoy perdiendo el tiempo –respondió ella–. Estoy estudiando para el examen del Colegio de Abogados. Es lo que estaba haciendo en Chicago, de todas formas.

No quería que su padre se enterara de que había interrumpido su vida por él. Otros padres se habrían sentido conmovidos por ese gesto, pero el suyo sólo se sentiría mortificado. Ella había heredado eso de él, esa incapacidad para pedir ayuda, como si necesitar algo fuera una inconveniencia. Siempre se aseguraba de estudiar frente a él, a pesar de que apenas lograba concentrarse. Después de algunos minutos, alzaba la vista jurando que había detectado un ruido en la respiración de su padre: una obstrucción en su pecho o el silbido de los fluidos llenando sus pulmones. Escuchaba padecimientos imaginarios. Sentía que se estaba derrumbando. Una noche, cuando el dolor era tan intenso que su padre no podía dormir, se sentó en la cama a su lado y le apretó la mano. Quiso llevarlo de regreso al hospital, pero su padre se negó.

—¿Qué van a hacer ellos? –resolló–. ¿Darme medicinas? Ya tengo medicinas aquí. No necesito ningún hospital.

Le contó historias de guerra, de cómo fue crecer en Luisiana con unos padres que se odiaban mutuamente. Su madre lo había criado a él y otros cinco hermanos, mientras su padre trabajaba como obrero en una refinería petrolera y luego iba a gastarse el salario de la semana en las casas de juego y los burdeles. Regresaba a casa del trabajo, sudoroso y cubierto de hollín, y su esposa acarreaba el agua para su baño y planchaba su camisa para que él pudiera salir a gastarse la paga en licor y mujeres. El padre de Nadia nunca entendió por qué ella hacía eso. Se sentaba en el borde de la bañera, de esas antiguas con patas en forma de garra –llevaba los cabellos atados en una trenza larguísima que descendía por su espalda y cuya punta se enroscaba– y vertía en ella el agua caliente. A veces añadía unas gotas de agua de colonia y el aire de la casa, que normalmente olía a comida y a mugre, se llenaba con aquella agradable fragancia. En el catecismo, cuando el sacerdote hablaba de la mujer que había derramado costosos perfumes sobre los pies de Jesús, el padre de Nadia siempre pensaba en la devoción que su madre sentía por su esposo. Por lo menos Jesús se había mostrado agradecido. Su padre nunca le daba las gracias a su madre por nada.

Un día nublado, la madre se encontraba en el patio delantero, lavando ropa en una pila, mientras que sus hijos jugaban a las canicas en el porche. Su esposo salió de la casa y bajó las escaleras, recién bañado y perfumado y ataviado con una camisa que ella misma había planchado y almidonado. Se dirigía a jugar billar, donde perdería toda la paga de la semana y luego regresaría en la madrugada, con aquella inmaculada camisa blanca convertida en una ruina y apestando al almizcle de una mujerzuela. Y después de pasarse todo el día haciendo fila para recibir la ayuda del gobierno, tendría que volver a lavar aquella camisa. Se quedó mirando la pileta, sus dedos encogidos por el agua caliente, los kilos de camisas y overoles y calzoncillos que le aguardaban en la cesta. Como más tarde contaría, sintió una pesadez en el pecho, como si todas aquellas camisas estuvieran estrujándole el corazón. No lo pensó. Sus dedos se cerraron en torno al mango de un picahielos que se encontraba tirado junto a la bomba del agua y que clavó en la espalda de su marido. El hombre se desangró en la pileta.

—El agua se puso roja, roja —dijo su padre—. Nunca había visto nada más rojo en mi vida.

Llevaba el nombre de su padre, pero no quería ser como él. Cuando se enlistó en los marines, sus superiores notaron que era sereno y tranquilo, un sujeto más bien reservado. Lo apodaban «Monaguillo» debido al rosario que siempre llevaba debajo del uniforme. Cuando lo transfirieron al Campamento Pendleton, le tocó un compañero de litera llamado Clarence, un hombre simpático y escandaloso que era exactamente lo opuesto a él, por lo que en seguida se hicieron amigos.

—Quería presentarme a su hermana —le contó su padre—. Yo pensaba que seguramente era fea. Cuando un tipo te insiste tanto en presentarte a su hermana, generalmente lo es. Los que tienen hermanas bonitas no quieren que sus amigos anden atrás de ellas. Pero él dijo que nos íbamos a caer bien —su padre miró en dirección a la puerta acristalada, donde resplandecía la luz rosa del amanecer—. Yo no podía creer lo linda que era, y lo joven. Creo que yo también era muy joven. Pero había visto a mi padre desangrarse en la pileta y nunca volví a sentirme joven después de eso. Pero tu mamá era radiante. Me sonreía y yo sentía que mi pecho iba a explotar.

Finalmente, su padre se quedó dormido al mediodía, con la cabeza inclinada hacia la ventana. Para cuando el timbre sonó aquella tarde, Nadia llevaba despierta más de veinticuatro horas. Se tambaleó hasta la puerta, pensando que se trataba de Aubrey, pero en vez de su amiga era Luke el que se encontraba en la entrada, sujetando contra su estómago un recipiente de plástico lleno de comida. Nadia sabía que lucía espantosa: escuálida y maléfica, con la cara hinchada y ojerosa, vestida con una camiseta que le colgaba del cuerpo y el cabello amarrado en una cola de caballo enmarañada. No había comido ni dormido ni se había bañado en muchas horas. Ante la mirada sorprendida de Luke, se sintió disminuida, un pedazo insignificante de ella misma, como un cubo de hielo que alguien chupa en su boca hasta dejarlo convertido en una delgada medialuna.

Luke la condujo a la mesa de la cocina y calentó en el microondas un plato de pollo con arroz. Nadia se abrazó a sí misma y contempló cómo Luke se movía en silencio por la cocina, cómo sacaba la comida del microondas antes de que éste sonara su alarma, cómo cerraba el cajón de los cubiertos sin hacer ruido. Colocó el plato humeante frente a ella.

—Come —le ordenó.

—Debí haberlo visitado —respondió ella.

—Tienes que comer algo.

—Debí haber venido a casa más seguido.

—¿Y eso en qué hubiera cambiado las cosas? Incluso aunque hubieras estado aquí, ¿qué podías haber hecho?

¿Levantar tú esas pesas de cincuenta kilos? –le acercó el plato–. Tienes que comer ahora. Tienes que estar fuerte para poder ayudarlo.

—Lo abandoné –dijo ella.

—Te fuiste a la universidad. Él quiso que fueras.

—Lo abandoné igual que mi madre.

Luke le tocó la mejilla y ella cerró los ojos, fundiéndose en la ternura de su caricia.

—No –dijo él–. No es lo mismo.

—Lo es –replicó Nadia–. Siento como que yo tendría que haber sido mi madre para ambos.

Comenzó a llorar. Luke la estrechó contra su hombro. Luego la tomó de la mano y la alejó de la mesa de la cocina. En el baño, se hincó con su rodilla sana y abrió el agua de la llave.

—¿Por qué haces eso? –preguntó ella.

—Porque quiero cuidarte –respondió él con tranquilidad.

Más tarde, Luke colocaría un vaso de agua sobre su mesita de noche y la arroparía bajo las mantas de la cama. Ella caería en un sueño muy profundo, relajada como no lo había estado en semanas, pues Luke se quedaría en la sala cuidando a su padre. Y antes de quedarse dormida, pensaría en lo mucho que había deseado aquello cuando despertó de la anestesia en la clínica de abortos. Que Luke estuviera con ella, que la hubiera cuidado. Estaba cansada de cuidarse sola. Pero, por ahora, Luke salió del baño cuando ella empezó a desvestirse, como si nunca antes la hubiera visto desnuda, como si no conociera ya los contornos de su cuerpo, hasta el hoyuelo que se le hacía en el vientre, ahí donde su madre decía que Dios la había besado. Luke solía besarla también en aquel preciso sitio, encajando sus labios en los de la divinidad. Se sumergió en el tibio baño de burbujas y cerró los ojos.

Por la mañana, Luke trajo la medicina de su padre y Nadia lo besó en la cocina. La bolsa de papel de la farmacia crujió entre sus dedos cuando la rodeó por la cintura con su brazo. En la recámara de Nadia, las cortinas oscilaban a causa de la brisa, mientras Luke la depositó sobre la cama en donde dormía cuando era niña, la cual crujió bajo el peso de ambos. Silencio, silencio. Sin los movimientos frenéticos que solían hacer de más jóvenes, cuando subirse el vestido y bajarse los pantalones hasta las rodillas les bastaba. Ahora Luke se desabotonó la camisa y la colgó del respaldo de la silla. Le quitó lentamente los calcetines. Liberó sus cabellos recién lavados y enterró su rostro en ellos. Ahora todo era más lento, deliberado, y se amaban como las personas lastimadas, extendiendo con cuidado sus músculos heridos, para ver hasta dónde podían soportarlo.

ONCE

N O ERA UNA AVENTURA.
Las aventuras eran para amas de casa solitarias y alcohó-
licas, o para hombres de negocios lujuriosos, adultos de
verdad que hacían cosas de adultos, mientras que todo lo
que ella hacía era acostarse a escondidas con su novio de
la preparatoria en la cama en donde solía dormir de niña.
Podía sentir cómo cada una de las capas de su pasado se
iba desprendiendo. Como si lentamente estuviera volviendo a su antigua vida. Luke encima de ella, con su calor y
su peso tan familiares que hacían que todos los hombres
con los que había estado después se disiparan como la bruma de primavera. Iba a verla a la hora del almuerzo y ella
lo metía furtivamente a su habitación mientras su padre
tomaba su siesta vespertina. En su cama, Luke dejaba de
estar casado. No conocía a Aubrey. Ella volvía a tener diecisiete años, como cuando caminaba de puntillas por la casa
de los padres de Luke, sólo que ahora debían ser todavía
más cuidadosos para que el bastón de Luke no resonara con
tanta fuerza contra el suelo.

Allí en su cama, Nadia podía creer en lo imposible. Sentía que se volvía más joven, que su piel se tornaba más tersa y lozana, que su mente se iba vaciando de los libros de texto que había leído. Luke dejaba de estar tullido y regurgitaba el montón de aspirinas que había tomado. Dejaba también de amar a Aubrey. Y cuando la besaba, ella volvía a sentirse intacta, como si el bebé nunca se hubiera formado en su interior, como si sus vidas fueran dos cosas separadas.

Nadia se escindía del tiempo. Sus días se dividían en antes y después. Antes de que Luke la visitara limpiaba la cocina, ayudaba a su padre a ir al baño, le daba su medicina, se bañaba. Se peinaba el cabello, pero no se maquillaba –demasiado esfuerzo de su parte arruinaría la naturalidad de sus encuentros– y conducía a su padre hasta el sillón. Después de Luke se bañaba de nuevo y cerraba los ojos en medio del vapor, como si el agua caliente pudiera enjuagar lo que acababa de hacer.

Algunos días no hacían el amor. Algunos días, Luke se sentaba ante la mesa de la cocina y ella le preparaba un emparedado. Sentía que la observaba mientras ella cortaba el emparedado a la mitad y se imaginaba que aquel pequeño momento era completamente normal para ellos. Tomaba asiento en la silla de enfrente y colocaba su pierna sobre el regazo de Luke, y él comía y acariciaba su pantorrilla por debajo de la mesa. Las aventuras eran asuntos oscuros y secretos; no tenían nada que ver con un simple almuerzo en una cocina soleada mientras el padre de Nadia dormía la siesta en la sala. Pero esos días tranquilos, en los que permanecían completamente vestidos, eran los más traicioneros de todos, los más íntimos.

—Te amo –le susurró Luke una tarde, mientras acariciaba el vientre con la punta de los dedos, y Nadia se preguntó si estaría hablando con ella o con el fantasma del niño que habían procreado. ¿Podías acaso dejar de amar a un niño, incluso a uno que nunca había nacido? ¿O ese amor se transformaba en algo más? Deseó que Luke no hubiera dicho nada; estaba forzando los límites de la fantasía. ¿Qué significaba el amor para ella, de cualquier manera? Su madre le había dicho que la amaba y después la había dejado. Y no había nada más desolador que el momento en que te dabas cuenta de que te habían abandonado.

—Me dejaste –le dijo–, me abandonaste en esa clínica...

—Pero estoy aquí –respondió él–. He regresado.

La mañana de su cita, Aubrey se sentó en la sala de espera y miró un video sobre enfermedades cardiacas que reproducían en un televisor que colgaba del techo. Glóbulos rojos de caricatura descendían por un tobogán y se estrellaban unos contra otros, como carritos chocones. La principal causa de muerte entre las mujeres, le recordó el video, mientras volvía a reproducirse por tercera vez consecutiva. ¿Se suponía que aquella caricatura te haría sentir mejor respecto a que tu corazón podría estar matándote lentamente? Suspiró y optó por tomar una revista. Odiaba ir al doctor. Cuando recién se había mudado a Oceanside, su hermana la había llevado a una interminable serie de ellos. Un médico le realizó un examen físico; Aubrey había tratado de no llorar mientras se desabotonaba los jeans y se colocaba una delgada bata de papel. Se sentía asqueada; se imaginaba a Paul esparciéndose en su interior como un virus. Pero estaba completamente sana, había dicho el doctor, y Aubrey se negó a dirigirle la palabra a su hermana durante el trayecto de regreso a casa; se sentía avergonzada de que Mo hubiera pensado que podía estar enferma. Después la había mandado con un psiquiatra que le recetó un antidepresivo, pero ella ni siquiera abrió el frasco naranja que quedó empolvándose en el fondo de su cajón. Vio también a un terapeuta que le hacía preguntas banales sobre la escuela –nunca sobre Paul– pero igualmente se sentía mal durante las sesiones porque sabía que esas otras preguntas estaban al acecho. Después subía al auto de Kasey y apoyaba su cabeza contra la ventanilla hasta que llegaban a casa. Por la noche, oía cómo Mo y Kasey discutían en su recámara; los muros eran demasiado delgados como para disimular aquellos susurros llenos de furia.

—Lo único que estoy diciendo –decía Kasey– es que si ese doctor la estresa tanto, ¿entonces qué? ¿Tendremos que mandarla a otro doctor para que ése la cure del primero?

Una polilla entró aleteando en la sala de espera. Sus alas marrones eran delgadas como una costra. Aubrey se mordió la uña del pulgar –un hábito asqueroso, decía siempre su madre– mientras la polilla daba vueltas por toda la habitación, pasando junto al escritorio de la recepcionista, frente a la ventana que daba a la calle, por encima de dos mujeres que se encontraban sentadas justo debajo del televisor, con sus alas plegadas como la punta de una flecha. Su hermana le había llamado aquella mañana y le había pedido que la pusiera al tanto en cuanto saliera del consultorio médico. Llevaba meses tratando de que Aubrey hiciera esa cita. ¿Acaso no quería respuestas? ¿Acaso un diagnóstico –por negativo que fuera– no sería mejor que pasarse el tiempo imaginando las razones por las cuales no se embarazaba? Quizá, pero Aubrey odiaba la idea de esperar a que un doctor le dijera lo que le ocurría a su cuerpo. De todas formas, había hecho la cita, lo cual sólo indicaba una cosa: estaba comenzando a sentirse desesperada.

En la oficina del doctor Toby, Aubrey se tendió de espaldas y miró a los ojos a Denzel Washington. El doctor había colocado carteles de actores guapos en el techo. «Ayudan a que mis pacientes se relajen», le había dicho durante su primera visita, con una sonrisa maliciosa. Apretó los puños cuando los instrumentos helados del doctor se introdujeron en su cuerpo. Aún se ponía tensa cuando algo entraba en ella, incluso los dedos de Luke. Durante su noche de bodas, Aubrey había sentido tanto dolor que los ojos se le llenaron de lágrimas. Pero no había dicho nada y Luke continuó introduciéndose dentro de ella, con parsimonia e insistencia. ¿Cómo era posible que él no se diera cuenta de que la estaba lastimando? O peor aún, ¿cómo era posible que no le importara? Si realmente la amaba, ¿cómo podía disfrutar de algo que le causaba tanto dolor? Pero lo había soportado porque se suponía que eso era justamente lo que debía hacer. Se suponía que la primera vez de una chica era siempre dolorosa. Soportar el dolor era lo que te convertía en mujer. La mayor parte de los hitos de la vida de una mujer iban acompañados de dolor, como la primera vez que se hacía el amor, o cuando se paría a un niño. Para los hombres todo era orgasmos y champaña.

No había imaginado que la segunda vez sería igual de dolorosa, o la tercera, o incluso ahora, años después, todavía odiaba el momento en que Luke la penetraba. Él sí lo disfrutaba –y podía darse cuenta por la forma en que su esposo cerraba los ojos y se mordía los labios– pero ella siempre apretaba los puños hasta que se acostumbraba a la sensación de tenerlo dentro de ella. Había leído en internet que podía ser algo psicológico. Le repugnaba la idea de que Paul aún persistiera en algún rincón de su mente, como si estuviera contemplándola, al pie de su cama, mientras Luke la tocaba. O tal vez su problema no tenía nada que ver con Paul. Tal vez su problema era que no conseguía excitarse lo suficiente. En la página que había consultado decían que las mujeres deben verbalizar sus deseos, pero ¿qué se suponía que debía decir? ¿Había que hablar con una voz jadeante y zalamera, como las mujeres sensuales hablaban en las películas? ¿O había que ser vulgar y grosera? ¿De verdad a los hombres les gustaba eso? Una vez, Luke le había dicho que le habría gustado que ella tuviera más iniciativa.

—Siento como si no me desearas –dijo.

Ella se había quedado estupefacta. Por supuesto que lo deseaba, era el único hombre al que había deseado en toda su vida. Pero no sabía cómo hacer para que se sintiera deseado. Sacó los negligés y la lencería que le habían regalado en su despedida de soltera, y examinó las prendas por un momento, antes de volver a meterlas en el cajón. Compró crema batida y jarabe de chocolate, pero nunca supo cómo hacer la transición de la cama al refrigerador, así que acabó llevándolo todo a la fiesta de cumpleaños de Kasey, para comerlos con el pastel y el helado. Tal vez su cuerpo estaba perfectamente bien. Tal vez sólo era pésima en la cama y aburría a su esposo. Tal vez si fuera más sensual, más atrayente, ya estaría embarazada.

El doctor Toby le dijo que no se preocupara.

—Todo está muy bien –le dijo–. Los dos son jóvenes y saludables. Sólo relájese. Tome un poco de vino.

Tomar un poco de vino, como si con eso bastara. ¿Para eso había pasado tantos años estudiando en la facultad de medicina? ¿Para acabar recomendándole eso? Condujo hacia la oficina de la señora Sheppard, furiosa con aquel doctor que le había hecho perder el tiempo, pero la señora Sheppard le dijo que debía alegrarse. Después de todo, el doctor bien podría haberle presentado un informe mucho más negativo. Podría haberle dicho que era estéril sin remedio, que no tenía oportunidad alguna de concebir. Pero en vez de eso, le había dicho que estaba sana. Su suegra extendió una mano a través de la mesa y estrechó la de Aubrey.

—No te angusties, cariño –le dijo–. Todo a su debido tiempo. No puedes apresurar la voluntad de Dios.

Aquella noche, Luke llegó tarde del trabajo. Aubrey dormía cuando lo escuchó dar tumbos en la oscuridad mientras se quitaba la ropa. Cuando recién se habían casado, ella se sobresaltaba cada vez que lo oía moverse en la oscuridad. Podía ser cualquiera, alguien que se hubiera metido al apartamento. Pero ahora conocía la cadencia de los pasos de su esposo, la forma en que se quitaba los pantalones y la camisa antes de meterse en la cama con ella. Percibía su aroma habitual, una esencia dulzona y cálida; masculina. La cama olía siempre a él, y durante las escasas noches que habían tenido que dormir separados, ella siempre colocaba la almohada de él sobre la suya. Como cuando eran novios y ella siempre dejaba su suéter en el respaldo de la silla de la cocina, justo donde él colgaba su chamarra, para que la colocara encima y después, al marcharse, su suéter oliera a él durante todo el camino.

Giró hacia él y acarició su vientre tibio. Si bajaba la mano unos cuantos centímetros, podría meter la mano bajo sus calzoncillos. Podría besarlo y montarse encima de él, como había hecho con Russell, tiempo atrás, en aquel baño en la playa. Russell era un completo extraño, pero no se atrevía a tocar a su marido ella primero. Pero antes de que pudiera hacer algo, Luke tomó su mano y le besó la palma. Se dio la vuelta y se quedó dormido.

Bajo la lánguida luz del ocaso, Luke jadeaba en el patio de Nadia mientras levantaba las pesas del padre de ésta, recostado en el banco. Estaba haciendo tiempo, aguardando a que Nadia terminara de recalentar la cena y a que su padre se durmiera frente al televisor, para así poder pasar una hora con ella en su recámara. Generalmente nunca la visitaba tan tarde, pero hoy se le había presentado una ocasión inesperada: le habían cambiado de horario en el centro de rehabilitación sin previo aviso, de modo que, por una vez, no le había mentido a su mujer en la mañana cuando le dijo que tendría que trabajar hasta tarde. Era más hábil mintiendo de lo que siempre había creído. Le asustaba un poco la facilidad con la que podía convencerse a sí mismo de que no estaba haciendo nada malo. Y todo porque Nadia había sido la primera, su primer amor, de modo que, tal vez, de alguna manera, ella tenía el legítimo derecho a reclamar su corazón. Tal vez era un poco como salirse de la fila del supermercado para ir por una barra de pan: nadie podía enojarse contigo si regresabas a tu lugar. No te estabas colando, ya habías estado antes ahí.

Gruñía cada vez que levantaba la barra. Ya tenía varios días que hacía eso, jugando con las pesas del padre de Nadia tan pronto llegaba a la casa. Había engordado y de pronto había comenzado a ser consciente de ello cada vez que se desvestía frente a Nadia. Las últimas veces que lo había visto desnudo él se encontraba en excelente forma: pesaba un poco menos de cien kilos y tenía un porcentaje de grasa corporal del 5 por ciento. Ahora tenía barriga y sus duras pantorrillas y sus tensos bíceps se habían ablandado. Se estaba poniendo gordo, igual que los exalumnos que acudían a ver los entrenamientos del equipo de futbol, durante las fiestas de inicio de clases de la universidad. Luke y sus compañeros de equipo se habían burlado disimuladamente de ellos, de esos hombres que habían seguido comiendo como si todavía practicaran futbol cuando ya no hacían nada. Él ya sabía que algún día iba a ponerse así, pero jamás había pensado que ese día llegaría tan pronto.

Desde que él y Nadia habían vuelto a acostarse, Luke comenzó a comer más sanamente, evitaba el postre y hacía lagartijas en el piso del baño. Todo aquel asunto le daba mucha vergüenza y se sentía como un adolescente inseguro, pero tal vez eso era lo que Nadia quería. Ella lo había amado en aquel entonces, cuando era joven, apuesto y cruel. Ya no quería volver a ser cruel con ella, pero al menos podía recobrar su atractivo.

—¿Las quieres?

Luke colocó la barra sobre el travesaño y se incorporó, con los músculos de los brazos ardiéndole. Nadia se encontraba de pie detrás de la puerta de tela metálica.

—¿Qué? –dijo.

—Llévatelas –respondió ella, señalando las pesas.

—Pero son de tu padre.

—Ya no las necesita. Casi lo matan.

Nadia se recargó contra el marco de la puerta y procedió a rascarse la parte posterior de la pantorrilla con el otro pie. Vestía pantalones para hacer ejercicio y llevaba el cabello recogido en un moño sencillo, pero nunca antes le había parecido tan hermosa. Nunca antes había visto ese lado de ella, ni siquiera en aquella primera época. En aquel entonces ella se emperifollaba cada vez que salían, usaba minifaldas y lindos vestidos y se pintaba la boca con lápiz labial. A él le agradaba eso, le gustaba que ella se esmerara por verse linda para él, pero ahora se sentía mucho más conectado con esta versión más relajada. Ésta era la verdadera Nadia, la que confiaba tanto él que le permitía verla tal cual, del mismo modo que ella conocía al verdadero Luke. En cambio, la versión que Aubrey veía era una imagen embellecida de él mismo, una versión que resultaba superior a lo que él jamás habría podido ser. Pero Nadia lo había visto en sus peores momentos. Se había portado como un patán egoísta y, a pesar de todo, ella lo había amado. Se sentía liberado, pues él también estaba viendo a Nadia en uno de sus peores momentos. Había traicionado a su mejor amiga para estar con él. Se daba cuenta de lo culpable que ella se sentía, aunque jamás lo admitiría. Porque de hacerlo entonces tendría que dejar de acostarse con él. Y era más sencillo fingir que no se sentía culpable.

Así que él también fingía. Pero aquella noche, cuando se encontraban en la cama, acarició su hombro desnudo, húmedo a causa del calor que sus cuerpos despedían, y le preguntó:

—¿Alguna vez piensas en ese verano?

—¿Qué verano? –dijo ella.

—Ya sabes cuál...

A veces, Luke se sentía como atrapado en aquel verano, aquellos meses antes de que Nadia se marchara a la universidad, y pensaba en todo lo que hubiera podido hacer para cambiar las cosas. Si tan sólo hubiera ido a recogerla a la clínica. Si la hubiera convencido de no ir a la clínica, para empezar. De haberlo hecho ahora estarían exactamente igual que en ese momento, acostados en la cama y conversando, aunque con una criatura de seis años corriendo en la sala.

—A veces –respondió ella.

—¿Crees que lo que hicimos...? –se quedó callado un segundo–. ¿Crees que estuvo...?

Sintió que ella se ponía rígida entre sus brazos y supo que había traspasado una línea que no debía cruzar. Para entonces ya sabía cuáles eran los temas que no podía discutir con Nadia: Aubrey, el bebé. Pensó que ella se apartaría de él, pero en vez de eso se giró para mirarlo.

—Shhh –susurró.

Lo besó en el cuello y metió la mano bajo la sábana.

—Nadia...

—No quiero hablar –murmuró ella.

Tendría que dejar de hacerlo, dejar de fantasear con la vida que pudieron haber tenido juntos, con la familia que pudieron haber sido. Tendría que sentirse agradecido por lo que ella podía darle.

Bebé extiende la mano hacia el rostro sin afeitar de papá. A Bebé le encanta la piel áspera de papá. Bebé da saltitos ante la ventana cuando el auto de papá se estaciona frente a la casa. Bebé arroja su sonaja, su chupón, su pelota. Bebé tiene brazo de lanzador, dicen los amigos de papá, pero él desea secretamente que Bebé tenga buenos brazos para ser receptor. Bebé juega en la liga infantil de beisbol, Bebé persigue una pelota de soccer por la cancha, Bebé hace fila para recibir rodajas de naranja y agua al terminar el entrenamiento de baloncesto. Bebé escucha el sermón de su abuelo. Bebé mira partidos de futbol sentado en el regazo de papá. Bebé le pregunta a papá sobre su pierna y comprende lo frágiles que pueden ser los sueños, Bebé se coloca las hombreras y aprende lo que es el dolor, Bebé deja de llorar cada vez que lo derriban; Bebé le lanza el balón a papá en el patio de enfrente, papá atrapa el balón a la perfección y Bebé aún no entiende porque a él se le cae, pero papá le dice que sus manos están demasiado rígidas. Necesitas suavizarlas, le dice papá. Para tocar a una chica necesitas lo mismo que para atrapar un balón: manos suaves.

Un par de semanas después de su consulta con el doctor Toby, Aubrey hizo cita con una especialista en fertilidad. Había oído hablar de la doctora Yavari en el sitio Amistad-Fertil.com, un foro que había estado frecuentando sigilosamente durante los pasados meses. Las noches que Luke trabajaba hasta tarde, Aubrey cenaba frente a la pantalla de la computadora y leía los comentarios que aparecían debajo del enorme titular que encabezaba aquella página de fondo lavanda y que rezaba: *Nada es demasiado con tal de quedar embarazada.* Aubrey nunca le contó a nadie de aquel sitio, ni siquiera a Luke. No quería que pensara que estaba obsesionada y enloquecida por tener un bebé. Pero le tranquilizaba leer aquellos mensajes y enterarse de que había mujeres que estaban en peor situación. Eran, después de todo, las que elegían nombres de usuario como Futura Mamá75 o AnsiosaPorEsperar82; las que reportaban el inicio de sus menstruaciones y mostraban gráficas con sus días de ovulación a completos extraños del internet. Sentía lástima por todas esas pobres mujeres, excepto por las que ya iban por su segundo o tercer hijo. Nosotras sólo queremos uno, pensaba siempre al cerrar con un clic furioso la pestaña del sitio. En uno de los foros, en un hilo laberíntico dedicado a recomendar a los especialistas en fertilidad de California, se mencionaba a la doctora Yavari, cuyo consultorio se encontraba en La Jolla y cuyas antiguas pacientes se referían a ella como «la hacedora de bebés». Aquel apodo tranquilizaba y perturbaba a Aubrey a la vez. No le gustaba la idea de que su bebé fuera la creación de un médico, como si fuera un experimento científico, pero reconocía la confianza que todo el mundo parecía depositar en esta doctora Yavari. Tal vez aquello era justo lo que necesitaba, visitar a un especialista. Tal vez la doctora Yavari podría salvarla de convertirse en una de esas mujeres patéticas de los foros. Llamó a su consultorio, y cuando Luke le dijo que no podía faltar al trabajo, le habló a Nadia y le pidió que la acompañara.

—No puedo —respondió ella.

—¿Por qué no?

—Porque no —farfulló su amiga—. Suena demasiado personal. ¿Por qué no llevas a Mo?

—Ella también tiene que trabajar. ¿Y qué importa que sea personal? No es que seas una extraña.

Soltó una risita, pero Nadia se quedó callada. Desde que había regresado, un discreto alejamiento se había instalado entre ambas. Aún hablaban ocasionalmente, pero no tan a menudo como Aubrey hubiera esperado. Trataba de no tomárselo demasiado personal cuando Nadia no respondía sus llamadas o cuando ignoraba sus mensajes de texto. Nadia ya tenía bastante con lo de su padre y lo último que necesitaba era que Aubrey la agobiara con sus propios resentimientos. Y, sin embargo, sentía que la distancia que las separaba se iba haciendo cada vez más extensa en la medida en que el silencio de Nadia se prolongaba.

—Por favor —le suplicó Aubrey—. Me pongo muy nerviosa. Y me sentía muchísimo mejor si tú estuvieras ahí conmigo.

—Perdóname —respondió finalmente su amiga—, me estoy portando como una tonta. Claro que te acompañaré.

La tarde siguiente condujeron hasta el consultorio de la doctora Yavari, un edificio color canela con palmeras en la fachada. Sobre el escritorio de la recepcionista, en el vestíbulo de entrada, había fotografías de madres que acunaban a sus bebés, como una promesa de lo que podría suceder en aquel lugar, aunque Aubrey sintió que aquellas imágenes se mofaban de ella, exhibiendo ahí frente a sus ojos lo que ella más deseaba. Sentada junto a ella, Nadia jugueteaba con su teléfono, mientras Aubrey trataba de hojear una *National Geographic*, que terminó convertida en un tubo de papel lustroso entre sus manos.

—¿Por qué estás tan nerviosa? —le preguntó Nadia.

—Porque estoy segura de que hay algo malo en mí.

Aguardó tensa a que Nadia le preguntara cómo estaba tan segura de ello. Pero en vez de eso, sintió los dedos de su amiga posándose suavemente sobre su nuca.

—No hay absolutamente nada de malo en ti —murmuró, y por un segundo Aubrey le creyó.

La doctora Yavari era una iraní de piel aceitunada y ojos oscuros, de unos treinta y pico años de edad, mucho más joven de lo que Aubrey se había imaginado. La doctora las recibió en su consultorio con una sonrisa y señaló con la mano una silla que se encontraba a un costado de la habitación. «Su hermana puede esperar allí», les dijo, y ninguna de las dos la corrigió. A menudo la gente las tomaba por hermanas, primas o, Aubrey lo suponía, novias. Siempre le había sorprendido la habilidad que tenían para asemejarse la una a la otra, para convertirse en familiares y desempeñar así un rol distinto desde el cual podían quererse. ¿Qué eran en realidad la una de la otra? Nada en absoluto. Y mientras la doctora hojeaba su historia clínica, Aubrey permaneció sentada sobre la mesa de exploración, columpiando sus piernas. En el rincón, Nadia esperaba sentada junto a una estantería llena de paquetes de guantes morados, mientras la doctora Yavari le hacía a Aubrey una serie de preguntas: ¿Qué tan regulares eran sus periodos menstruales? ¿El flujo era intenso o ligero? ¿Padecía alguna enfermedad de transmisión sexual? ¿Alguna vez había estado embarazada? ¿Se había practicado algún aborto?

—¿Qué? —exclamó Aubrey.

—Tengo que preguntárselo —respondió la doctora Yavari, tamborileando sobre el portapapeles con el bolígrafo—. Generalmente trato de esperar hasta que los hombres no se encuentren presentes, ya sabe, en caso de que haya sido algo que sucedió en la universidad, y de lo que nunca le habló al esposo, etcétera.

—No —respondió Aubrey—. Nunca.

Admiró la compasión de la doctora Yavari. Sólo esperaba que la mujer no creyera que ella era de ese tipo de mujeres capaces de ocultarle al marido un secreto de esa magnitud. Hubiera podido hacerlo, por supuesto, pero odiaba la idea de que la doctora fuera capaz de adivinar algo así.

Después de realizarle el examen físico, la doctora le programó una cita de seguimiento, durante la cual le efectuarían radiografías para determinar si sus trompas de Falopio se encontraban abiertas; un ultrasonido pélvico para examinar el grosor de su endometrio y revisar que no tuviera quistes en los ovarios, así como análisis de sangre para determinar sus niveles hormonales. Cuando la doctora se marchó, Aubrey se vistió, tomando sus ropas de la pequeña pila en donde Nadia las había colocado después de doblarlas.

—No puedo creer que te preguntara eso —dijo Nadia.

—¿Qué me preguntara qué?

—Ya sabes. Lo del aborto. ¿Por qué tendría que ser importante?

—No lo sé. Seguramente lo es, si me lo preguntó.

—Caray. No puedo creer cómo algo así te persigue para toda la vida.

Más tarde, Aubrey se preguntaría qué fue exactamente lo que delató a Nadia. Las palabras que empleó, un inusual tono de indefensión en su voz, incluso la expresión de su rostro bajo las luces fluorescentes, ligeramente afectado por un dolor. Y en el preciso instante en que su amiga le ofreció su chamarra de punto y ella la tomó, Aubrey supo que Nadia era «esa chica». Desde que Luke le había confesado lo del aborto varios años atrás, Aubrey no había dejado de pensar en aquella chica anónima que se había desembarazado del hijo de Luke. Una chica de la que él había estado muy enamorado, pero que se había esfumado, igual que el bebé, marchándose de su vida para siempre.

Durante el trayecto de vuelta a Oceanside, el tráfico se ralentizó. Aubrey sujetaba con fuerza el volante mientras el auto avanzaba, centímetro a centímetro. Junto a ella, Nadia manipulaba los controles de la radio hasta que se topó con una vieja canción de Kanye West que solía encantarles a las dos, una tonada que escuchaban incesantemente en la habitación de Aubrey y que habían bailado juntas en la fiesta de Cody Richardson. Aubrey recordó aquella noche, lo tremendamente borracha que se había puesto, lo fácil que había sido olvidar lo que no quería recordar. Podría haber sido cualquier chica aquella noche, enfundada en aquel vestido entallado y bailando con Nadia Turner en aquella casa atestada. Hacia el final de la fiesta, Nadia la había abrazado por la cintura y le había dicho al oído: «Vamos a llevarte a casa», y Aubrey había asentido con la cabeza, percatándose de pronto de que ni siquiera le había pasado por la cabeza cómo regresar a su casa. De alguna forma había asumido que Nadia la cuidaría. Y aquella misma noche, en la cama, antes de quedarse dormida, había sentido la mano de Nadia acariciándole la espalda. Un gesto efímero, casual, como el de quitar una pelusa del suéter de alguien, aunque en aquel momento Aubrey se había sentido más segura de lo que jamás se había sentido en toda su vida.

Después de dejar a Nadia en su casa, Aubrey paró en la licorería que se encontraba en la esquina. Un diminuto hombre hindú la saludó con la mano cuando entró al local.

La tienda estaba casi vacía: una mujer de cabello deste-
ñido caminaba hacia la caja cargando un *six-pack* de cervezas, mientras que dos chicos se peleaban por una bolsa
de Cheetos picantes. Aubrey escogió una botella de pinot
noir italiano porque le gustó su brillante etiqueta plateada.
Y una vez en casa se bebió media botella mientras se vestía, y la otra mitad después de decidirse por uno de los negligés negros con holanes y volantes que tenía guardados
en el fondo de su cajón. Se dedicó a alisar la tela con sus
manos frente al espejo, batallando con todos aquellos mo-
ños y lazos. Se imaginó que se quedaba atrapada en aquella lencería para siempre; alguien tendría que cortársela,
como su suegro había tenido que cortar el anillo de pureza
del dedo de Luke.

Se bebió el último trago del vino sentada en el sillón,
mientras escuchaba el tedioso tictac del reloj de la pared.
Para cuando Luke llegó a casa, ella se encontraba completamente ebria y bastante adormecida. Su intención había
sido abrirle la puerta a su marido vestida con aquel negli-
gé –quería ser lo primero que él viera al entrar–, pero no
había sido lo suficientemente veloz, y para cuando Luke
entró a la casa, ella seguía tumbada sobre el sillón. Luke se
quedó congelado en el umbral, con las llaves en la mano.

—¿Estás bien? –le preguntó.

Aubrey se incorporó rápidamente y perdió el equilibrio,
por lo que tuvo que sostenerse del reposabrazos del sillón.

—Ven aquí –le respondió.

—¿Estás borracha?

Ella tiró del cordón de los pantalones de su uniforme y
lo hizo acercarse. Deslizó las manos dentro de la prenda y
él la miró como nunca antes la había mirado: impotente

ante su desesperación. Y cuando la penetró, Aubrey cerró los ojos con fuerza y halló algo de placer en aquel dolor.

Al día siguiente, Luke le preguntó a Nadia si podía llevarla a cenar. Su rostro, a pocos centímetros del de ella, lucía cohibido. Nadia había olvidado lo grandes y rizadas que eran las pestañas de Luke. La luz del atardecer se colaba por entre las persianas y ella se sentía perezosa y calientita en aquella cama.

—¿Tal vez a un restaurante del centro? –sugirió él–. ¿O en el muelle? Podemos ir a donde tú quieras.

Ella delineó con su dedo los tatuajes de Luke, el entramado de figuras que cubrían su brazo izquierdo. Antes, cuando lo había desnudado hacía siete años, había visto que tenía un par de tatuajes, pero ahora aquella manga de tinta le fascinaba: tenía el hombro cubierto de emblemas tribales, y cerca de su codo una calavera sonreía mostrando sus enormes dientes desnudos; la lengua de un demonio con las fauces abiertas se transformaba en una llama que se enroscaba en torno a la muñeca de Luke. Tenía una cruz tatuada sobre el bíceps, y encima de la inscripción: *A solas.* La cabeza de un león cubría su pectoral izquierdo; la melena del animal parecía desvanecerse como el humo. La otra mitad de su pecho estaba vacía, completamente limpia, y tampoco su brazo derecho tenía ningún tatuaje. La tinta se detenía abruptamente, como si hubiera metido un brazo al agua y hubiera olvidado hacer lo mismo con el otro.

—¿Por qué? –dijo ella.

—¿Por qué qué?

—¿Por qué quieres llevarme a cenar?

Él tomó la mano de Nadia y la apoyó contra su corazón, y luego se dio la vuelta. Nadia siempre había escuchado que los hombres detestaban los arrumacos en la cama, y le sorprendía mucho que a Luke le gustara acurrucarse contra ella. Casi había soltado una carcajada la primera vez que se había dado cuenta, pero de alguna manera aquello tenía sentido: todo el mundo deseaba ser abrazado. Así que lo estrechó entre sus brazos y besó su espalda musculosa.

—No lo sé –respondió él–. Sólo quiero llevarte a un lugar bonito.

—¿Y qué tal si alguien nos ve?

—Que nos vean –respondió él–. No me importa.

—Estás casado.

—¿Y si no lo estuviera?

Por un momento, Nadia se permitió imaginárselo. Se permitió ver las cosas de la manera tan simple como él las veía, como si el único obstáculo que se interpusiera entre él y la felicidad fuera algo tan ordinario, como una cerca cuyo seguro él podía abrir con un solo dedo. Luke era experto en eso, en encontrar la manera de escapar de la realidad. Recordó las veces que lo había observado en el terreno de juego, cómo siempre le había sorprendido la manera tan intuitiva en que su cuerpo parecía saber, en el último segundo, cuando girar a la izquierda o cuando hacerlo hacia la derecha, siempre consciente de dónde provenía el peligro. Ya había escapado de ella una vez; no podía contribuir a que le hiciera lo mismo a Aubrey. Le vino a la mente la imagen de su amiga sentada sobre la mesa de exploración del consultorio de la especialista, diminuta al lado de la inmensidad de su anhelo.

—No, no puedes invitarme –dijo ella.

—¿Por qué no?

—Porque Aubrey te ama –respondió–. Lo nuestro es puro sexo, pero ella te ama.

—No es puro sexo –replicó él–. No digas eso…

—Lo es para mí.

Luke comenzó a vestirse en silencio, pero se detuvo, con los pantalones en los tobillos. Parecía que estaba a punto de llorar, así que ella le dio la espalda. Él no la amaba, sólo se sentía culpable: la había abandonado una vez y ahora se aferraba a ella, no por afecto sino por lástima. No iba a permitir que él sepultara su culpa en ella. No volvería a ser la tumba de la culpa de ningún hombre, nunca más.

Luke olvidó su reloj sobre la cómoda, así que, a la mañana siguiente, Nadia fue a dejárselo al Cenáculo. Al entrar al estacionamiento, vio a la madre Betty cruzando cansinamente la calle desde la parada del autobús. El departamento de control vehicular le había retirado la licencia porque la anciana había suspendido la prueba de conducción.

—Me hicieron un montón de preguntas –contó–. Sabrá Dios quien conoce las respuestas a todas esas preguntuchas. Llevo sesenta y seis años manejando y nunca he chocado con nadie, pero ahora esas personas dicen que no sé manejar por culpa de sus preguntuchas.

Nadia observó a la madre Betty mientras ésta pasaba, una por una, las llaves de su llavero hasta encontrar la que abriría la puerta de la iglesia. Sus manos temblaban. No era justo que una mujer de su edad tuviera que viajar en autobús tan temprano.

—Puedo traerla –le dijo Nadia. Abrió su bolso y buscó un pedazo de papel–. Le daré mi número. Llámeme cuando esté lista para venir a trabajar y yo la traeré, ¿de acuerdo?

—Oh, no, cariño, no quisiera molestarte.

—No es molestia. En serio, se lo suplico.

Le extendió el pedazo de papel que había arrancado de su agenda. La madre Betty dudó un segundo, pero terminó por tomarlo.

—Tienes espíritu de servicio –le dijo la anciana–. Puedo verlo. Igual que tu mamita.

Nadia dejó el reloj de Luke sobre el escritorio de la madre Betty. De camino a casa, miró repetidamente su reflejo en el espejo retrovisor. Tocó su imagen con los dedos, pero no logró ver el rostro de su madre, sólo dejó manchado el espejo.

Doce

AÑOS MÁS TARDE NOS DIMOS CUENTA DE QUE ESE reloj tendría que habernos revelado todo. Sólo hay dos motivos por los cuales una mujer se queda con el reloj del esposo de otra:

1. Se está acostando con él.
2. Se dedica a reparar relojes.

Nadia Turner no tenía aspecto de ser relojera. Pero de cualquier forma, y aunque aún no descubríamos la verdad, sentíamos mucha lástima por Aubrey. Los domingos por la mañana, cuando la rodeábamos en el vestíbulo de la iglesia, alcanzábamos a sentir cómo su tristeza iba en aumento. Agnes miró en la vida de una nenita cuyos padres desconfiaban el uno del otro. Una niña que, por lo tanto, desconfía del mundo, por motivos que no logra comprender bien. Percibe la frialdad que existe entre sus padres y duda de todo: si sus padres pueden fingir que se aman, ¿en qué más estarían engañándola? ¿De qué otras cosas estaría el mundo privándola, manteniéndolas lejos de su alcance?

Algún día esa nenita podría escuchar esta historia y preguntarse si se trata de ella. Una niña que se esconde detrás de su belleza, un bebé no deseado, una madre muerta. Éstas no son sus angustias. Cada corazón se fractura de forma distinta y ella conoce bien sus propias grietas: puede trazarlas como si fueran las líneas de la palma de su mano. Su madre está viva y, además, fue una niña deseada. Una niña por la cual incluso rezaron. Y ahora ha madurado o por lo menos ella cree que lo ha hecho. Pero aún no ha logrado aprender las matemáticas del dolor. Que el peso de lo que hemos perdido es siempre mayor al peso de lo que nos queda. Ha escuchado a su abuelo predicar acerca del Buen Pastor, que deja a las noventa y nueve ovejas de su rebaño para ir a buscar a la que se ha perdido.

Pero ¿qué pasa con el rebaño abandonado?, se pregunta la nena. ¿Acaso todas esas ovejas no están perdidas ahora también?

A lo largo de todo ese otoño, Nadia fue como una madre. A la luz plomiza de las mañanas, mientras su padre dormía, tomaba las llaves que se encontraban sobre la mesa del recibidor y sacaba la camioneta a la calle. Bajaba la ventanilla, sacaba el brazo para sentir el aire húmedo y atravesaba las calles silenciosas. Pasaba junto a cafés que exhibían letreros de «cerrado»; junto a paradas de autobús en donde mujeres en bata ajustaban las correas de las mochilas sobre las espaldas de sus hijos; junto a camionetas conducidas por surfistas vestidos de neopreno, cargadas de tablas de surf. Comenzaba a sentirse como chofer, mientras saltaba de la camioneta para ayudar a la madre Betty a encaramarse al vehículo, especialmente desde que las demás madres también empezaron a pedirle que las llevara.

—Oh, espero que no te moleste –decía la madre Betty–, pero le dije a Agnes que podías llevarla a la farmacia.

No, no le molestaba. Se aprendió de memoria las curvas que conducían a las casas de las ancianas. Nunca se le había ocurrido que las madres vivieran en algún sitio; no le habría extrañado en lo absoluto si le hubieran dicho que dormían ahí mismo en la iglesia, en colchonetas que después guardaban en el armario del coro. Pero no, la madre Agnes vivía en un gris edificio de apartamentos en el centro; la madre Hattie en una casita del color de la herrumbre, cerca del Black Gate. La madre Flora vivía en un hogar para ancianos llamado Fairwinds, justo enfrente de una escuela primaria y de una guardería. Vivía rodeada de muerte y de niños. Por su ventana los veía pasar: chiquitos que apenas podían caminar, dirigiéndose vacilantes hacia la guardería; niños retozando en los juegos del patio de la escuela, o regresando a sus casas en bicicleta. La madre Flora era muy alta y muy esbelta. De joven había jugado baloncesto. Ahora Nadia sabía más cosas sobre las madres, por ejemplo: que la madre Clarice había sido maestra de educación especial, y que sus amigas la llamaban Clara; que la madre Hattie era la mejor cocinera de todas, o que la madre Betty había sido la más hermosa de ellas.

Nadia no estaba muy segura de cuál era la edad de las madres, pero seguramente rondaban los ochenta o los noventa años incluso. No era de extrañar que el departamento de control vehicular no las quisiera detrás del volante. Pero, a pesar de todo, sentía compasión por ellas, especialmente por la madre Betty quien, a lo largo de todos aquellos años, se había despertado antes que todo el mundo para acudir a la iglesia del Cenáculo y abrirla con sus llaves, así que se aseguraba de recogerla muy temprano. Ya no se sentía culpable de salir a la calle. Su padre estaba cada vez más fuerte. Por las tardes, se dedicaba a dar vueltas por el patio mientras practicaba sus ejercicios de respiración. A veces lo contemplaba por la ventana mientras leía sus libros de texto y estudiaba para el examen del Colegio de Abogados. No quería que su padre se diera cuenta de que aún se preocupaba por él, de modo que, cuando él tomaba su medicina por las noches, ella se ponía a arreglarle la habitación: retiraba el polvo de la mesita de noche, recogía su ropa sucia o acomodaba distraídamente las botellas de perfume de su madre sobre la cómoda. De niña le encantaba jugar con los perfumes de su madre, especialmente con la botella negra. Su madre sólo se rociaba un poco de aquel perfume en el cuello cuando ella y su padre salían por la noche. Y cuando Nadia acercaba la botella a su nariz sentía la gran excitación de saber que sus padres desaparecían pronto al cruzar la puerta, pero sólo porque sabía que siempre regresarían a su lado.

Hacía todo aquello como una especie de penitencia, como quien pasa las cuentas de un rosario entre sus dedos. Cada milla que recorría era como un rezo. Si donaba su tiempo desinteresadamente, tal vez podría olvidar lo que había hecho. Si trabajaba, sin esperar nada a cambio; si era amable con aquellas mujeres que no podían ofrecerle nada, tal vez sus pecados podrían ser perdonados. Una tarde, de camino a la farmacia, les mencionó a las madres que recientemente había encontrado el libro de oraciones de su madre. Dijo simplemente que lo había encontrado, porque aquella era la forma más fácil de contar la historia, suprimiendo por completo el papel que Luke desempeñó en el hallazgo. Las madres comenzaron a parlotear en su acostumbrada manera, interrumpiéndose constantemente y completando una las frases que decía la otra.

—Ah, le encantaba su libro. Siempre lo llevaba debajo del brazo.

—Su mamá se lo había regalado, ¿no?

—Ajá, eso fue lo que me contó. Era ministra, ¿saben?

—No, no era ministra, era predicadora.

—¿Y cuál es la diferencia?

—El ministro necesita una iglesia.

—Bien, predicadora, pues. ¿No sabías eso, muchacha? ¿Que tu abuela bautizaba gente en el río?

Nadia siempre había sentido mucha curiosidad acerca de su abuela, pero a su madre no le gustaba hablar de ella. «Oh, era muy estricta», decía su madre, cuando Nadia le preguntaba, o «Sí amaba mucho a Jesús». Respuestas vagas y genéricas, como si estuviera describiendo a un personaje de una serie de televisión que ya ni siquiera veía. En las pocas imágenes que había de ella en el álbum familiar, su abuela lucía como una mujer severa, pero más allá de eso, era un completo misterio para Nadia. Cuando dijo eso, las madres asintieron.

—Bueno, la verdad es que no eran muy unidas.

—Es una manera positiva de verlo…

Aquella noche, cuando Nadia le preguntó a su padre qué era lo que habían insinuado las madres, su padre le contó que cuando su madre se embarazó de ella, la abuela la echó de la casa.

—Dijo que ninguna hija suya viviría en pecado bajo su techo, así que le compré a tu madre un boleto de autobús y se vino a vivir conmigo –lanzó un suspiro–. Tu abuela no quería saber nada de nosotros, y por mí estaba bien. Pero jamás entendí por qué nunca quiso conocerte. Si estaba enfadada con nosotros, bien, pero ¿qué culpa tiene una niña? ¡Su propia nieta! No conozco a nadie a quien no le guste conocer a sus nietos.

Le preguntó a su padre si su abuela aún vivía, y él se encogió de hombros.

—Hasta donde sé, aún sigue viviendo allá en Texas, estoy seguro –dijo, y enseguida, como si le hubiera leído el pensamiento, añadió–: pero tú deja en paz ese asunto. Ella tomó su decisión. Ir a buscarla no servirá de nada.

En un álbum de fotografías, Nadia encontró una polaroid sepia de su madre y sus hermanos posando frente a la entrada de su casa. Había una dirección y una fecha garabateadas al reverso de la imagen. Buscó fotografías más recientes de aquella casa en internet y trató de imaginarse a su madre de niña, bailando en aquel porche. Tal vez su abuela aún vivía allí. No parecía ser el tipo de persona que se mudara seguido. Se preguntó qué diría su abuela si un día de aquellos se aparecía en su porche. ¿Derramaría lágrimas de agradecimiento, feliz de poder conocer a su nieta? ¿La correría de los escalones igual que a su propia hija? ¿Se pondría furiosa al ver a la causa de su distanciamiento materializada ahí justo frente a ella?

—¿Crees que alguna vez mamá pensó en…? –hizo una pausa mientras jugueteaba con los botones dorados de su bolso–, ¿en no tenerme?

—¿A qué te refieres? –preguntó su padre. Colocó una píldora blanca sobre su lengua y echó la cabeza hacia atrás.

—Ya sabes –pasó su dedo sobre los botones para no mirar a su padre mientras pronunciaba aquella palabra–: ¿abortar?

—¿Alguien te dijo eso?

—No, no. Sólo me lo preguntaba.

—No —respondió su padre—, nunca. Jamás hubiera hecho algo así. ¿Tú crees que...? —se quedó callado y su mirada se enterneció—. No, cariño. Queríamos tenerte. Siempre te hemos amado.

Tendría que haberse alegrado, pero no pudo. Deseó que su madre al menos hubiera pensado en abortarla. Un pensamiento fugaz al salir del consultorio del doctor, al recordar el rostro de su propia madre o durante la llamada apresurada en la que le comunicó todo al hombre que amaba. O cuando llamó a la clínica para programar una cita y luego colgó hecha un mar de lágrimas, cuando se sentó en la sala de espera, sosteniendo su propia mano. Podría haberse arrepentido en el último momento, no importaba. Odiaba la idea de que su madre no la hubiera deseado, pero hubiera preferido mil veces poder ver el rostro de su madre en el espejo y saber que eran iguales.

Tres semanas después de su último encuentro con Nadia, Luke se acuclilló en los escalones que daban al patio trasero de su casa y encendió un cerillo frotándolo contra la barandilla. La sugerencia de Dave. Enciende una vela, le había dicho la última vez que llamó a la línea de asistencia telefónica. Dave no le había dicho qué tipo de vela era la que debía encender. ¿Una de esas velas perfumadas, como las que su madre tenía en su baño? ¿Una de esas pequeñas veladoras que colocaban al centro de las mesas en los restaurantes? ¿Un grueso cirio con la imagen de la virgen María, de esos que vendían en el pasillo de productos mexicanos del supermercado? ¿Una vela de pastel de cumpleaños, delgada y multicolor? Dave había dicho que cualquier tipo de vela serviría, así que Luke compró un paquete de velas blancas regulares. Se sentó en los escalones que daban al patio trasero y protegió la llama con las palmas de sus manos. Se suponía que aquello le ayudaría a sanarse emocionalmente, o eso era lo que había dicho Dave. Que le daría paz. Pero Luke se sintió estresado tan pronto logró encender la vela. Una ligera brisa vespertina estremecía las hojas de los árboles, y él tuvo que agacharse detrás de un arbusto en un intento por proteger la flama de la vela, súbitamente responsable de tener que cuidar aquella cosa tan diminuta y frágil.

Dave era consejero del Centro de vida familiar de San Diego. Luke encontró uno de los folletos del centro sobre el parabrisas de su camioneta cuando salía de un bar, hacía algunas semanas. *¿Estás buscando opciones realistas?* decía la portada del folleto amarillo, justo encima de la imagen de una mujer embarazada que se cubría la cara con las manos y un hombre junto a ella que miraba a la lejanía. Era el primer folleto de un centro de ayuda para embarazos que tenía la imagen de un hombre en la portada. Los demás sólo mostraban mujeres solas, tristes. En esos folletos, los hombres se hallaban tan ausentes como lo estaban en la vida real. Tan ausentes como él lo había estado. Llamó al número que venía en el folleto, sólo para saber de qué se trataba. Se dijo que en cualquier momento colgaría. Pero el consejero que se encontraba de guardia, Dave, comenzó a hablarle del mito de que sólo las mujeres sufren a causa de los abortos.

—Los hombres sufren un tipo particular de pérdida –le contó Dave–. Para ellos es difícil perder un hijo en un aborto porque eso significa que no fueron capaces de desempeñar la función primordial de un padre, que es la de proteger a su familia.

Luke nunca lo había visto de esa manera. Él y Nadia no eran una familia; no eran más que dos niños asustados. Pero ¿qué tal que en realidad sí lo habían sido? ¿Qué tal que, por un breve momento, habían conformado una familia y habían estado unidos por la vida que habían creado? ¿Y qué eran ellos dos ahora entonces? Luke comenzó a llamar al centro cada dos noches. Colgaba el teléfono si otro consejero que no fuera Dave contestaba. Le contó lo que había sentido por aquel niñito durante el juego de beisbol, hacía años. Dave no pensó mal de él. Era normal, le había dicho, que los padres que habían sufrido a causa de un aborto sintieran aflicción. Una vez que habías creado una vida, siempre serías padre, sin importar lo que le sucediera a la criatura.

Luke sacó su teléfono del bolsillo y marcó el número del centro mientras vigilaba que la llama siguiera encendida.

—¿Eres tú, Luke? –dijo Dave.

—Sí.

—¿Cómo estás, amigo?

—Bien.

—¿Sólo «bien»?

—Ajá.

—De acuerdo –respondió Dave–. ¿Ya te decidiste a visitarnos al centro?

—No puedo hacerlo –respondió Luke.

—Te sentirás mejor hablando cara a cara con alguien, créeme. Es mucho mejor que hacerlo por teléfono. A veces lo que uno necesita es poder ver a alguien, ¿sabes?

—Ajá.

—No muerdo, te lo prometo –rio Dave–. Y tengo algunos libros que puedo darte, si vienes. Éste que tengo aquí, por ejemplo… –su voz se escuchó forzada un instante, como si estuviera extendiendo el brazo para sujetar algo– es genial, se llama *El corazón de un padre*. Es de un tipo llamado…

—Tengo que colgar –dijo Luke.

—Espera, amigo. No huyas. Te guardaré los libros para cuando estés listo, ¿está bien?

—De acuerdo.

—Y, cuéntame, ¿qué sucede?

—Compré las velas –respondió Luke.

—¡Genial! –dijo Dave–. Enciende una y cierra los ojos. Imagínate a tu niño jugando en una pradera a los pies de Jesús.

Luke cerró los ojos. El calor de la flama parpadeaba muy cerca de su rostro. Trató de imaginarse la escena que Dave describía, pero lo único que logró ver fue el rostro de Nadia, su sonrisa, sus ojos claros, y entonces sintió la quemadura. Un hilillo de cera había caído sobre su mano. Se lo quitó de encima y frotó su mano contra el escalón para quitarse los restos de cera. Su mano quedó cubierta de mugre y de diminutas piedrecillas. Tendría que haber colocado la vela sobre algún objeto. ¿Por qué no se le había ocurrido? A su espalda, la puerta del patio se abrió de par en par y su esposa apareció en el umbral y frunció el ceño.

—¿Qué estás haciendo? –le preguntó Aubrey.

—Nada.

—¿Para qué es esa vela entonces? Estás llenando todo de cera.

Señaló un pegote blanco con la punta de su pie. Luke se inclinó y apagó la vela de un soplido. Sólo estaba haciendo un lío más grande.

—¿Y cuándo vas a sentar cabeza, muchacha? –le preguntó una mañana la madre Betty a Nadia–. Andas siempre revoloteando de aquí para allá. ¿Crees que la vida se trata de eso, de andar buscando lo que te hace feliz? Ésas son locuras de chica blanca. Lo que necesitas es sentar cabeza, encontrar a un buen hombre. ¡Mira a Aubrey Evans! ¿Cuándo vas a hacer tú lo mismo?

Luke ya no venía a visitar a su padre, pero a veces se lo topaba en la Iglesia del Cenáculo. Si bien solía ser callado con todo el mundo, a ella ni siquiera le dedicaba un susurro para saludarla; sólo bajaba los ojos y los clavaba en la desgastada alfombra como si buscara algo allí. La delgada franja de espacio que los separaba al cruzarse en un pasillo estrecho era electrizante. Se dijo a sí misma que no debía pensar en él. Tenía que ser buena. Comenzó a buscar a Aubrey a la hora de su almuerzo; se sentaban en una mesa junto a la ventana y tomaban café juntas. Llegó a pensar en confesarle todo, pero cada vez que lo intentaba, las palabras se aferraban a su paladar. ¿De qué serviría decirle la verdad? Las cosas entre ella y Luke habían terminado. ¿De qué serviría que Aubrey se enterara de todas las formas en que la habían traicionado?

Nunca iba a visitarla a su casa, pero una vez a la semana iba a cenar con ella a la casa de Monique y Kasey. Regresar a la casita blanca le hacía sentir adolescente de nuevo: le entraban ganas de desvelarse en compañía de su amiga, de comer helado o de holgazanear en el jardín hasta que la luz perdía intensidad, con todo su futuro por delante, inmaculado y lleno de libertad. Ella y Aubrey caminaban hasta la tienda de la esquina para comprar golosinas o se quedaban en la recámara de Aubrey pintándose las uñas. Siempre colocaba los pies de su amiga sobre su regazo para pintarle las uñas de los pies. Le parecía que era lo menos que podía hacer por ella.

Para cuando llegó el Día de Brujas, Nadia ya se había convertido en parte integrante de la Iglesia del Cenáculo, de modo que el pastor le pidió que fuera chaperona en la fiesta de los niños. Nadia dijo que lo haría. Aceptaba hacer casi todo lo que la gente del Cenáculo le pedía que hiciera. Al principio sólo se limitó a ofrecerse a llevar a las madres, pero ahora, y en lo que su padre se restablecía, comenzó a prestar la camioneta. Ella y John Segundo cargaron docenas de sillas plegables en el cajón para la reunión de la fraternidad de varones; cruzó toda la ciudad para recoger una nueva batería para el coro; transportaba las canastas de alimentos del ministerio al albergue para las personas sin hogar. La gente pensaba que había madurado y que había encontrado a Dios, pero Nadia seguía sin hallar nada. Buscaba a su madre. No había podido encontrarla en ninguno de los lugares habituales, de modo que pensaba que tal vez podría hallarla en la Iglesia del Cenáculo, un sitio que su madre había adorado, el lugar a donde había acudido justo antes de morir. Si no lograba encontrar a su madre allí, en el último lugar en donde había respirado, no podría hallarla en ninguna parte.

La fiesta del Día de Brujas no requería transportar otra cosa más que las decoraciones, pero aun así aceptó ayudar.

Cada año, la iglesia regalaba dulces a los niños, la forma menos ofensiva que había encontrado para conmemorar una fiesta cuyos orígenes demoníacos resultaban preocupantes, pero cuya enorme popularidad impedía pasar por alto. Se permitía que los niños fueran disfrazados, pero sólo de personajes positivos. Superhéroes, no villanos y nada de muertos. Se daba preferencia a los personajes bíblicos, pero nadie estaba totalmente seguro de si dichos personajes no caían en la prohibición de disfrazarse de alguien muerto; todos los años, algún pequeño sabelotodo se disfrazaba de momia y aseguraba ser Lázaro. Aquella tarde apenas pudo reconocer el aula de los niños. Las luces se encontraban apagadas y el techo estaba cubierto de brillantes estrellas de plástico fluorescente. Si bien los festejos con motivo del Día de Brujas demandaban oscuridad, nada impedía que ésta no fuera combatida con un poco de luz celestial. Los niños atestaban el aula y corrían por los pasillos con bolsas de plástico llenas de golosinas. Pequeños Noés barbudos arrastraban animales de peluche tras ellos; los Adanes hacían malabares con manzanas mordisqueadas; los Moisés llevaban tablas de cartón debajo de sus brazos y las Marías arrullaban a sus muñecos.

Nadia se encontraba sentada en una silla en la entrada del aula, con un cubo lleno de dulces entre las piernas. Aquellos eran los momentos en que la adultez se constituía; no al cumplir años sino al darse cuenta de que ahora sería ella quien llenaría las bolsas de los niños de golosinas; que a partir de ahora le tocaría ser quien daba y no quien recibía.

Aubrey y Luke llegaron tarde a la fiesta. En sus mensajes de texto previos, Aubrey no le había comentado que llevaría a Luke, pero ¿por qué tendría que haberlo hecho? Era su esposo. ¿No se suponía que él debía acompañarla a todas partes? Luke llevaba puesta una larga bata de baño, y cada vez que un niño le preguntaba quién era, Luke flexionaba sus músculos y decía que era Sansón. Pero llevaba el cabello corto, de modo que los niños se la pasaron golpeándolo durante toda la velada, y a él no le quedó más remedio que soportarlo.

—¿Quién se supone que eres? –le preguntó Aubrey, que llevaba un par de tijeras en la mano: Dalila.

—Nadie –respondió Nadia. No supo qué disfraz ponerse, así que cuando los niños le preguntaban ella simplemente decía que no era nadie, una simple plebeya.

Toda la noche permanecieron en la entrada del aula, escuchando las risas de los niños. Nadia observó a los legendarios amantes entregando dulces bajo el falso cielo estrellado, a Sansón arrellanado sobre una de las sillas de plástico, con su pierna mala estirada porque se le adormecía y le dolía demasiado si la flexionaba. Metía la mano en su cubo de dulces y elegía los caramelos rosas y se los entregaba a Aubrey, porque eran sus favoritos. Más tarde, aquella misma noche, Aubrey apoyó su cabeza un momento sobre el hombro de Luke y aquel breve contacto le pareció tan íntimo que Nadia tuvo que apartar la mirada.

La noche era fresca y oscura. La luna era una esquirla que apenas iluminaba el cielo. Cuando Aubrey fue al baño, Nadia entró al aula de los niños para llenar de dulces su cubo. Se apoyó contra la ventana y escuchó el lejano aullido de los coyotes. Luke se acercó a ella.

—He estado hablando con un tipo llamado Dave –le dijo.

—¿Quién es Dave?

—Él cree que es malo que nunca hablemos de él –continuó Luke, y tragó saliva–, de nuestro bebé.

Una parvada de ángeles vestidos con relucientes túnicas blancas pasó brincando junto a ellos. Aquel era un universo bastante extraño y disparejo: todos eran santos, pero nadie era pecador; había ángeles, pero faltaban los demonios. Un mundo extravagante, donde las jóvenes cuidaban de las viejas y traicionaban a sus mejores amigas.

—Ya no debemos sentirnos tristes. Dave dice que nuestro bebé está ahora en el cielo –Luke sonrió y puso su mano sobre la de ella– y que tu mamá lo está cuidando.

Luke se asomó por la ventana. Bajo la tenue luz de la luna, Nadia pensó que lucía casi sereno al hablar de aquel bebé que, al igual que su romance, había sido milagroso y pasajero. Apretó su mano. Si aquello era lo que Luke realmente necesitaba, que lo creyera. Nadia realmente deseaba poder creerlo.

Aquel domingo por la mañana, Aubrey vio a un marine en la fila de recepción. Generalmente no se fijaba en los rostros de los feligreses cuando ayudaba a saludar a la congregación, pues aún le apabullaba la cantidad de gente que se formaba para estrechar las manos de la familia del pastor, a la cual ahora pertenecía. Así que normalmente se limitaba a estrechar las manos mecánicamente mientras repetía el mismo saludo, y dejaba que la abrazaran y se comprometía a ir a tomar café con las señoras, en citas que pronto olvidaba. No se habría percatado de la presencia del marine de no haber sido por su uniforme: pantalones y casaca de gala, azules, llenos de botones dorados que emitían destellos bajo las luces, y la gorra sujeta bajo el brazo. Cuando el marine avanzó, ella alzó la mirada para verle el rostro y en seguida retiró su mano.

—¡Oh! –exclamó.

Russell Miller sonrió, con la misma sonrisa resuelta que ella le había visto en la playa, años atrás. La sonrisa de un hombre que conoce lo que es la tristeza y que hace grandes esfuerzos para mantenerse alejado de ella. Aubrey conocía bien esa sonrisa, porque era exactamente la misma que ella había aprendido y perfeccionado a lo largo de su vida. Solía esconderse detrás de esa sonrisa, pero nadie se daba cuenta; no del modo en que ella sí la notaba en Russell.

Éste avanzó en la fila y estrechó la mano del pastor Sheppard.

—Gran mensaje, reverendo –le dijo.

Aubrey se sintió súbitamente expuesta, como si la congregación pudiera verla junto a Russell y darse cuenta de todo. Pero ¿qué era todo? ¿Que hace mucho tiempo, unos cuantos días antes de casarse, ella lo había besado en un baño en la playa? ¿Y que después de casarse, cuando Russell ya tendría que haber estado desterrado de su memoria, aún le seguía escribiendo?

—Hablemos afuera –le dijo.

Algunos meses antes, Russell le había escrito a Aubrey un correo electrónico en el que le anunciaba que su estancia en Iraq estaba llegando a su fin. «Regresaré pronto a los Estados Unidos, ¿quieres que comamos juntos?» Aubrey había odiado la fingida despreocupación que mostraba en su correo, como si él realmente creyera que no era otra cosa más que un viejo amigo de la preparatoria que ha regresado a la ciudad y que sólo quería ponerse al día. Por supuesto que Aubrey quería volver a verlo, pero ambos sabían que eso era imposible. Ahora estaba casada. Ya tenía un hombre que la amaba, y no era correcto –ni justo, realmente– pretender a otro más.

—¿Qué estás haciendo aquí? –le preguntó ella, una vez que se encontraron afuera de la iglesia.

Russell se encogió de hombros.

—Como no respondiste a mi correo, pensé que podía dar una vuelta.

—Tal vez no lo respondí por un buen motivo.

—¿Y cuál es?

—Que estoy casada.

—¿Las mujeres casadas no pueden salir a almorzar?

—No con hombres desconocidos.

—¿Soy un desconocido?

Aubrey suspiró.

—Sabes a lo que me refiero.

—No, en realidad, no –respondió él–. Estuve del otro lado del mundo y he regresado, y lo único que quiero es comer algo contigo, no pretendo otra cosa. Me levantaste el ánimo mientras estaba lejos y quiero darte las gracias. Tu esposo puede venir con nosotros, si quiere.

Le dijo a Russell que se lo comentaría a Luke, pero durante el silencioso trayecto de regreso a casa, Aubrey miró por la ventana y pensó en Russell y lo imaginó tumbado en el piso del baño, debajo de ella, sujetándola de la cintura con sus grandes manos.

—¿En qué piensas? –preguntó Luke.

—¿Yo?

—Claro que tú –dijo Luke, con una sonrisa.

—No sé. No estoy pensando en nada.

Luke frenó suavemente el auto al llegar al semáforo. Tomó entonces una de las manos que Aubrey tenía sobre el regazo, se la llevó a la boca y mordió uno de sus dedos.

—¿Qué estás haciendo? –exclamó ella.

Luke sonrió y le mordió otro dedo.

—Auch –rio ella–. Basta, tonto.

Entonces Luke le beso la mano y la sostuvo entre las suyas, y durante el resto del viaje, Aubrey se imaginó que su vida se encontraba entre los dientes de Luke. Confiaba en que él no la lastimaría.

Dos días más tarde se vio con Russell en Ruby's, la cafetería al final de muelle. Y a pesar de que él llevaba puesta una camisa de algodón azul y una corbata, y que se puso de pie cuando la vio aproximarse a la mesa, Aubrey se recordó que aquello no era una cita. No había nada romántico ni íntimo en almorzar con alguien en el muelle, donde las gaviotas revoloteaban lanzando chillidos. Russell pidió una cerveza para acompañar su pescado con papas fritas. Ella ordenó una Coca-Cola y una ensalada de pollo, y más tarde, un trozo de tarta de limón para compartir, no tanto porque se hubiera quedado con hambre sino porque quería que el almuerzo durara más tiempo. Al principio había pensado que se sentiría incómoda a su lado, pero pronto se sorprendió de lo tranquila que se sentía conviviendo con él y parloteando de temas mundanos, como el almuerzo campestre de la iglesia o su hermana. Luego Russell le preguntó cómo le había ido en su consulta con la especialista en fertilidad.

—Bien –respondió.

Semanas atrás había recibido un mensaje del consultorio de la doctora Yavari, confirmando su cita de seguimiento.

Había borrado el mensaje. ¿Qué sentido tenía regresar a ese consultorio? ¿Para qué iría a ver a una experta en bebés, si Luke ni siquiera deseaba tener uno? No era de extrañar que a él ni siquiera le hubiera importado lo que a ella tanto le preocupaba: su incapacidad para procrear. Sólo le importaba aquel bebé que había perdido años atrás, sólo le importaba el bebé que había tenido con Nadia.

—¿Crees que a tu esposo le gustaría tener un hijo varón? —le preguntó Russell.

—No lo sé. Nunca me ha comentado nada...

Aquel bebé, ¿habría sido niño o niña? Pero ¿acaso importaba? Seguramente habría sido exactamente lo que Luke esperaba.

—La gente suele creer que los hombres queremos tener hijos varones —dijo Russell—. Como si no pudiéramos concebir la idea de querer a alguien que no es exactamente igual a nosotros.

—¿No te gustaría tener un hijo varón?

—Es demasiado peligroso —respondió Russell—. Los chicos negros son tiros al blanco. Las chicas al menos tienen más oportunidad.

—No creo que sea verdad.

—¿Qué es lo que no es verdad? ¿Por qué crees que me enlisté en los marines? Mi papá me dijo: será mejor que aprendas a disparar antes de que los blancos te disparen a ti, y eso fue lo que hice. Estuve en Iraq y logré regresar con vida. Aquí, nada más por caminar en la calle podrían volarme la cabeza. No tienes idea de lo que se siente.

Aubrey se mofó de él.

—Todo el tiempo tengo miedo —le dijo—. Nunca me he sentido segura.

—Bueno, tienes a tu esposo para que te proteja.

—Mi esposo es justamente quien más me lastima –replicó Aubrey–. Él cree que no me doy cuenta de que está enamorado de otra mujer.

Nunca antes lo había dicho en voz alta. Había algo liberador en admitir la falta de cariño. Bien podría haberse pasado toda la vida sin saberlo, pensando que estaba gozando de un festín cuando en realidad sólo recogía las migajas de otra. Del otro lado de la mesa, Russell la tomó de las manos. Ella se quedó mirando su piel curtida, pero entonces llegó el mesero con la cuenta y tuvo que obligarse a soltarlo.

John Primero le contó a Luke sobre la tarta. La rebanada de tarta de limón que su esposa y otro hombre habían compartido en la cafetería del muelle. Se encontraban acarreando sillas plegables al interior de la sala de juntas, donde se celebraría la sesión masculina de estudios bíblicos, cuando el conserje principal tocó el tema, algo avergonzado y con los ojos clavados en el suelo. A principios de aquella semana, la esposa de John Primero había ido a esa cafetería a comer con una de sus amigas, y había visto a Aubrey almorzando en compañía de un hombre. Al principio había pensado que se trataba de un miembro de la congregación, pero entonces se había dado cuenta de que nunca antes había visto a ese hombre en la iglesia. Parecía enojado. Sus ojos nunca se despegaron de Aubrey.

—No quiero armar ningún lío –dijo John Primero–, pero si fuera mi esposa, me interesaría saberlo.

Lo de la tarta era lo que más le enfurecía. Puede que un almuerzo sea sólo una comida, pero compartir un postre es algo íntimo. No podía dejar de pensar en su esposa y en ese desconocido clavando sus tenedores en la suave crema de la tarta: primero el de ella, luego el de él, después ella de nuevo, en un ritmo constante. Aquel hombre la había visto llevarse el cubierto a la boca, siguiendo con ojos ávidos el camino del merengue hasta verlo desaparecer entre sus labios. Tal vez más tarde, en algún rincón oscuro del estacionamiento, le habría lamido el merengue de la lengua.

—¿Cómo te fue en tu cita? –le preguntó a Aubrey cuando regresó a casa.

Aubrey estaba sentada en el sillón, doblando la ropa limpia. Llevaba puesta una blusa marrón y una holgada chamarra de punto que colgaba, abierta, a los lados de su cintura; la clase de vestimenta que, justo en aquel momento, hizo pensar a Luke que ambos parecían más viejos de lo que realmente eran.

—No fue una cita –respondió ella.

—¿Y entonces qué fue?

—Un almuerzo.

—¿Y entonces por qué no me dijiste nada al respecto?

—No tengo por qué contarte de todos los almuerzos a los que voy.

—¡Si vas a salir con un puto negro desconocido sí tienes que contarme, carajo!

Luke nunca le gritaba. A veces le hablaba con brusquedad, pero siempre se sentía terriblemente mal después, porque ella respingaba cuando él levantaba la voz, y eso lo hacía sentir tan culpable como si le hubiera pegado. Jamás hubiera podido golpearla, pero sentía que ella lo creía capaz, y entonces se obligaba a controlar su furia cuando se encontraba con ella: a calmar el tono de su voz, a controlar su cuerpo, a nunca golpear las paredes ni arrojar vasos al suelo, como él realmente hubiera deseado. No quería que Aubrey le tuviera miedo; no quería que le temiera como temía a la gran mayoría de los hombres. Aunque al parecer, tampoco sentía miedo de aquel hombre con el que había almorzado. Si Luke hubiera estado casado con otra mujer, se habría creído aquello de que sólo había sido un simple almuerzo; pero conocía bien a Aubrey. Y su mujer no tenía amigos hombres con los que saliera sola. Si había aceptado verse con aquel sujeto, no había sido sólo para comer juntos.

Ella lo miró con tranquilidad.

—Yo nunca te pregunto a dónde vas —le dijo—. Nunca te dije nada cuando te escapabas para ir a ver a Nadia.

—Eso es diferente —dijo Luke, tragando saliva.

—¿Por qué? ¿Porque la amas? —soltó una breve carcajada y sacudió la cabeza—. No soy tonta. Tal vez nunca fui a la escuela de leyes, pero no soy ninguna tonta.

—Por favor… —le suplicó Luke.

—Basta. Ya no tienes por qué mentir. Siempre la has amado…

—Por favor…

—Es a ella a quien quieres.

—Por favor —repitió Luke.

La calma de Aubrey lo aterró. Si se hubiera puesto a gritar, a llorar o a maldecir, él lo habría entendido. Ésa era justo la reacción que esperaba. Pero su mujer estaba extrañamente tranquila y así que se dio cuenta de que ella iba a dejarlo.

Tal vez no lo haría en ese preciso momento, pero algún día él regresaría a casa y encontraría vacíos sus cajones y su lado del armario. Y él se quedaría más solo que nunca, más solo de lo que se había sentido en el centro de rehabilitación, antes de que ella le llevara una dona cuidadosamente envuelta en papel crujiente, un pequeño regalo que él no se sentía digno de recibir. Se quedó ahí, parado en el umbral de la sala, mientras ella seguía doblando los suéteres contra su pecho, sosteniendo las mangas y cruzándolas por encima de su corazón.

—NO SÉ QUÉ ES LO QUE LE PASA A ESA MUCHACHA —dijo Betty.

Todas miramos a hurtadillas por entre las persianas y vimos a Nadia Turner alejarse del estacionamiento a bordo de su camioneta. Desde hacía varias semanas la chica se mostraba silenciosa y descortés; apenas les dirigía la palabra cuando detenía su vehículo frente a las casas de las madres, y respondía con monosílabos cuando ellas trataban de hacerle plática. Con esa clase de compañía, habría sido mejor que tomáramos un taxi. Cuando pasaba a recogernos a la iglesia por las tardes, se quedaba afuera y caminaba impaciente de un lado a otro junto a la camioneta, como si tuviera prisa o algo. ¿A dónde le urgía tanto ir? ¿Quién la estaba esperando, además de su papá, que de cualquier forma no iría a moverse a ningún lado?

—A lo mejor está preocupada por su amiga —dijo Flora.

—¿Por qué habría de preocuparse? Sólo está casada. Todos los matrimonios tienen problemas.

—¿Supieron que Aubrey se fue de su casa?

—Bah, ¿quién no lo hizo una o dos veces? —replicó Agnes.

—¿Saben cuántas veces hice mi maleta y abandoné a

Ernest? –dijo Betty–. Me iba corriendo a casa de mi mamita, y a los pocos días ya estaba de vuelta. No pasa nada. Así es el matrimonio.

—Escuché que el hijo de los Sheppard anda de mujeriego.

—Pues es hombre, ¿no? –respondió Hattie–. ¿Qué es lo que estas chicas esperan?

—Ese es el problema con las muchachas de color de hoy –dijo Agnes–. Son demasiado duras. Lo suave resiste a los golpes. Pero lo duro, si lo chocas un poco, se hace pedazos. Hay que ser suave en el amor. Lo duro no permanece.

—Sigo sin saber qué tiene que ver todo eso con Nadia Turner –replicó Betty, sacudiendo la cabeza y volviendo a mirar por la ventana–. No saluda a nadie, no habla con nadie. ¿Y por qué se la pasa caminando de un lado a otro? Como si tuviera muchas cosas que hacer en otro lado…

Lo que no entendíamos era que, cuando Nadia Turner nos dejaba en la Iglesia del Cenáculo, se ponía a caminar de un lado a otro junto a la camioneta de su papá para mirar los coches que pasaban por la calle. A veces se quedaba sentada en las escaleras de la iglesia durante una hora o dos, con la esperanza de ver un jeep verde entrar al estacionamiento, pero nunca logró verlo. Hacía semanas que nadie había visto a Aubrey Evans.

Durante meses enteros, Nadia reprodujo en su mente el día en que sus mentiras quedaron al descubierto. Había sido un día normal, un día tan común y tan corriente que no fue capaz de apreciar esas primeras e insignificantes horas en las que su vida aún no daba un vuelco. Horas que pasaron rápidamente, de modo que, cuando cayó la tarde y ella se encontraba saliendo del baño con los cabellos mojados y envueltos en una toalla, vio de pronto una luz que se detenía afuera de su casa. Fue hasta la puerta y encendió la luz del porche, y cuando se puso de puntillas para ver por la mirilla, se encontró con Aubrey sentada en los escalones.

—¿Qué haces ahí sentada en la oscuridad? —le preguntó, después de abrir la puerta y salir al exterior—. ¿Por qué no tocaste el timbre?

La visita inesperada de Aubrey no la desconcertó —hacía mucho tiempo que ya habían superado la necesidad de telefonearse antes de visitarse—, pero no entendía qué hacía ahí sentada, sin tocar, en el porche de su casa. ¿Qué habría pasado si Nadia no hubiera visto las luces de su auto desde la ventana del baño? ¿Habría permanecido ahí sentada toda la noche, sin siquiera avisarle a Nadia que se encontraba allí? Aubrey no volteó cuando escuchó su voz, y durante las semanas siguientes Nadia pensaría mucho en ella, en ese momento, y recordaría la imagen de la espalda de su amiga, la delicada curva de su cuello. Tal vez si Aubrey se hubiera volteado para verla, las dos habrían permanecido suspendidas en aquel instante para siempre, atrapadas entre la certeza y la duda: el tenso jirón de su amistad desgarrándose lentamente de las costuras.

—¿Cómo? —preguntó Aubrey.

Ya sabía el *qué* y podía adivinar el *por qué*. Pero el *cómo* de la cuestión la eludía. El *cómo* de cualquier traición es la parte más difícil de justificar: *cómo* las mentiras fueron acumulándose y apilándose hasta que la verdad quedó completamente enterrada debajo de ellas. Nadia se había quedado paralizada, con la mente entorpecida y aletargada, como si estuviera tratando de formular palabras en un idioma distinto. Entonces Aubrey se puso de pie y comenzó a regresar por el camino de entrada. Nadia salió corriendo detrás de ella.

—¡Aubrey! –exclamó–. Lo lamento muchísimo...

—Sí, es gracioso que ahora ambos lo lamenten.

—Te lo juro por Dios, me arrepentí en el momento mismo en que sucedió...

—Ah, qué considerado de tu parte.

—Por favor, por favor, hablemos.

Golpeó la puerta del auto de Aubrey y tiró de la manija. Los vecinos no tardarían en despertarse y su padre se asomaría por la ventana y se preguntaría por qué su hija lloraba y suplicaba, por qué se colgaba de la puerta del jeep de Aubrey, aunque ésta ya había encendido el motor.

—Muévete –le dijo–. No quiero atropellarte.

Durante meses, Nadia intentó comunicarse con Aubrey por todos los medios. Le mandó mensajes de texto, correos electrónicos, le dejó mensajes de voz, retrocediendo en el nivel de tecnología hasta que finalmente terminó por mandarle una carta por correo. Tres hojas escritas a mano, llenas de súplicas que cada vez se iban haciendo más humildes, como por virtud de una negociación tácita: en la primera hoja le suplicaba que la perdonara; en la segunda, que le permitiera explicarle todo, y la tercera simplemente se limitaba a rogarle a Aubrey que leyera sus correos o que escuchara sus mensajes de voz, incluso si decidía no volver a dirigirle la palabra. La carta de las tres hojas le fue devuelta, sin haber sido abierta. Nadia pasaba por la casa de Monique todas las tardes en la camioneta, deslizándose lentamente por la calle y mirando por las ventanas de la casa, pero nunca logró ver a Aubrey. Sabía que tenía que dejar de hacerlo, que alguien podía notar las vueltas que daba por la cuadra y llamar a la policía pensando que se trataba de una acosadora trastornada o de una exnovia enloquecida. Pero a pesar de todo siguió haciéndolo durante tres semanas. Y en un acto final de desesperación, una tarde detuvo la camioneta y tocó el timbre.

—Ya no puedes venir aquí –le dijo Kasey–, lo sabes.

Se recargó contra la puerta metálica, con los brazos cruzados. No parecía furiosa con ella, sólo molesta, como quien mira a una gata necia que sigue tratando de entrar a la casa después de haberla echado innumerables veces.

—¿Está Aubrey aquí? –preguntó Nadia en voz baja, con la mirada clavada en el tapete de bienvenida.

—¿No puedes entender que ella no quiere hablar contigo? ¡Jesús! Entre tú y ése…

Nadia aplastó la grava suelta de la entrada con la punta del pie, y trató de contener las lágrimas. En aquellos días, el llanto se le desencadenaba súbitamente, como una hemorragia nasal. Podía imaginarse de qué manera les habría comunicado Aubrey la traición que sufrió, y lo horrorizadas que Monique y Kasey debieron haberse sentido, porque ¿quién no lo estaría? Una chica que había vivido bajo su mismo techo, a la que habían tratado como si fuera un miembro de su familia; una chica sobre la que murmuraban por las noches, preguntándose: ¿te pareció que estaba demasiado callada durante la cena? ¿Crees que le sucede algo? Su madre se había suicidado, era obvio que algo le sucedía, pero ¿te pareció que hoy lucía más triste que de costumbre?

Kasey suspiró y salió al porche.

—No creas que esto significa que podemos ser amigas de nuevo –le dijo–. Es sólo que no soporto verte llorar.

Sobre los escalones del porche, Kasey la abrazó y le dio palmaditas en la espalda mientras Nadia se enjugaba las lágrimas.

—¡Jesús! –le dijo Kasey–. ¿Qué estabas pensando?

—Lo jodí todo.

—Y que lo digas.

—No quiere escuchar mis disculpas…

—¿Y qué esperabas? Aún sigue dolida, cariño.

—Pero ¿qué puedo hacer? ¿Qué se supone que debo hacer?

—Dale más tiempo. Déjala en paz.

Pero no podía. No podía dejar de llamarla o de pasar por su casa. Eso era lo que sucedía cuando querías a alguien, ¿no? No podías abandonarla, aunque esa persona te odiara. No podías abandonarla nunca. Intentó llamar al teléfono de la casa una o dos veces, hasta que Monique respondió:

—Qué descarada eres al llamar aquí –le dijo.

—Por favor –le suplicó. Aquellas dos palabras eran las únicas que Nadia se sentía capaz de pronunciar en esos días–. Sólo quiero hablar con ella, por favor.

—Ya no importa lo que tú quieras –respondió Monique.

Pronto pasó un mes y luego otro más. Por la mañana, le preparaba el café a su padre: media cucharada de café regular, media de descafeinado, como a él le gustaba. Llevaba a las madres a la Iglesia del Cenáculo y por las tardes preparaba la cena. Pensó en marcharse de la ciudad, pero entonces llegó la época navideña, únicamente anunciada por las luces titilantes que colgaban de las palmeras y las gruesas capas de algodón que la gente colocaba sobre los jardines para simular la nieve. Nadia no había pasado un solo día de Navidad en casa desde que su madre había muerto. Los recordaba perfectamente: ocho años sin tradiciones, ocho años sintiéndose vacía por dentro, completamente sola. Nadie con quien colgar las botas navideñas, nadie con quien preparar galletas ni colocar guirnaldas sobre las repisas. Nadie con quien hurgar en la cochera en busca de las cajas que su madre había rotulado meticulosamente: *Papel para envolver* o *Decoraciones para el porche*. Sólo navidades al estilo californiano, sin ornamentación alguna: días calurosos y ordinarios. Pero aquella Navidad, Nadia entró a la cochera con un par de tijeras en la mano, se arrodilló ante las cajas selladas y comenzó a abrirlas con mucha precaución. Colgó dos medias, no tres, en la pared, y colocó focos verdes y rojos en los postes de luz junto al sendero que conducía a la casa. Compró un árbol de navidad artificial en Walmart –nada que ver con los abetos que su padre metía arrastrando en la casa– y ensambló sus enjutas ramas y lo colocó en la sala. Sujetó entre sus manos la tela de fieltro, verde y suntuosa, que cubriría los pies del árbol y se la llevó a la nariz para olerla, esperando captar un atisbo de su madre, pero sólo consiguió percibir los aromas del polvo y de los antiguos pinos.

Pensó en marcharse de nuevo después de Navidad, esta vez incluso buscó boletos de avión, pero cada vez que trataba de reservarlos, algo la detenía. Aún no había llegado el momento de marcharse. No podía abandonar a su padre de nuevo, no aún. Por las tardes llevaba una de las sillas del comedor hasta el armario del vestíbulo, para alcanzar los álbumes de fotografías que su padre había guardado en el último estante. Colocaba uno de los álbumes sobre sus rodillas y pasaba las páginas lentamente, contemplando fotos suyas de recién nacida: pálida, arrugada, con ojos pequeños y brillantes, arropada en una manta amarilla. Su madre, sentada en la cama del hospital, cargándola, con el cabello pegado a la frente sudorosa. Parecía exhausta, pero sonreía. Nadia pasaba las hojas. Ahora era una bebé que gateaba junto a pies anónimos; una criatura regordeta que perseguía patos en el parque; una niña de edad preescolar que reía mostrando los huecos de los dientes que se le habían caído. Pasó aquella fotografía en la cual aparecía acurrucada en el regazo de su padre, la misma que tanto había examinado cuando él se hallaba en el extranjero, en un país tan extraño y distante como la propia guerra. En la fotografía, su padre sonreía mirando a la cámara, con una sonrisa un tanto cansada, igual a la que su madre exhibía en la cama del hospital. Pero también él lucía satisfecho, feliz, incluso.

A veces, cuando su padre iba a dar sus caminatas alrededor del patio, se detenía junto al sofá y se inclinaba a mirar los álbumes fotográficos. Nadia pasaba las páginas llenas de fotografías que consignaban su primer cumpleaños: sentada en una sillita alta, con un gorro de fiesta inclinado hacia un costado de su cabeza. Una noche, Nadia llegó a una de las páginas al final del álbum, en donde aparecían varias fotos de su madre de niña, ataviada con un vestido y calcetines de holanes, posando de pie frente a una casa detrás de la cual se extendía la llanura de Texas. En otra imagen, su madre aparecía de bebé, con los puñitos hundidos en un pastel de cumpleaños y la carita manchada de merengue verde y rojo. Un niño más alto la abrazaba y sonreía ante la cámara. Se había embarrado el rostro de merengue para coordinarse con ella.

Cuando su padre se inclinó hacia el sofá, Nadia por poco cierra de golpe el álbum. Pero él colocó su dedo sobre la página, junto a la fotografía de la bebé sonriente que más tarde se convertiría en la madre de Nadia y después en su esposa.

—¿Quién es? –preguntó ella, señalando al niño.

—Es tu tío Clarence –respondió su padre–. Loco como él solo. Ojalá lo hubieras conocido. Pero las drogas acabaron con él –sacudió la cabeza–. Siempre pensé que la guerra nos mataría, pero luego regresamos y Clarence terminó matándose solo. Me presentó a tu madre y ahora sólo estoy yo. Soy el único que queda.

Ella y su padre eran sobrevivientes, abandonados por todo el mundo a excepción de ellos mismos. Nadia miraba la televisión con su padre todas las noches después de la cena y lo llevaba a la iglesia todos los domingos por la mañana. Aunque ya era capaz de conducir él solo, seguía encaramándose al asiento del copiloto, y Nadia tenía la impresión de que él creía que ella se marcharía cuando sintiera que ya no la necesitaba. Un domingo lo siguió hasta el vestíbulo de la iglesia, y miró a su alrededor esperando, como siempre, ver a Aubrey. Pero en lugar de encontrarse con su amiga, la señora Sheppard la llevó aparte.

—¿Has visto a Aubrey? –le preguntó.

—No recientemente –contestó Nadia.

La señora Sheppard inclinó ligeramente la cabeza hacia un lado, como dudando de su palabra. Luego se cruzó de brazos.

—No quiere hablar conmigo –dijo la esposa del pastor–. No lo entiendo. Fui a su casa el otro día y toqué el timbre, pero ella fingió que no estaba. Y esa mujer blanca me dijo que Aubrey no quería recibir visitas. ¿Desde cuándo soy yo una simple visita?

Un sentimiento de envidia bastante conocido le llenaba el pecho.

—Lo lamento mucho —respondió Nadia.

—Está embarazada, ¿lo sabes?

Nadia se quedó sin aliento.

—¿De verdad?

—Está esperando a mi nieto y no quiere dirigirme la palabra —exclamó la señora Sheppard, enderezando los hombros—. Luke no quiere decirme qué fue lo que pasó, pero estoy segura de que tú tuviste algo que ver. Traté de decírselo a Aubrey, traté de advertirle de ti, pero las chicas nunca escuchan a sus madres, nunca.

Cada domingo, el pastor se limpiaba el sudor de la cara con un pañuelo doblado mientras procedía a invitar a los allí reunidos a pasar al frente si querían recibir a Jesús en sus corazones, y Nadia miraba cómo la gente se arrodillaba ante el altar con los brazos abiertos y las palmas apuntando al cielo. Veía los rostros radiantes, las cabezas inclinadas hacia atrás y las manos levantadas de todas esas personas que se balanceaban y cantaban. Durante la oración, Nadia miraba siempre de soslayo a los que agachaban la cabeza y cerraban los ojos y alzaban las manos hacia las vigas del techo, mientras ella permanecía inmóvil, con los brazos fijos a los costados. Lo sentía entonces y lo sentía durante las sesiones de alabanza, cuando pasaba sus ojos por aquel recinto lleno de creyentes: la contundencia de su propia soledad.

Y mientras el coro comenzaba a cantar «Te entrego todo, Señor», Nadia se dobló en el banco, incapaz de contener las lágrimas. Su padre se volvió hacia ella y apoyó una mano sobre su espalda. Su otra mano buscó la de Nadia, y la palma callosa se unió a la tersa.

—¿Quieres que rece contigo? —murmuró su padre.

Él vivía entre súplicas y oraciones, entre versículos que ella nunca entendería, y a pesar de que su fe lo había alejado de ella, Nadia asintió. Cerró los ojos e inclinó la cabeza.

La mañana en que pensó en regresar a casa, Aubrey se encontraba tumbada sobre la cama, luchando por abrir la tapa del frasco de sus vitaminas prenatales. Para entonces ya tendría que haberse levantado —había programado su alarma para que sonara hacía media hora— pero el embarazo la había puesto más somnolienta de lo que había imaginado. Cuando recién acababa de mudarse de nuevo a la casa de su hermana, Monique había pensado que estaba deprimida debido a las incontables horas que pasaba durmiendo. Aubrey se había burlado de aquella idea. ¿Qué no podía estar sencillamente triste y ya? ¿No podía sentirse devastada sin que hubiera un motivo fisiológico o químico detrás de ello? Pero cuando fue a ver al doctor Toby, este le dijo que era posible que estuviera embarazada. Y Aubrey hizo las cuentas y se sonrojó al recordar aquella desastrosa noche sobre el sillón de la sala. Y el doctor había estado en lo cierto, después de todo. Sólo había hecho falta un vaso, o cuatro, de vino.

—Pensé que debías saberlo —le dijo a Luke.

Del otro lado de la línea telefónica no se escuchó otra cosa que el silencio, y Aubrey revisó la pantalla de su celular para asegurarse de que la llamada no se había cortado.

Cuando Luke finalmente pudo decir algo, tenía un nudo en la garganta, y a pesar de todo lo que había pasado entre ellos, a Aubrey se le humedecieron los ojos.

—¿Puedo verte? –preguntó Luke.

—No por el momento.

—No iré a tu casa. No iré a tu casa si tú no quieres, pero tal vez podríamos vernos en la consulta médica. ¿Puedo?

—No estoy lista –respondió ella.

Luke no le preguntó cuándo lo estaría. Para entonces ya había abandonado sus insistentes intentos de convencerla de que regresara a casa con él. Ahora sólo la rondaba desde lejos; podía sentirlo husmeando a su alrededor, aguardando. No lo había invitado a ninguna de las citas con él médico, pero lo mantenía informado de todos los detalles importantes, como cuando se enteró de que el bebé sería niña. «Una niña, caray» había dicho Luke, una y otra vez, y Aubrey recordó aquella vez que Russell le preguntó si Luke deseaba un niño varón. Pero cada vez que Luke repetía «una niña, caray», ella sentía que su voz iba adquiriendo cada vez más emoción. El género hacía que un bebé se convirtiera en algo real, que dejara de ser una fantasía. Se imaginó a Luke alzando a su bebita por encima de su cabeza, una nena con los rizos marcados de su madre, o con los apretados rulitos del padre atados en un pequeño bullón. Una niña que no tendría que viajar de casa en casa, que no temería a los hombres que caminan por pasillos desvencijados, que no temería a nada ni a nadie, extendiendo sus bracitos mientras Luke la arrojaba al aire, completamente segura de que caería a salvo en los brazos de su padre.

—Toc, toc –dijo Monique, bostezando en el umbral de la habitación. Llevaba un vaso de agua en la mano.

—Estaba a punto de levantarme por agua –dijo Aubrey.

—Lo sé. Ya me había levantado.

—No necesito que me atiendas.

—Nadie te está atendiendo. Ya me había levantado.

Lo único que resultaba más molesto que las atenciones de su hermana, era cómo ella siempre fingía que no la atendía. Monique esquivó los zapatos deportivos tirados sobre la alfombra, las cajas que Aubrey aún no había desempacado a pesar de que hacía meses que se había mudado, y colocó el vaso de agua sobre la mesita de noche. Se inclinó entonces hacia el vientre de Aubrey y dijo: «Buenos días, bebita». Siempre estaba diciéndole a Aubrey que debía hablar más con la bebé. A las veinte semanas de edad, los fetos lo escuchan todo. A las veinte semanas de edad, los bebés reconocen la voz de sus madres. Pero Aubrey hablaba con su bebé de la misma forma en que hablaba con Dios: nunca en voz alta, siempre en su interior. Tragó sus vitaminas y acarició su barriga. «Ahí tienes; odio tragarme esas pastillas, pero lo hice por ti. Lo que sea por ti».

—¿Dónde está Kasey? –preguntó.

—Durmiendo –respondió Monique. Y sonrió–. Oye, ¿por qué no hacemos un poco de ejercicio? Vayamos a correr un poco.

—No me dan ganas.

—¿Por qué no?

—Corres demasiado rápido.

—Trotaré, pues. Anda, vamos, salgamos de esta casa. Te hará bien.

Monique se agachó a recoger el par de zapatos que estaban tirados sobre la alfombra. No podía evitarlo, siempre andaba arreglando las cosas.

—Creo que iré a la casa hoy –dijo Aubrey–. Necesito recoger un par de cosas después del trabajo.

Monique se detuvo frente al armario.

—¿Estás segura de que es una buena idea? –preguntó.

—Es mi casa. Tú lo dijiste.

—Pero aun así te rehúsas a correrlo.

—¿Y en dónde se supone que vivirá?

—No sé. Eso debió haberlo pensado antes de arruinarlo.

—No es para tanto, Mo –respondió Aubrey–. Y además Luke trabaja hasta tarde hoy.

—¿Quieres que te acompañe?

—No, está bien –respondió–. Sólo iré de entrada por salida.

Aquella misma noche, metió la llave en la cerradura y abrió lentamente la puerta de entrada. Era como entrar a la casa de un desconocido. No colgó sus llaves en el pequeño gancho que le pidió a Luke que instalara sobre la pared, porque él siempre olvidaba donde dejaba las suyas. Tampoco colocó su chamarra en el perchero del armario ni se quitó los zapatos. Se detuvo junto a la mesita en donde colocaban la correspondencia: había una pila de cartas de Nadia. No abrió ninguna pues ya sabía lo que dirían, pero las revisó para asegurarse de que estuvieran cerradas. Luke tampoco las había abierto. Se los imaginó a los dos, como solía hacerlo con frecuencia antes, acostados en la cama, hablando de ella en susurros. Basta, se dijo a sí misma. Un cordón la unía a su bebita, y tal vez estaría pasándole algo más que comida y nutrientes a través de aquel cordón. ¿Podía un bebé alimentarse del dolor de su madre? Tal vez el cordón nunca se rompía. Tal vez ella aún se alimentaba de la tristeza de su propia madre.

Encendió la luz de la habitación de huéspedes, en donde Luke y ella se habían imaginado que estaría la habitación del bebé. Antes de los años de infertilidad, cuando aún eran una pareja de recién casados, llenos de esperanza, señalaban los espacios vacíos de la habitación y conjuraban una cuna, un móvil de planetas, un color dulce y soñador en las paredes. Su hermana le había llevado muestras de pintura para que eligiera alguna, pero Aubrey había mirado los amarillos limón y los verdes céreos y le pareció que ninguno de esos colores era como los que Luke y ella se habían imaginado. Escuchó el ruido de la llave en la puerta y cerró los ojos. Le había mentido a su hermana aquella mañana: sabía que Luke salía temprano del trabajo los jueves, pero le había dado vergüenza admitir que lo extrañaba. Se suponía que ella no era de ese tipo de mujeres que perdonan las cosas fácilmente, pero hacía mucho tiempo que ni siquiera se sentía como una mujer. Llevaba una niña en su vientre, una niña que era, a la vez, ella misma y Luke. Ahora era tres personas en un mismo cuerpo, una extraña trinidad.

—¡Guau! —exclamó Luke, cuando ella se giró hacia él.

No había hablado con él desde el día en que ella le habló para decirle que estaba embarazada. Sus ojos se deslizaron por su cuerpo, especialmente por el vientre hinchado y los horribles pantalones de maternidad, y pareció maravillarse ante el espectáculo. Tal vez ella no era tan hermosa como Nadia ni tan valiente ni tan inteligente, pero era la madre de su hija. Ella y Nadia se habían debatido perpetuamente entre el amor y la envidia, y finalmente sentía que la balanza se inclinaba hacia su lado. Ella daría a luz a la criatura deseada. Poseía algo que Nadia no tenía, y por primera vez en su vida, se sintió superior a Nadia.

—¿La sigues viendo? –le preguntó a Luke.

—No –respondió él–, jamás. Aubrey, sólo fue…

—¿Hablas con ella?

Luke negó con la cabeza. No le preguntó si aún la amaba, porque temía la respuesta.

—No regresé para verte a ti –dijo Aubrey–. He estado pensando en la habitación de la bebé y la casa de mi hermana es demasiado pequeña…

—Por supuesto –dijo él–. Hagámosla aquí. ¿Qué necesitas? Lo conseguiré.

Aubrey se imaginó preparando la habitación de la bebé con Luke, los dos juntos, paso a paso, igual que su hermana y ella redecorando la recámara de huéspedes cuando Aubrey se mudó. Ambas habían recreado las fantasías de Aubrey en aquel dormitorio, la habitación con la que ella había soñado ya que había dormido en catres, sillones y camas de motel; la recámara que ella preparaba en su mente cuando necesitaba un sitio donde esconderse. El novio de su madre la tocaba y ella colgaba un cuadro en una pared, extendía un grueso edredón sobre la cama y delineaba las flores del papel tapiz con su dedo.

Luke y ella podían crear un mundo hermoso para su hija, y ella jamás tendría que conocer otra cosa.

—Tengo que pensarlo bien –le respondió finalmente.

—Perfecto –dijo Luke–, piensa todo lo que quieras –se metió las manos en los bolsillos y avanzó un pasito hacia ella–. ¿Crees que puedo…? ¿Ya está pateando la nena?

—No –respondió Aubrey–. Aún no. Yo te diré cuando lo haga.

De camino a la puerta, pasó junto al gancho de las llaves, junto al armario de los abrigos y la mesa de la entrada. Ahí se detuvo y tomó el fajo de cartas de Nadia. Las más recientes no tenían remitente, sólo las palabras «Por favor, perdóname» escritas en el sobre con tinta azul emborronada.

En febrero, el padre de Nadia comenzó a dar pequeños y lentos paseos por la cuadra durante las tardes. Se ponía un rompevientos azul marino, con la cremallera cerrada hasta el cuello. Nadia se encaramaba sobre los escalones del porche y lo miraba dar una, dos vueltas cansinas en derredor. Ya no necesitaba su ayuda, aunque ella seguía haciendo algunas pequeñas tareas por él, como preparar la cena o lavar su ropa. Cada dos semanas le cortaba el cabello con la maquinilla de su madre, y siempre se preguntaba qué diría ella si pudiera verlos ahora. ¿Se sorprendería de que la vida de los dos se hubiera fusionado? ¿Acaso lo había previsto todo desde aquel momento, cuando Nadia era una niñita a la que su madre empujó suavemente, instándola a darle un beso de bienvenida a su papi? El examen de ingreso al Colegio de Abogados del mes de febrero pasó y Nadia comenzó a pensar que tal vez podría presentar el de julio. Incluso podría solicitar su ingreso al Colegio de California, en vez de al de Illinois, y establecerse de una vez por todas. Encontrar un trabajo ahí cerca, tal vez en el centro de San Diego, que sólo se encontraba a cuarenta y cinco minutos de distancia, y así poder seguir llevando a su padre a la iglesia los domingos. Podría hacer lo que todas las chicas de Oceanside hacían: casarse con un marine y dejar de soñar con otros lugares. ¿Qué podía ser mejor que esta ciudad en donde no existían el invierno ni la nieve? Podría encontrarse un buen hombre y seguir viviendo en este verano eterno.

Una tarde, mientras veía cómo su padre desaparecía al doblar la esquina, Luke estacionó su camioneta frente a la casa. Se le hizo un nudo en el pecho. Se puso de pie mientras él se acercaba por el sendero.

—Hola –le dijo–. ¿Puedo pasar?

Nadia entró a la casa en silencio y Luke la siguió. De pronto se sintió abochornada: llevaba puestos unos flojos pantalones para hacer ejercicio y una holgada camiseta de la Universidad de Michigan; sus cabellos estaban atados en un moño descuidado, y al mirar a su alrededor recordó que aún no había barrido el piso y que sus libros seguían apilados sobre la mesita del centro de la sala. Pero ¿qué importaba realmente? Aquellos días en los que se desvivía por impresionar a Luke se habían terminado, ¿no? Y, además, él ya la conocía. No había ni una sola parte de su vida que él no conociera. Ambos se detuvieron en el vestíbulo, como parte de un acuerdo tácito que se habría roto si hubieran avanzado más. Pero entonces ella se dirigió a la cocina –un lugar seguro– y Luke la siguió despacio, con las manos metidas en los bolsillos.

—¿Has sabido algo de Aubrey? –le preguntó.

—Nada –dijo ella.

—Se llevó tus cartas.

—¿En serio?

—Las que enviaste a la casa. No sé si las leyó, pero sí las tomó.

Por primera vez en meses, sintió que un peso se le quitaba de encima. Tal vez Aubrey nunca llegaría a perdonarla, pero por lo menos sabría lo arrepentida que Nadia estaba de haberla traicionado. Vertió agua en un vaso y se lo ofreció a Luke.

—Me enteré de que tendrás un bebé –dijo–. Felicidades.

Luke le dio un trago al agua antes de posar el vaso sobre la mesa.

—Fue mi mamá, ¿verdad?

—Tu mamá.

—Todavía me cuesta creerlo –dijo Luke–. No sé si los hombres siempre sentimos eso, o si es cosa mía... Es decir, me envió la ecografía por correo electrónico. Creo que siempre pensé que estaría ahí, con ella, cuando se la hicieran.

Nadia recordó su propia ecografía, aquella manchita anónima contra el fondo oscuro. Nunca le había contado a Luke que lo había visto. Aquello seguramente le dolería, saber que ella había podido ver a su bebé y él no. Luke se recargó contra la pared y volvió a ocultar las manos en los bolsillos.

—Quiero pedirte algo –dijo.

—¿Qué?

—¿Podrías hablar con Aubrey?

—Ya te dije que no quiere saber nada de mí.

—Tal vez ahora será diferente –replicó él–. Se llevó las cartas. Puedes contarle lo que sucedió, decirle que estabas triste por lo de tu papá y de cómo las cosas se complicaron aún más por todo lo que pasó antes...

—Quieres que yo asuma la culpa –dijo ella.

—No lo digas así.

—¡Eso es exactamente lo que estás diciendo, carajo!

—Quiero ver a mi hija –dijo Luke–. Quiero conocerla.

Así que van a tener una niña. De alguna manera, le aliviaba saberlo. Había deseado que el bebé de Luke y Aubrey fuera niña. Porque Bebé era –o había sido– un niño, y si éste nuevo bebé también era niño habría reemplazado a su hijo. O no, peor aún, lo habría suprimido por completo. Pero era tonto pensar eso. En realidad ella nunca tuvo manera de saber cuál había sido el sexo de Bebé. Además, cómo era posible que se preocupara de su hipotético reemplazo cuando ni siquiera había querido tenerlo. No como Luke deseaba tener a esta niña. Podría hacerlo por él, asumir la culpa. Se imaginó contando esa versión de la historia, la versión en la que la madre de Luke indudablemente creía. Había sido ella la que lo sedujo a él; la que apresó entre sus garras a un buen hombre que sólo trataba de ayudarla a cuidar a su padre enfermo. ¿Se lo tragaría Aubrey? ¿Qué mujer podría creer realmente en eso, además de aquellas a las que no les quedaba más remedio que hacerlo?

—Espero que te perdone —dijo Nadia—. Y espero que estés ahí para apoyarla. Nunca me apoyaste a mí. Me abandonaste en esa clínica. Tuve que ocuparme de todo yo sola…

—Nadia…

—Disculpa —respondió ella—, pero no puedo mentirle por ti. No puedo seguir mintiéndole.

Luke se marchó apresuradamente. Nadia lo siguió hasta la puerta, donde se topó con su padre que, en aquel mismo instante, se quitaba la chamarra en la entrada. Frunció el ceño cuando Luke pasó junto a él.

—¿Qué pasa? —preguntó.

—No es nada —respondió Nadia—. Luke sólo pasaba a saludar.

Una infancia entera de pésimos regalos navideños habitaba en los cajones de Nadia. Su padre los encontró todos mientras hurgaba en las cosas de su hija. Nunca había sido bueno para dar regalos –su esposa siempre lo superaba– pero aun así solía pasar muchas horas en las tiendas departamentales, eligiendo collares con formas retorcidas, pulseras de dijes, cualquier cosa con brillantes de imitación color rosa. Objetos lindos y frívolos que él pensaba adecuados para una chica, como pijamas estampadas con el rostro de algún actor, o bisutería ostentosa, o una carcasa color lavanda para el teléfono celular. Todos estos regalos estaban metidos en los cajones de la mesita de noche de Nadia, y él los fue sacando mientras los revisaba. Le hubiera gustado pensar que Nadia los había conservado porque atesoraba los regalos que su padre le había hecho, pero conocía bien a su hija. Nadia no era una chica sentimental y mucho menos respecto a él. El amor no era lo mismo que el sentimentalismo. Lo más probable era que los regalos siguieran allí porque no se había molestado en tirarlos a la basura. En el fondo de uno de los cajones encontró el obsequio que más le había enorgullecido: una caja de cerámica con decoraciones de flores de lavanda. Le recordaba mucho a un alhajero que su madre había tenido. De niño le gustaba pasar sus dedos por las flores esculpidas en la caja, impresionado por las cosas que a las mujeres se les permitían tener, cosas bellas que no tenían otro propósito más que ser bellas.

No sabía lo que buscaba. ¿Un recibo? ¿Algún documento médico? Alguna evidencia que probara que la clínica de la que Luke y Nadia habían hablado no era la que estaba en el centro de la ciudad. Para cuando su hija estacionó la camioneta en el camino de entrada, él ya había vaciado por completo los cajones de la mesita y la cama de Nadia estaba cubierta de billeteras metálicas, calcetines de felpa, aretes de brillantes aún sujetos a etiquetas de cartón. Nadia entró a su habitación y encontró a su padre sentado en la orilla de la cama, con el alhajero de cerámica sobre sus piernas y un dije con dos diminutos pies dorados en la palma de su mano.

Catorce

N LAS PRIMERAS HORAS DE LA MAÑANA, LA IGLESIA del Cenáculo siempre se hallaba envuelta en silencio, lo que Nadia ya sabía por todas esas mañanas de verano que había pasado trabajando en aquel sitio, años atrás. En aquellos días, cuando tenía diecisiete años y se hallaba herida y desesperada por demostrar su valía ante el mundo y, sobre todo, ante sí misma, había recorrido aquellos pasillos a solas, transportando tazas de café de la oficina del pastor a la de su esposa. Había realizado aquel recorrido todas las mañanas sin falta, y cuando vertía el café humeante en la taza, bajo la vigilante mirada de la madre Betty, solía mirar hacia la puerta cerrada del privado del pastor y se había preguntado qué estaría haciendo allí adentro. Su trabajo le parecía misterioso, todo lo contrario a la labor de la primera dama, cuyas tareas eran prácticas y diligentes. A veces el pastor entraba a la oficina cuando Nadia aún se encontraba allí y le dirigía una sonrisa al pasar junto a ella, muy apresurado y con una gruesa Biblia bajo el brazo. Otras veces se encontraba al teléfono cuando ella entraba, y aunque le daba la espalda Nadia podía notar cómo sus dedos jugueteaban con el cordón del teléfono. Una vez había visto cómo el pastor recibía en su privado a una pareja que había acudido a recibir su consejo, y Nadia se había imaginado cómo el ministro habría conducido la sesión. Seguramente se habría recostado contra el chirriante respaldo de su butaca de cuero en momentos estratégicos, al hacer una observación, por ejemplo, y se habría inclinado hacia la pareja cuando fuera momento de escucharlos, siempre con aquel aire de sabiduría y comprensión. A lo largo de aquel verano Nadia se preguntaría quiénes eran esas personas que acudían tan temprano a la iglesia a solicitar la ayuda del pastor. Probablemente eran los feligreses más afectados, los que más requerían el auxilio del ministro y a quienes más les angustiaba lo que podría pasar si el resto de la congregación llegaba a descubrir la clase de problemas que enfrentaban. Nunca se imaginó que, años más tarde, su padre y ella se convertirían justamente en ese tipo de personas que acudían a la oficina del pastor tan pronto había amanecido.

El pastor se sobresaltó al verlos entrar. Se hallaba sentado detrás de su escritorio, inclinado sobre una Biblia abierta y un montón de blocs de notas, seguramente escribiendo un sermón, lo cual hacía que su visita intempestiva resultara aún más inoportuna. Pero su padre había entrado en su habitación aquella mañana y le había dicho: «Iremos a ver al pastor» con tanta seguridad que ella no pudo contradecirlo. Se pasó toda la noche sin poder dormir, recordando cómo había hallado a su padre sentado en la orilla de la cama, rodeado de objetos que había sacado de los cajones de su mesita, con los piececitos de Bebé en la mano. Los ojos le resplandecían a causa de las lágrimas.

—¿Registraste mis cosas? –le preguntó ella en voz baja.

—¿Hiciste eso? –replicó él–. ¿Hiciste eso a mis espaldas?

Su padre se había negado a nombrar su pecado, y eso la había hecho sentir aún más avergonzada. Le contó la verdad. Le contó que había estado viendo a Luke en secreto y descubrió que estaba embarazada y que los Sheppard le habían dado el dinero para que se hiciera el aborto. Su padre la escuchó en silencio, retorciendo sus manos, con la cabeza gacha, y cuando ella terminó de contarle todo se quedó un largo rato inmóvil, antes de ponerse de pie y salir de la habitación. Estaba conmocionado, pero ella no podía entender por qué. ¿Acaso no sabía que era imposible conocer verdaderamente a otra persona? ¿Acaso la madre de Nadia no les había dado esa lección a ambos? Ahora los dos se encontraban en la entrada de la oficina del pastor, y él alzó la mirada y los vio. Se aclaró la garganta y señaló las butacas color borgoña que se encontraban frente a su escritorio.

—¿Por qué no toman asiento? –les dijo tranquilamente.

—No –respondió el padre de Nadia–, usted no va a ordenarme nada. Sólo era una niña, hijo de perra, y usted sabía lo que su hijo le había hecho…

—Nos encargamos de todo, Robert…

—¿Se encargaron de todo? ¿Ustedes se encargaron? ¿Usted fue quien la obligó a hacerlo? ¿O fue su hijo?

—Charlemos del asunto ahora –dijo el pastor, levantándose de su silla–. La furia no resolverá nada…

—¡Claro que estoy furioso, carajo! ¿Usted no lo estaría, pastor? ¿Si hubiera sido su hija?

Su padre necesitaba culpar a alguien, y qué fácil habría sido proporcionarle aquel consuelo. Así ella se habría convertido en una pobre chica inocente que, acosada por un novio egoísta y su padre hipócrita, se había sometido a una cirugía abominable. Del otro lado del escritorio, el pastor se talló los ojos, como si la verdad lo hubiera fatigado de pronto.

—Yo sabía —dijo—, yo sabía que no debimos haberte dado ese dinero. Es soberbia interferir con una vida que el Señor ya había creado.

—No —respondió Nadia—. Nadie me obligó a hacer nada. Yo no podía... no quería tener un bebé.

—¿Y por eso lo mataste?

Su padre la miró con asco, lo cual fue aún peor que si la hubiera mirado con furia. Ellos, él y su madre, tampoco habían estado preparados para ser padres después de todo. ¿Y acaso no la habían criado de todas formas? ¿Qué le había pasado a Nadia? ¿Por qué no había podido ser más fuerte?

—Nadie me obligó a hacer nada —repitió ella.

Su madre estaba muerta, hacía mucho tiempo que se encontraba muerta, pero se habría sentido orgullosa de saber que su hija no culpaba a nadie por sus errores. Al menos sí tenía la fuerza para hacer eso.

En su última noche en California, Nadia le pidió al conductor del taxi que se detuviera en la casa de Monique y Kasey de camino al aeropuerto. Permaneció sentada en el asiento trasero por unos cinco minutos, mirando correr el taxímetro, hasta que el robusto conductor filipino bajó la ventanilla del vehículo para encender un cigarro, y le dijo:

—¿Va a entrar o...?

—Deme un minuto —respondió ella.

El conductor se encogió de hombros y sacudió la ceniza del cigarrillo por la ventana. Ella se apoyó contra el vidrio y contempló el humo flotando en volutas. Su padre la había mirado empacar, parado en la puerta de su habitación. «No tienes que marcharte», le había dicho varias veces, pero ella no alcanzaba a distinguir si decía aquello por un verdadero deseo de que se quedara a su lado o por simple cortesía. En aquel mismo instante, su padre seguramente estaría recostado en su sillón reclinable, acostumbrándose de nuevo al silencio. Tal vez encendería la televisión para llenar la casa con algún sonido. Tal vez extrañaba la simplicidad de su vida sin ella, todas sus sencillas rutinas. Ahora tendría que encontrar una nueva iglesia: ni siquiera había querido mirar al pastor cuando salieron de su oficina. ¿Pero dónde podría hallar otra iglesia que tuviera necesidad de un hombre solitario y su camioneta? Se imaginó a su padre recorriendo parroquia tras parroquia, acarreando siempre las penas de los demás, sin guardar nada para sí mismo.

Finalmente salió del taxi y tocó el timbre. Después del segundo timbrazo, Aubrey le abrió la puerta. Su vientre parecía una pelota de playa que sobresalía por encima de sus pantalones de maternidad. Tenía justo el aspecto que Nadia tanto había temido. Un par de días después de haberse hecho la prueba de embarazo, se paró frente al espejo y se levantó la blusa y miró cómo su vientre plano comenzaba a inflarse como un globo ante sus ojos, hasta quedarse ahí flotando sobre la cintura de sus jeans. Cuando llamó para hacer la cita en la clínica, el hombre que la atendió le dijo que antes de poder programar definitivamente la operación debía escuchar una grabación que le explicaría cuáles eran sus otras opciones. «Lo siento», había dicho el sujeto, «pero es algo que estamos obligados a hacer». El hombre se escuchaba genuinamente apenado y, cuando ella guardó silencio, le aseguró que no había manera de que él supiera si ella había escuchado o no el mensaje completo. Así que, cuando la grabación comenzó, Nadia colocó su teléfono sobre la superficie del escritorio. No necesitaba oír esa grabación para saber que no quería engordar por llevar la vida de otra persona dentro.

Pero Aubrey no parecía aterrorizada. Se le veía bastante cómoda, vestida con aquel enorme suéter y la mano apoyada sobre la barriga, como para asegurarse de que aún seguía ahí. Ella sí deseaba a su bebé, y ésa era la diferencia: la magia que deseabas era un milagro, y la que no deseabas, una maldición.

—Felicidades –le dijo Nadia.

Trató de sonreír. Aquélla era la parte más dura, ¿verdad? Cuando la desenvoltura de la amistad comienza a exigir un esfuerzo tremendo. Cuando debes permanecer ahí parada sobre el tapete de bienvenida, en vez de entrar a la casa como si fuera la tuya. Miró el rostro de Aubrey, tratando de hallar en él algún rastro de cariño o de odio, pero no encontró nada de eso, sólo una especie de silenciosa seguridad. Aubrey bajó la mirada y se envolvió aún más en su suéter.

—Me mentiste –dijo.

—Lo sé.

—Durante años enteros. Los dos me mintieron.

—Y lo lamento mucho. Es que no sabía cómo…

—¿Ese taxi es tuyo?

La mirada de Aubrey se alzó por encima del hombro de Nadia para contemplar al taxista que fumaba estacionado junto a la acera.

—Hoy regreso al norte –dijo Nadia.

—¿Cuánto tiempo estarás allá?

—No lo sé.

—Así que ése es tu plan. Hacerme esto y luego largarte.

—¿Puedo entrar un segundo?

Aubrey vaciló. Por un momento, Nadia pensó que se negaría, pero entonces se hizo a un lado y Nadia entró a la casita blanca que alguna vez había sido como su hogar. Pasó junto a varias pilas de cajas de cartón diseminadas por el suelo hasta llegar a la cocina. Una ecografía colgaba del refrigerador. Se acercó a mirarla. Ahí estaba, la bebé. Veinte semanas de edad y perfectamente saludable, con diez dedos en las manos y diez en los pies. A las veinte semanas, un bebé ya tenía apariencia humana.

—Mi papá lo descubrió todo –dijo Nadia–. Lo de mi aborto.

—¡Oh! –exclamó Aubrey–. ¿Está enojado?

Nadia se encogió de hombros. No tenía ganas de hablar sobre su padre, no ahora. Miró de nuevo la ecografía del refrigerador y se imaginó a sí misma en el consultorio en donde se la realizaron a Aubrey, sosteniendo la mano de su amiga mientras el doctor le pasaba el sensor por el vientre. El médico soltaría una carcajada al ver la cantidad de gente que habría en el consultorio; normalmente los pacientes que atendía no acudían acompañados de toda su familia. Pero nadie le haría ver su error, nadie negaría que Nadia no era de la familia. Se uniría al círculo que rodeaba a Aubrey –Monique apretando una de sus manos, Kasey sujetándola de los hombros – mientras las cuatro mujeres contemplaban la aparición de la bebé, a contraluz y bañada por una luz resplandeciente. ¿Podía la nena sentir la fascinación que las embargaba mirarla en la pantalla? ¿Podía sentir que estaba completamente rodeada de amor? ¿Acaso los bebés presienten cuando no son deseados?

—¿Qué se siente estar embarazada? –preguntó Nadia.

—Es extraño –respondió Aubrey–. Tu cuerpo deja de ser tuyo. Gente que no conoces se acerca a tocarte la barriga y a preguntarte cuántos meses tienes. ¿Qué les da derecho a hacer eso? Y dejas de ser tú misma. A veces eso me da un poco de miedo porque sé que jamás volveré a ser la misma, a veces me alegro porque sé que seré algo más –se apoyó contra el muro–, pero otras veces me pregunto: ¿qué tal si no consigo amar a esta bebé?

—Claro que la amarás. ¿Cómo podrías no hacerlo?

—No lo sé. Es justo lo que nos pasó a nosotras, ¿no?

A veces Nadia deseaba que eso fuera verdad. Habría sido mucho más fácil admitir que había sido una niña indeseada. Habría sido mucho más fácil odiar a su madre por haberla abandonado. Pero entonces recordaba a su madre entregándole caracolas en la playa y pasando la noche a su lado cuando se encontraba enferma, apoyando su mano contra su frente ardiente y luego besándola, como si aquel beso fuera más efectivo para detectar la fiebre que un termómetro. Nada respecto a su madre era simple –ni su vida ni su muerte– y tampoco lo sería su recuerdo.

—Tal vez sí nos quisieron –respondió Nadia–. Tal vez sólo hicieron las cosas de la mejor forma que pudieron.

—Eso es aún más aterrador –dijo Aubrey.

Abrazó su enorme vientre. Ahí dentro llevaba una nueva persona, lo cual era milagroso y al mismo tiempo espeluznante. ¿En qué te convertías cuando dejabas de ser tú misma?

—¿Ya tienes un nombre para ella? –le preguntó Nadia.

Aubrey guardó silencio y luego negó con la cabeza. Estaba mintiendo. Probablemente tenía listas enteras de nombres desde que su bebé había sido apenas una plegaria. Pero no quería decírselo a Nadia, y Nadia no tenía ningún derecho de saberlo. Pero a pesar de todo, una vez que se despidió y abrazó a Aubrey, cuando subió al taxi y luego al avión y se apoyó en la ventanilla para mirar cómo el paisaje de San Diego se encogía ante sus ojos, se imaginó en el hospital una mañana después de recibir una llamada. Caminaría impaciente hasta el área de maternidad y miraría las filas de bebés recién nacidos, ataviados con gorritos rosas y azules, hasta encontrarla. La reconocería a primera vista: aquella pequeña espiral de luz envuelta en una mantita de color rosa, la hija de dos personas que Nadia siempre amaría. Y así sería como al fin conocería a la criatura que jamás habría de conocer.

En el principio era la palabra, y la palabra provocó el fin.

La noticia se propagó en sólo dos días, gracias a Betty. Más tarde nos contaría que no había sido su intención causar ningún mal. Sí, había divulgado información privada y personal, pero fue sólo porque ella no sabía que era privada y personal. Ella había estado haciendo lo suyo aquella mañana, abriendo las puertas de la iglesia, cuando escuchó gritos que provenían de la oficina del pastor. Por supuesto que había ido a ver qué sucedía. ¿Acaso ése no era su deber? ¿Qué tal que el pastor necesitaba su ayuda? Cosas mucho más locas sucedían en el mundo. Había leído en el *USA Today* sobre un ministro de Tennessee que había sido apuñalado por un feligrés demente. Y había visto un segmento en el programa *60 Minutos* sobre una iglesia en Cleveland que había sido robada por un par de maleantes que sospechosamente conocían dónde se guardaba el diezmo. Pero cuando le preguntamos qué habría hecho en caso de que al pastor lo hubieran amenazado a punta de cuchillo, Betty hizo un gesto con la mano para desestimar nuestras dudas, e insistió en que la dejáramos proseguir su historia. Así que había ido a investigar lo de los gritos y cuando llegó a la esquina del pasillo, echó un vistazo por la puerta entreabierta de la oficina del pastor, y ¿quién creen que se encontraba ahí dentro?

—Robert Turner —susurró, del otro lado de la mesa del bingo— grite y grite. Diciéndole al pastor que era un hijo de… ¿Pueden creerlo?

Por supuesto que no podíamos creerlo, y era por eso que a Betty le complacía tanto contárnoslo. Ni siquiera podíamos imaginarnos a Robert enojado, mucho menos insultando al pastor en su propia oficina.

—¿Y por qué? –preguntó Hattie.

—No lo sé –respondió Betty, pero su sonrisa taimada nos indicaba que sospechaba cuál era el motivo–. Pero su hija estaba ahí, y Robert siguió diciéndole al pastor que ella era sólo una muchacha, y el pastor dijo que sólo había tratado de ayudarla, y Robert le contestó que era su hija y nadie más tenía ningún derecho a ayudarla –se quedó callada un instante, y luego continuó–: ¿sabes qué es lo que creo? Que en algún momento hubo un bebé y que luego ya no.

Todas nos indignamos pero nadie se escandalizó realmente. Todos los periódicos estaban siempre llenos de historias de muchachas que se deshacían de sus bebés. No era cosa nueva. De jóvenes, alguna vez nosotras tuvimos una amiga, una prima o una hermana a la que mandaron a vivir lejos, con una tía, cuando sus avergonzadas madres descubrían que estaban esperando una criatura. Algunas de nuestras madres incluso recibieron a alguna de estas chicas a las que nosotras espiábamos a través de las rendijas cuando se cambiaban. Ya antes habíamos visto mujeres embarazadas, pero la forma en que el embarazo afectaba a una chica joven era algo muy distinto: una panza como una esfera colgando por encima de un par de pantaletas bordadas con moñitos de color de rosa. Y durante años nos estremecíamos cada vez que un muchacho trataba de tocarnos, temerosas de que una simple mano posada sobre nuestros muslos nos acarreara una desgracia semejante. Pero de habernos convertido en una de esas muchachas a las que enviaban lejos, lo habríamos soportado de la misma manera y habríamos regresado a casa convertidas en madres. Las muchachas blancas se metían en problemas tan a menudo como nosotras. Pero al menos nosotras teníamos la decencia de conservar a nuestras pequeñas desgracias.

—¿Creen que…?

—Pues claro.

—¡Dios misericordioso!

—¿Creen que Latrice lo sepa?

—¿Acaso hay algo de lo que no esté enterada?

La chica de los Turner y su bebé no deseado. Durante días fuimos incapaces de pensar en otra cosa, y aunque prometimos que guardaríamos el secreto entre nosotras, la verdad terminó por filtrarse. Más tarde nos culparíamos las unas a las otras, aunque nunca logramos determinar quién había sido la primera en abrir la boca. ¿Habría sido Betty, a quien le había fascinado tanto ser el centro de atención que no habría podido resistir la tentación de repetir el numerito ante un público distinto? ¿O habría sido Hattie, tal vez, durante aquel taxi que compartió con la hermana Willis, una mujer incapaz de mantener el pico cerrado, como ya todas sabíamos? ¿O no sería que tal vez alguien había escuchado nuestra conversación mientras jugábamos al bingo, y que el rumor había empezado a difundirse desde ese momento? Todas éramos culpables, de cierta manera, lo que significaba que ninguna era realmente culpable y por eso nos sorprendimos tanto el siguiente domingo, cuando Magdalena Price se puso de pie a mitad del sermón del pastor y abandonó la iglesia. El pastor alzó la mirada y vio que Magdalena se marchaba, y tartamudeó un segundo, como si hubiera perdido el equilibrio. Estaba predicando sobre cómo vencer el miedo, un sermón que ya le habíamos escuchado pronunciar docenas de veces. ¿Qué habría dicho para haberla ofendido de esa manera? Y luego, el miércoles, durante la sesión semanal de estudios bíblicos, oímos a John Tercero contarle al hermano Winston que el pastor le había pagado cinco mil dólares a Nadia Turner para que abortara al bebé: ¿cómo crees que la muchacha ésa pudo irse a estudiar a una universidad tan importante? En el imaginario del Cenáculo, la chica cada vez se volvía más joven, el cheque más cuantioso y los motivos del pastor cada vez más oscuros. Le había pagado para que asesinara a su bebé porque temía que aquel embarazo afectaría su ministerio, o tal vez simplemente no deseaba que su linaje se mezclara con la estirpe de los Turner. Recuerden lo loca que estaba la madre, decían, como si alguna de nosotras pudiera olvidarlo.

Y entonces llegó el reportero. Un muchacho blanco recién egresado de la universidad, que llevaba pantalones color melón y una cola de caballo rubia. Al principio no lo tomamos en serio, con aquellos pantaloncitos, hasta que nos dijo que había oído que nuestro pastor había sobornado a una chica embarazada que además era menor de edad. ¿No teníamos algún comentario? Se quedó ahí parado en los escalones de la entrada, con la pluma al ristre sobre su cuaderno de notas, la misma postura en que los policías siempre se paran, con una mano puesta en la funda de la pistola, así como para recordarte que en cualquier momento ellos podían quitarte la vida si se les antojaba. Le dijimos que no sabíamos nada. Él suspiró y guardó su cuaderno.

—Yo pensaba que a unas damas tan sensatas como ustedes les gustaría saber en qué líos anda metido su pastor.

Tuvimos ganas de correrlo de nuestra iglesia con una escoba. ¡Fuera! ¡Fuera de nuestra casa! ¿Quién se creía que era para andar hurgando en nuestra ropa sucia? ¿Quién diablos era él para andar contando nuestras historias? Pero las escribió, de todos modos. Uno de los fotógrafos del periódico tenía una tía que asistía a la Iglesia del Cenáculo y que estaba dispuesta a soltarlo todo. Hay gente que diría cualquier cosa, nada más para ver su nombre impreso. A esas alturas ya ni siquiera importaba si la historia era verdad o no. El terremoto que habíamos estado esperando durante años al fin llegaba. Los nuevos feligreses se marcharon. Los viejos dejaron de asistir. Los otros pastores de la ciudad declinaban las invitaciones que el pastor Sheppard les hacía y también lo dejaron de invitar a sus iglesias. Algunos días, contaba Betty, permanecía todo el día sentada en la oficina del pastor sin nada que hacer, sin actividades que realizar ni citas que programar.

Años más tarde, cuando las puertas del Cenáculo finalmente se cerraron, fuimos a visitar a Latrice Sheppard. Nos invitó a pasar y nos ofreció té y galletitas, pero nunca una disculpa.

—Hice lo que cualquier madre hubiera hecho –nos dijo–. Esa chica debería agradecerme por lo que hice. Yo le devolví su vida.

Pero ninguna de nosotras sabía qué clase de vida era la que Nadia Turner llevaba. No la habíamos visto en años. Hattie decía que la muchacha se había establecido en una de esas ciudades grandes de la Costa Este, como Nueva York o Boston. Que ahora era una abogada muy importante y que vivía en un edificio altísimo con un portero que se llevaba la mano a la gorra cada vez que ella llegaba huyendo de la nieve. Betty decía que la muchacha aún no sentaba cabeza y que todavía seguía revoloteando por el mundo entero, de París a Roma y de ahí a Ciudad del Cabo, sin jamás quedarse en un solo sitio. Flora decía que había escuchado algo en el noticiero sobre una mujer que había tratado de suicidarse en el parque Millennium. No había podido escuchar el nombre de la mujer, pero la foto era igualita a la chica de los Turner, la misma piel ambarina, los mismos ojos claros. ¿No sería ella? Agnes decía que no lo sabía, pero que los espíritus le informaban que esa chica llegaría a pensar en matarse más adelante en su vida, más de una vez probablemente, pero que en cada ocasión ella decidiría no hacerlo, que decidiría seguir viviendo. Llevaba a su madre dentro de ella, como un cuchillo, y su propia alma era como un pedernal, y cada vez que chocaban lanzaban chispas. La vida entera de aquella chica era como una chispa.

La hemos visto por última vez.

Hace un año, tal vez, durante una de esas mañanas de domingo que ahora, desde que la Iglesia del Cenáculo cerró sus puertas, pasamos juntas. Ya estamos muy viejas para buscar una nueva iglesia, así que cada domingo nos reunimos para leer la Palabra y orar. Ya nadie nos deja tarjetas con peticiones, pero de todos modos intercedemos por ellos, imaginando las necesidades que la congregación pudiera tener. Si Tracy Robinson aún sigue empinando el codo o si Robert Turner sigue de luto por su mujer. Rezamos por Aubrey Evans y por Luke Sheppard, a quienes vimos juntos en el vestíbulo de la agonizante iglesia, en compañía de su bebé. Estaban juntos, pero al mismo tiempo ya no lo estaban, como un pantalón al que por mucho que lo parches ya nunca volverá a verse nuevo otra vez. Los domingos por la mañana, oramos por toda la gente que se nos ocurre y luego salimos a la terraza de la habitación de Flora y almorzamos. Pero ese domingo volteamos hacia la calle y vimos la camioneta de Robert Turner avanzando por la calzada. Estábamos felices de poder echarle un vistazo a Robert, pero era su hija la que conducía. Lucía mayor ahora, de unos treinta años, pero estaba igualita, con el cabello cayéndole sobre los hombros y aquellos ojos, que siempre lanzaban destellos en el sol, ocultos detrás de un par de gafas oscuras. Llevaba el brazo izquierdo apoyado contra el borde de la ventanilla abierta, y no alcanzamos a ver ningún anillo en su dedo, así que imaginamos que en algún lugar debía tener un hombre, un sujeto del que podría deshacerse cuando le diera la gana porque jamás volvería a colocarse en la situación de ser ella la abandonada. ¿Por qué había regresado a la ciudad? Flora pensó que tal vez Robert se encontraba enfermo otra vez, pero Hattie señaló las cajas de cartón que llevaba en el cajón de la camioneta. Estaba ayudando a su papá a mudarse. Iba a llevárselo con ella, allá donde quiera que ahora se encontrara su hogar. Tal vez por eso se veía tan tranquila, tan llena de paz, porque aquella sería la última vez que pondría un pie dentro de la casa de su madre muerta. Agnes juró que había visto un pequeño bolso rosa de Barbie en el asiento trasero: un regalo, tal vez, para la hija de Aubrey. Nos la imaginamos subiendo los escalones del porche con aquel regalo en la mano para arrodillarse ante aquella niñita, una nena que nunca habría existido si su propio hijito no hubiera muerto.

Y entonces desapareció tras una esquina, y así de rápido como llegó se había marchado. Nunca sabremos por qué regresó, pero aún pensamos en ella. Vemos la duración de su vida entera desenrollándose ante nuestros ojos, extendiéndose en hebras coloridas que nosotras perseguimos y que enroscamos en nuestras manos conforme éstas van girando y dando volteretas. Ahora tiene la edad de su madre. El doble de la edad de su madre. Nuestra propia edad. Eres nuestra madre. Estamos ascendiendo al interior de tu cuerpo.

AGRADECIMIENTOS

A GRADEZCO INFINITAMENTE A LAS SIGUIENTES PER-
sonas, sin cuya ayuda no hubiera sido posible escribir este libro:

A Julia Kardon, la agente de mis sueños, quien diariamente me salva con su guía e ingenio. Gracias por creer siempre en mí. No hay nadie más a quien yo preferiría tener de
mi lado. A todos en la agencia Mary Evans, Inc., especialmente a Mary Gaule, cuyos comentarios y apoyo han sig-
nificado tanto para mí. A Sarah McGrath, cuyas incisivas
ediciones ayudaron a mejorar este libro en cada paso del
proceso; a Danya Kukafka, por su invaluable ayuda tras
bambalinas, y a toda la gente maravillosa de Riverhead,
cuyo entusiasmo contagioso hizo que la publicación de mi
primer libro fuera una experiencia divertidísima.

Al cuerpo docente y administrativo del Programa de Escritura Helen Zell, particularmente a Peter Ho Davies,
Eileen Pollack, Nicholas Delbanco y Sugi Ganeshananthan,
quienes me ayudaron a darle forma a un borrador que se
convirtió en una tesis que se transformó en un libro.

A mis extraordinariamente brillantes condiscípulos,
cuya perspicacia y comentarios fueron siempre un reto durante el taller, especialmente a Jia Tolentino, quien editó y

publicó mi primer ensayo; a Rachel Greene, Derrick Austin y Mairead Small Satid, cuya gentileza y buen humor hicieron más cálidos mis tres primeros inviernos en Michigan. Y a Chris McCormick, mi paisano ratón de campo, por las improvisadas sesiones de intercambio de ideas, los viajes relámpago y sus infinitos consejos. Decidí estudiar un posgrado con la única esperanza de mejorar mi escritura, pero ha sido todo un regalo conocerte.

A los docentes del programa de Escritura Creativa de Stanford que me asesoraron, particularmente a Ammi Keller, quien me animó a terminar ese amplio y disperso primer borrador, y a Stephanie Soileau, que puso en tela de juicio mi trabajo durante la primera revisión seria. Ambas abordaron aquellas primeras versiones con gran seriedad y generosidad, y les estaré agradecida por siempre.

A Ashley Buckner, quien tocó a la puerta de mi habitación una tarde para invitarme a cenar, y quien años más tarde se convertiría en una persona esencial en mi vida; a Brian Wanyoike, quien me impulsa a vivir en grande y a pensar intrincadamente; a Ashley Moffett, mi más antigua amiga y mi primera lectora. A mi familia, por todo su amor y apoyo. Y a todos los escritores, artistas y académicos que me han prohijado, que me han dado un lenguaje, que me han dado la vida.

Esta obra se imprimió y encuadernó
en el mes de octubre de 2017,
en los talleres de Impregráfica Digital, S.A. de C.V.,
Calle España 385, Col. San Nicolás Tolentino,
C.P. 09850, Iztapalapa, Ciudad de México.